A TINTA E O TEMPO

BRUNO MENDONÇA

[primeira edição]
URUTAU
fevereiro de 2024

O —

editora Urutau

rua do cajú, 478,
jardim das cerejeiras
06724-015
cotia-sp (brasil)

avenida peirao besada, 6 - 2D
36163 poio-pontevedra
(espanha)

[+351] 928053619 [portugal]
[+55] 11 95608 8983 [brasil]

www.editoraurutau.com.br
contato@editoraurutau.com.br

[EDITORA]
debora ribeiro rendelli
[REVISÃO]
juliana palermo
[PROJETO GRÁFICO]
wladimir vaz
[COORDENAÇÃO GRÁFICA]
tiago fabris rendelli
[DIAGRAMAÇÃO]
victor h. azevedo
CAPA]
victor h. azevedo, sobre fotografia de ayush kumar

dados internacionais de catalogação na publicação (CIP) de acordo com ISBD

Mendonça, Bruno
M539t A tinta e o tempo / Bruno Mendonça. - Cotia : Urutau, 2024. 260 p. ;
14cm x 22cm.

ISBN: 978-65-5900-663-2

1. Literatura brasileira. 2. Prosa. I. Título.

2024-388 CDD 869.985
CDU 869.0(81)

Elaborado por Vagner Rodolfo da Silva - CRB-8/9410

sumário

Há esperança suficiente, esperança infinita — mas não para nós

FRANZ KAFKA

PRIMEIRA PARTE

1

Lá está o Renzo. Solidamente cravado nos seus um metro e oitenta, uma mão a segurar com desenvoltura a longneck de Heineken, a outra dançando em gestos expressivos, enquanto um sorriso ilumina estranhamente o pequeno espaço ao seu redor. O cara consegue conversar e movimentar-se ao ritmo da música, perfeita harmonia entre indivíduo e meio, exemplo-mor de animal integrado. E ele ri, a boca aberta, os dentes brilhantes de tão brancos, o olhar maroto, que não deixa passar um rabo de saia, nem que seja do canto do olho (de soslaio, como se diz), mas sem se render, sem nunca se render. O olhar é uma concessão sua, às vezes três segundos, às vezes nem isso. É preciso saber jogar, e meu amigo sabe-o como ninguém. Basta ver aqueles lances femininos, atenções rápidas, mas intensas, risos e cochichos, cabeças que se voltam ao passar, tentando atraí-lo — e ele finge que não vê.

O pobre do Carlito vive sob aquele fascínio, tentando segurar sua longneck com a mesma naturalidade, a baba figurativamente caindo dos beiços. Não que Carlito goste de homens, não. Se Carlito gostasse de homens, a imitação não seria perfeita, porque Renzo gosta de mulheres. Talvez Carlito até goste de homens também — sabe-se lá das inclinações de cada um —, mas a imitação passa na frente, fá-lo — com o perdão da cacofonia — olhar as garotas, sorrir seu para-choque amarelo e proeminente, avançar afoito contra muros instransponíveis, levar foras antológicos, que depois são objeto de piada entre os amigos. No entanto, a pose se mantém: sobretudo jamais se deixar tocar pela rejeição, a rejeição é só um acidente de percurso, os vitoriosos nunca desistem.

São os discursos internalizados de Renzo na sua grande cabeça redonda.

Quem se aproxima de Renzo e diz-lhe algo ao ouvido é Rebeca. Demorou! Havia passado a noite inteira tentando fingir indiferença, sendo pseudosimpática com caras estranhos que a abordavam entre as luzes intermitentes, elogios patéticos na ponta dos lábios. Ela sorria — os olhos a vigiar Renzo, tentando mostrar-lhe que se divertia com outros —, e, como não conseguia chamar sua atenção, despachava o Don Juan da vez com uma virada de costas, sem mais palavras. O sujeito se esgueirava pela multidão, olhando para os lados, escondendo a vergonha nascida daquele gesto de desprezo. Há quem saia dançando, mexendo a cabeça para frente e para trás, em ritmo de martelo acelerado, como se nada tivesse acontecido, mas no balcão, em vez de pedir outra cerveja, pede uma dose de Germana. E Rebeca continua aquele jogo: olho em Renzo; sorriso distorcido, lateral, para os demais, contentam-se com tão pouco hoje em dia. Depois Marta lhe mostra uma foto no Instagram, seguida de uma gargalhada que ela, Rebeca, tenta reproduzir, mas que é logo contida ao ver que de Renzo se aproxima uma menina bonitinha, patricinha, do jeito que Renzo gosta, do jeito que ela mesma, Rebeca, é, embora só reconheça na outra uma atitude de periguete oferecida. Range os dentes, Rebeca, e, respondendo a outro candidato que lhe toca timidamente o ombro, esbugalha os olhos como se o coitado tivesse cometido um crime de lesa-majestade. Sai de fininho o pretendente, talvez com medo. Rebeca às vezes mete medo. E Marta continua a lhe mostrar os temas mais interessantes que o aplicativo pode oferecer. Se eu a conheço bem, vídeos cômicos, frases do Chapolin, postagens do *Esse dia foi foda*. Marta e sua natureza infantil, que Rebeca suporta para não perder uma de suas fãs mais fiéis, afinal não se vive unicamente dos oitenta mil seguidores de Rebeca, é preciso ter ao redor figuras como Marta, inofensivas, acima do peso, inseguras. Como tudo é relativo, Marta é o contraste de que Rebeca necessita e que a torna desejada em qualquer lugar que vá. Seria simbiose se beneficiasse a ambas.

O lugar está lotado, é difícil avançar um metro. Renzo me faz um gesto com a mão. Balanço a cabeça de modo afirmativo, mas estou bem aqui, no meio do engarrafamento, talvez seja a embriaguez. Uns cabelos pretos e curtos passam ao lado, puxo o braço da garota. É Violeta. Ela faz festa, eufórica, diz que veio do show de Caco. "Ele disse que vinha pra cá, veio com você?", pergunto, "Não, quando saí do pub ele ainda estava lá, virando shots de tequila", "filho da mãe!". Caco era minha única salvação, eu esperava por ele. Violeta fala pelos cotovelos, o cheiro de álcool é brutal, sai de todos os poros da pele, bafo quente no meu ouvido, voz estridente e alta para superar a música da casa. Ela tem olhinhos pequenos, acho que castanhos, e braços brancos e frágeis, dá a impressão de que quebram com facilidade. Faz o elogio do pub, do talento de Caco, critica a transição que acaba de realizar — show de rock, balada sertaneja —, mas ainda assim se balança ao ritmo da canção, o canudo na boca sugando avidamente a bebida, os olhos a dar a volta no ambiente. Dou-lhe informações geográficas, digo onde estão Renzo e Rebeca, incito-a a ir falar com Carlito, que parece se entediar e que perguntou por ela (mentira). Renzo e eu insistimos que Carlito deveria dar uma chance a Violeta, mas Carlito quer as mulheres do naipe renziano — pobre coitado! Ando falando dessas coisas com o mesmo sarcasmo corrosivo de Caco, mas sem o talento dele. Meu amigo, você podia estar aqui tirando sarro de Rebeca. Ou subindo nas mesas e quebrando copos. O Caco faz falta, uma noitada sem ele não é a mesma coisa.

Chegamos juntos à mesa, Violeta e eu, e Renzo reclama. Onde é que eu estava etc. Renzo tem essa mania de fingir saudades quando na verdade está mais feliz do que pinto no lixo, afinal, é seu ambiente isso aqui. Mas passa logo, até porque Rebeca agora lhe enche o saco com um ciúme fora de hora. A surpresa é Clarinha, que surgiu do nada. Finjo espanto: uma garota como ela num lugar daqueles, àquela hora. Clarinha sorri com aquelas covinhas que são um charme. "Em Roma como os romanos", diz. Só de ter alguém capaz de lembrar um ditado naquele lugar, a noite já se enriquece um pouco, mas não dá para ficar por aí, pergunto quantos romanos ela comeu, recebo um tapa no ombro, acompanhado de um riso franco e de perguntas sobre o que ando fazendo. Ao nosso lado um copo se quebra, e vemos Rebeca saindo enfurecida, empurrando deus e o mundo. Renzo tem o cenho franzido e faz confissões a Carlito. Vira-se para nosso lado concluindo um raciocínio "filosófico", a misoginia vindo à tona, indisfarçável, algo como *por mais gostosa que seja uma mulher, já tem um macho cansado de.* É quando percebe que nós o ouvimos, porque subitamente a música havia parado.

"Você é um idiota, Renzo", declara secamente Clarinha, balançando a cabeça. Ele percebe a gafe, vem pedir desculpas, "Não vi que estava aí, tudo bem, Clara?". Eles trocam dois beijos, ela com ar de desprezo; ele tentando contornar a situação, pondo a culpa na chatice de Rebeca, que não larga do seu pé. Clarinha volta-se para mim e continuamos a conversa. Apesar da música alta — voltou a música —, escuto perfeitamente o que ela diz, mesmo que sua voz seja baixa e aveludada. Violeta está ali dando voltas sobre si mesma porque Carlito não puxa conversa, mas, se vier falar comigo agora, ponho a palma da mão aberta na frente do seu nariz. Pergunto sobre o marido de Clara, o sujeito que só encontro em eventos sociais. Não quero julgar ninguém, mal o conheço, mas tem cara de ser um Renzo. Guardo minhas opiniões para mim, Clara e ele estão casados há três anos. É um padrão que se repete: elas escolhem o garanhão, depois pagam o preço da cegueira que fingiram ter para justificar suas escolhas. Clarinha só tem esse defeito, é como toda mulher bonita, mas fazer o quê?

Rebeca do outro lado se atracou com um moreno de dois metros de altura. Ela beija como se o quisesse devorar, os lábios avançando sobre o bigode que ele não tem. Do lado de cá Renzo finge que não liga, mas toda a sua postura mudou. Está sério, irrita-se com o garçom que não trouxe o balde de cerveja. A menininha que o abordara retorna. Pronto: nova metamorfose. Ele volta a sorrir, faz cara de mel, dá um beliscão no braço dela enquanto aguarda cafajestemente a resposta a uma pergunta que lhe fez ao ouvido. A garota diz não com a cabeça, mas com um sorrisinho tão safado no rosto de ninfeta que já dá para saber que a partida está ganha. Vejo tudo isso num lapso de segundo, entre o relampejar de uma luz e outra, enquanto presto atenção ao que me diz Clara perto da bochecha.

É a velha história do marido a viajar todo fim de semana, "a trabalho" — claro. "Ele trabalha muito", eu digo, sem más intenções, e ela vira o rosto, constrangida. Já deve ter acontecido alguma coisa, Clara não é idiota, longe disso. Mas está aí a insistência no erro, que se repetirá à exaustão, até o dia em que esteja velha caquética e não precise mais se submeter a essas inclinações estúpidas do coração. Viva a terceira idade! Eu mesmo queria ter setenta anos e estar agora na UTI morrendo, morrendo bem devagar para ter o prazer de ver a vida ir para o inferno em câmera lenta. Mas, enquanto isso não acontece, eu me repito, igual a todos os outros, esperando que alguma coisa ocorra, o quê, sabe-se lá. Proponho que tomemos uma dose de tequila, ela ri, recusa, aceita, pedimos, viramos, pedimos outra, e de repente as coisas começam a girar, já não faz tanto sentido encontrar sentido, o caos é suficiente, essas luzes em alta velocidade — ao ritmo de um som brega, de letras chulas, mas tudo bem.

Um funk provoca vibrações surdas sob os pés. As amigas de Rebeca fazem passinhos sensuais e descem até o chão, as saias curtas subindo, as calcinhas que aparecem, rosa, branca, verde...; não, cinza. Uma delas cai, acho que Paloma. As outras riem e tentam levantá-la, sob o risco de provocar quedas sucessivas em efeito dominó. Uns caras se aproximam, aproveitam a ocasião para quebrar o gelo, um em cada uma, um "quatro pra quatro". Rebeca já não está lá. Olhando em volta, vejo-a espremida pelo seu par à direita da entrada dos banheiros. Deixou à frente do grupo sua sucessora, Maria Eduarda, a criatura mais perfeita que um deus sádico pôs na face do planeta, o molde original, a ideia platônica de mulher e, é claro, a fêmea mais chata que o Universo já teve o desprazer de conhecer.

Enquanto as outras ao menos correm o risco de cair embriagadas e se sente daqui o calor entre suas pernas, Maria Eduarda é um bloco de mármore, não toca em álcool, olha tudo de cima, ostenta um eterno tique nos lábios, cacoete de desprezo constante por todos os mortais que estão abaixo dela, mesmo que estejam acima (ou em cima, não importa). Ela olha para o estado das amigas com nojo tão acentuado que é difícil imaginar que são amigas. Nenhum homem se aproxima, nenhuma mulher se aproxima. Seu contentamento é inversamente proporcional à distância dos exemplares da espécie humana. Rebeca não a suporta porque Maria Eduarda tem nada mais nada menos do que um milhão de seguidores no Instagram. Por quê? Prefiro não entrar em detalhes, prefiro perguntar com os lábios quase tocando o rosado da ponta da orelha de Clarinha se ela sente falta daquelas farras, se a vida de casada não é um pouco monótona. E pouco importa o que ela vai responder, desde que fale, e fale, e fale mais, com os olhos cinza que se tornaram risonhos e espremidos de hilaridade. Ela bebe e bebe, mas continua com cheiro de chiclete de melancia. Digo isso. Falo que o marido — é muito clichê, eu sei — tem uma sorte danada de ter uma mulher que bebe e continua a cheirar a melancia. "O problema é que ele detesta melancia", zomba. Revolto-me, se um dia ela se separar, já sabe quem gosta de melancia... Ela gargalha, tocando no meu braço para não cair. Empurram-nos, as danças invadem espaços alheios, misturando grupos, promovendo encontros. Carlito tenta se aproveitar da situação, avança sobre uma loirinha que recua espantada, dando-lhe um tapa no meio da venta. Renzo, que estava no maior amasso com sua nova amiga, desata a rir, interrompe o beijo para segurar a barriga em espasmos incontidos. Vem nos contar a cena, que eu tinha visto, mas que Clara deixara passar.

Em algum momento, quando se perdeu a noção do tempo, quando não se sabia mais se lá fora era dia ou noite, as amigas de Clara vêm buscá-la. Arrastam-na de tal modo que nos despedimos com gestos distantes. Carlito dorme no sofá, a cabeça inclinada sobre o peito, o copo de uísque virado ao lado. Renzo sumiu. Rebeca, de volta à matilha sem seu ficante, levanta a cabeça por cima das pessoas, buscando Renzo com o olhar. Ela me viu a observá-la.

Viu e desviou logo o rosto, para disfarçar. O lugar começa a se esvaziar, as bandas terminaram seus shows horríveis, mas sempre bem-sucedidos, se bem-sucedido significa a instigação à esbórnia. É claro que sim, basta observar os cantos e recantos, os sofás, os balcões com casais enganchados, devorando-se. Mas há vácuos agora, espaços onde se pode transitar, e, quanto mais espaço há, mais vão embora essas pessoas que gostam de contato, agarrado, esfregado, aperto, sufoco, corpos roçando enquanto se pode porque no dia seguinte é a distância, as mensagens trocadas por aplicativos, as curtidas higienizadas em redes sociais. O espaço já é todo dia, então à noite é preciso se apertar e sentir calor e tesão e angústia, tudo junto, não importa, e, se nessa confusão sair um beijo, melhor, quem sabe o aperto vire outro, mais carnal e catártico, aperto seguido de explosão num quarto de motel fedido, entre desconhecidos, bafo de álcool, roupas arrancadas, "me liga" etc. e tal. "Melhor ir embora", diz Renzo, que surge como num passe de mágica, trazendo a "gatinha" (como ele diz) pela mão, como se fosse a namorada. Por mim nem tinha vindo, é sempre assim, então ir ou ficar dá no mesmo. Batemos em Carlito para acordá-lo, não é fácil. A bebida está paga, então é pegar o corredor mais triste que já se viu, porque nele há a luz do dia que se anuncia entrando pelas frestas do teto, declarando solenemente que o ontem terminou nesse hoje que será de pura ressaca.

E lá vamos nós para a hamburgueria de sempre. É só falar nela que Carlito acorda para valer, é só se sentar que seus olhos estão escancarados, pediu triplo não sei o quê, batata gigante, acréscimo de bacon, tudo o que tem direito, o homem é um monstro, melhor do que esse apetite só a capacidade de levar foras. São quase cinco, e o lugar está cheio; não lotado, há mesas vazias, mas abarrotadas de resquícios de comilança e baderna, papéis sujos, guardanapos amarelados de mostarda, ketchup espalhado nas beiradas e no chão, garrafas vazias. Em breve deixaremos nossa mesa assim, "Deus te ouça", diz Carlito esfregando as mãos e batendo o pé de impaciência. Renzo é todo amores, cobre o ombro da menina (jamais se saberá seu nome), protetor, cavalheiro, gentleman, enfim, tudo que é preciso ser antes de, porque depois de, já sabe, tchau, não se atende telefone, nunca se viu mais gorda, anota-se na caderneta a pontuação e parte-se para outra, técnicas renzianas que vão sendo aperfeiçoadas ao longo do tempo e por gerações. E quanto mais ele se torna exímio na arte de *conquista e descarte*, mais elas o adoram, sobretudo após o descarte, quando o chamam (de boca cheia) de canalha, mas desejam quase que indisfarçadamente que as leve para a cama de novo. Se ele a encontrar num dia aleatório e não tiver outra na fila, uma nova, terreno inexplorado, talvez você dê sorte, garota. Renzo tem amor para dar a tanta menina que nem você. A comida chega, e parece que não sabemos do que se trata porque atacamos por todos os lados, enfiando pela goela, bebendo como náufragos a Coca-Cola cheia de gelo. Carlito nem fala mais, só balança a cabeça, mas não deixa o garçom voltar antes de pedir logo outro triplo não sei o quê, só que agora de frango empanado, por favor. "Mestre", solicita com ar de porco, "vê se não demora".

Rebeca chega, vai se pôr com as amigas numa mesa que dá para a calçada, finge não ver Renzo. Come com a ponta dos dedos, a cara fechada. Maria Eduarda nem come, talvez por isso tantos seguidores no Instagram, há dessas conexões invisíveis entre fome e fama que seria preciso desenvolver em teses acadêmicas. Elas falam nos intervalos em que não estão a postar fotos no celular, enquanto Renzo se torna cada vez mais carinhoso com sua acompanhante, e Carlito cada vez mais empanturrado de hambúrgueres — talvez por isso tão poucos seguidores no Instagram. Ouço um grito agudo seguido de arrastar de mesas, é Caco chegando, fazendo barulho, falando alto, gritando para mulheres abandonadas em mesas entulhadas de garrafas que elas são lindas, que não deviam ficar tristes daquele jeito porque a noite é uma criança, embora seja dia, mas que o dia também, e já não se sabe mais o que está dizendo, porque se sentou entre elas e fala baixo. Até obtém uns sorrisos, mais de hilaridade que de vitória. Renzo estampa no rosto aquela expressão de preocupação que acompanha as chegadas de Caco e a possibilidade sempre fértil de confusões em que ele, Renzo, se vê obrigado a intervir.

Eu chamo Caco de longe, ele faz um gesto de que já vem, mas espera algo da menina que o encara com ar entre curiosa e sorridente. No fim das contas parece que não tem êxito, porque Caco dá de ombros, levanta-se bruscamente, vem cambaleando, chapado de álcool e (certamente) de outras substâncias entorpecentes. Antes de se sentar, grita o nome de Rebeca, lançando um beijo estalado com a mão. Desaba numa cadeira, mexe no cabelo de Carlito, que resmunga algo de boca cheia. A fome de Caco também é grande, por razões diferentes das de Carlito, e ele agarra o garçom pela cintura, gritando "Meu reino por um cheeseburguer!", "E o show, como foi?", "Massa! vocês são uns amigos, hein, preferem ficar a noite inteira ouvindo tum! tum! tum! do que ir me ver tocar", e ele acende um cigarro, os olhos vidrados na chama, puxando a fumaça como se fosse uma questão de vida ou morte.

Renzo terminou e quer fugir com a garota, pergunta se precisamos de carona. É claro, digo que não, mas Carlito se faz de desentendido, imagina que pagar um taxi é prejuízo e, afinal, se veio com Renzo, volta com Renzo. Dá quase para ler na testa de Renzo um palavrão gigante e luminoso, será obrigado a fazer um desvio imenso para deixar Carlito e depois voltar para seu motel preferido, mas Renzo não levanta discussões assim na frente das mulheres, sobretudo se ainda não as levou para a cama.

Saem os três, ficamos Caco e eu, ele falando sobre o show, empolgado, dizendo-se inspirado naquela noite, pena que eu tinha perdido. Vez ou outra levanta a cabeça na direção de Rebeca e lhe envia um novo beijo pelos ares. "Você tá muito chapado", eu digo, ao que ele responde com um gesto de mão a abanar que significa "mais ou menos". Pega o celular e me mostra umas fotos da noite, uma em particular que tiraram dele, fazendo um solo, contra a luz, mas com uma boa máquina, foto de artista. Com a boca cheia de batatas fritas, apontando com o dedo para o próprio peito, grunhe algo que não entendo, depois repete: "Popstar eu". Aproveita para olhar umas fotos de Rebeca e exclama: "Ah, Rebeca! Olha isso aqui, Vid! O que é que essa mulher tem na cabeça, olha só, deitada na beira da piscina, bunda pra cima, como se fosse uma modelo". E imediatamente, virando-se para Rebeca, grita: "Você virou modelo, Rebeca?". E ela, de longe, mostra-lhe os dedos do meio das duas mãos. "Mal-educada!". E vai passando as fotos, "E essa? Ah, essa é um clássico: amigas de biquíni, em cima de uma lancha, e taças de champagne na mão. E os sorrisos! Como são felizes essas nossas amigas!". Engasga, empurra o aparelho na minha direção apontando com ênfase para uma fotografia. É uma Prada em cima de uma mesa, seguida de uma frase de autoajuda que mulheres como Rebeca vão buscar não se sabe onde. "Me diz aí, tem alguma coisa na cabeça, tem?" E grita: "Bela bolsa, Rebeca!".

Elas saem, só se despedem de mim. Caco tenta pegar na mão de Rebeca, sorrindo com ar zombeteiro. Ela faz um desvio estratégico. "Nossa mãe, quem é aquela ali?", "Maria Eduarda, não conhece?", "Vai tomar naquele lugar, papai do céu às vezes exagera!", "E você acredita em papai do céu?", "Agora é que não acredito mesmo, isso aí não vem do céu!", "Vem do inferno?". Ele balança a cabeça, mastigando, e eu continuo: "E pode haver inferno sem céu?", "Claro, é tudo isso aqui" — faz um amplo gesto com as mãos, abarcando o bar e a cidade — o Universo talvez. "O inferno é aqui, e não há céu", "Em outras palavras, há Diabo, mas não há Deus?", "Não disse 'Diabo'; disse 'inferno', mas não me vem com filosofia a essa hora, velho", "Não? E eu que esperava por você pra ter algo de bom a discutir", "Esperava coisa nenhuma!". Ele se exalta, acrescenta que, se eu quisesse mesmo, teria ido ao show dele, que era mil vezes melhor do que essas baladas sertanejas (o horror!) saturadas de figurinhas chatas e intocáveis como Rebeca. "A foto de uma bolsa, pode isso!?" Eu brinco, "Não é qualquer bolsa...", ele cai na gargalhada, "Você imagina a quantidade de discursos embutidos nesse gesto? A gente passava uma noite discutindo isso, Vid!", "Fica pra próxima", concluo, pagando a conta.

É dia claro, vamos a um ponto de taxi próximo. Os carros passam, poucos, há um cheiro de vômito no ar. Deixamos Caco primeiro, depois sigo para casa. Há um zunido no meu ouvido, e também um pensamento vago, espécie de acusação tantas vezes repetida em silêncio. Da varanda o céu é límpido e imaculado de nuvens. E azul. Quem é que vai dormir uma hora dessas? Sento numa das cadeiras de plástico, abarco o horizonte com olhos cansados, esperando. Acordo dali a instantes — no chão, só podia.

2

"Você conhece alguém mais bagunceiro?", pergunta dona Fátima enquanto vai recolhendo as roupas de Caco esparramadas pelo chão do quarto. "Confesso que as meias em cima da TV dão um toque especial à decoração." Caco me insulta com a delicadeza que lhe é habitual. "E a guitarra", diz dona Fátima, "está lá de novo". "Onde, no sanitário?", "Onde mais?", ela pergunta ao sair. Eu me levanto e vou ver: a guitarra está lá, o braço enfiado na latrina. "Você é um porco, Caco!", ele acende um cigarro, "Vou voltar pro piano", fala, entre tosses cavernosas, enquanto procura algo nas roupas que a mãe ainda não levou. "Voltar pro piano? Você nunca deixou o piano", "Você entendeu", "Entendi, mas não acredito". Vai levantando objetos e olhando embaixo. "Minha mãe quer que eu leve um bolo pro Saulo, ela continua achando que vai trazê-lo de volta com guloseimas, coitada", "Agora?", pergunto, "É, você tem algo melhor pra fazer?", "Melhor do que rodar vinte quilômetros de carro pra entregar um bolo, com certeza", "Ah é, o quê, por exemplo?", "Não rodar vinte quilômetros", "Deixa de onda, você não tem coisa nenhuma pra fazer. Se não, não estava zanzando por aqui. Quem tem algo pra fazer em dia de domingo? É o dia do Senhor", diz ele muito sério, benzendo-se, "Esse seu escárnio vai te levar diretinho pro inferno, Caco", "E lá vamos nós de novo", suspira, "já percebeu que Deus é um personagem constante dos nossos diálogos?", "Eu tenho uma teoria", digo, "Já sei, já sei" — ele acha o que procurava, um pacote de sedas para enrolar cigarros —, "se duas pessoas conversam durante muito tempo, terminam falando de Deus, o problema é que você acabou de chegar, meu velho, então corta essa, vamos logo pegar esse bolo e sair, pelo menos veremos o mar".

Dona Fátima retorna com uma vassoura, começa a varrer e a nos expulsar de modo nada sutil. "O bolo tá em cima da mesa", fala com a voz estridente. Vê-se que está irritada. "Mãe, durante quanto tempo vamos fazer isso?", "Até eu morrer ou até ele voltar", "Talvez então devesse mandar algo mais gostoso, um Big Mac, sei lá".

Ela o fuzila com os olhos: "Ele adora bolo de rolo", arremata sem paciência. Caco resmunga algo como "Queria ver se *eu* tivesse ido embora", e nós saímos.

"Você acha que o Saulo enlouqueceu?", "Cada qual com sua loucura", responde, enquanto esperamos o elevador chegar no térreo. Caco não para de fumar, nem mesmo dentro do elevador. Observa o bolo pelas frestas do papel amarelo, parece ter fome. "E se ele for o são e nós os loucos?", "Ele não é são coisa nenhuma!", "Não?", "Não, é só mais uma fuga", "Que fuga!", exclamo. "É tudo igual, Vid", "Não vejo como o caso dele pode ser igual ao meu ou ao seu", respondo. "Pois é sim, aliás, falando nisso, está escrevendo?", ensaio um gesto indeciso: "Mais ou menos". Ele me encara. "Tô fazendo umas pesquisas, quero escrever um romance sobre o *Diabo Louro*". Caco se empolga: "Opa! Massa, hein?", "Acho que preciso ir no interior, ver umas paisagens, tirar umas fotos, sacar o ambiente, tá ligado?", "É só marcar, tô dentro", "Sério, vai comigo?", "*Road trip*, meu velho, claro que vou! Que bom que você não pegou as manias do último homem". Armando é o último homem, segundo Caco. Não sei de onde tirou essa expressão, talvez de Nietzsche, preciso pesquisar.

Caco gosta de expressar ideias que ele leu em algum lugar sem citar o autor. Não que ele pretenda ser o autor, não é plágio, só uma questão de falta de consideração pela autoria dos textos. "E tu, compondo muito?", ele abre a porta do carro e põe o bolo no banco de trás: "Trabalhando numa coisinha comercial", "Você deve adorar", ironizo, "É preciso, né, a banda tem que ter alguma música que toque nas rádios, não posso ficar só criando coisas experimentais", "Eu gosto das experimentais", "Você gosta, mas e esse bando de retardados?", "Não seja tão duro com seus futuros fãs", "Ah, eles que se explodam!".

Não posso deixar de rir. "Vai pro escritório amanhã?", "Claro", respondo, "não é segunda? E tu, vai trabalhar?", "Claro que não, não é segunda?", "Como é que você ainda não foi demitido?", "A gerente gosta de mim". Eu olho seu perfil, Caco é feio pra burro! Tem cabelos pretos encaracolados e despenteados, em forma de capacete. A barba sempre por fazer, óbvio, e os olhos — nossa, esses olhos! — esbugalhados, como se quisessem pular das órbitas. Acrescente a isso um tique nervoso, às vezes começa a piscá-los em alta velocidade. Já tentei entender quando isso acontece, mas, por mais que me tenha utilizado de metodologias científicas adequadas, ainda não consegui. Talvez seja puramente aleatório.

Agora está tudo bem, estão parados — os olhos —, fixos na estrada, como dois faróis, embora seja dia. "A gerente gosta de você?", "Gosta, como não gostaria de um sujeito bonito assim?". Olha-se no retrovisor, rindo, difícil saber se fala sério.

Vinte quilômetros num domingo até que é tranquilo. Caco faz duas paradas, uma para comprar coxinhas na padaria; outra para comprar cervejas. "E a Lei Seca?", "Que é que tem?", pergunta depois de virar uma lata. Acho que Caco é alcoólatra, não tenho certeza. "Já te pararam na Lei Seca?", pergunta, "Já", "E aí?", "Me dei mal, tive que pagar a multa e ficar um ano sem dirigir". Ele está surpreso: "E quando isso aconteceu que eu não me lembro de te ver sem dirigir?!", "Há uns dois anos, tua memória é triste", "Pera, pera, não tô louco, você nunca parou de dirigir durante um ano", "Não parei mesmo, mas que podia, não podia".

Ele ri: "Agora tá explicado, meu advogado", "Quem estava lá na sexta era Clara", "Clara? No sertanejo?", "Sim", "E o marido?", "Sei lá do marido!", "Ah, Clarinha... aquilo sim é uma mulher! Não tentou nada?", "De onde você tirou essa ideia?". Caco me olha com um sorrisinho. Observa a estrada em silêncio, depois retoma: "Clara não é uma Rebeca", "O que é *uma Rebeca*?", "Uma boceta chata e metida a difícil", "Só metida?", "Vá lá, é difícil, se você não tiver os instrumentos adequados", "Que seriam?", "Músculos e notas — *cédulas*, para ser mais preciso", "Músculos e notas?", "Claro, ou vai dizer que você não sabe?", "Eu não sei de nada, Caco, me ilumine", "Pô, Vid, é uma periguete de luxo", "O que é uma periguete de luxo?", "Não sei, inventei agora", "Certo, mas faça a glosa", "Ela só não é fácil porque tem dinheiro e aqueles atributos que a gente conhece bem, então se dá esses ares de inatingível", "Acho isso muito redutor, e um tanto obscuro", "Você é um idealista, só vê o que há de bom nas pessoas", "De jeito nenhum!", "Ora, como não, Vid?!", "Você diz isso só por causa do meu trabalho", "Já começa por aí...", "Ela não pode ser só uma mulher que sabe o que quer?", "O que ela quer, o Renzo?", "Entre outras coisas, sim, o Renzo", "E o Renzo não é uma conjunção harmoniosa de músculos e cédulas?", "Por acaso é", "Coincidência?", "Talvez", "Coincidência teu c*!", "Começamos bem", digo, rindo da revolta dele.

"Bota assim no teu próximo livro: *coincidência teu c**", "Com uma exclamação?", "Com duas, e sem asterisco", diz. "Acha que, se eu colocar isso, consigo publicar?", "Publicam tanta porcaria hoje em dia, irmão, por que não publicariam as suas? Só não espere ganhar o Nobel".

O mar vai aparecendo à direita. Maré cheia agora, ondas violentas chocam-se naquelas pedras que colocaram ali como se fosse possível conter o oceano nos seus limites. Uma chuva de respingos invade a calçada, a mãe e a criança, de mãos dadas, fogem rindo. Parece coisa de tempestade, mas o Sol está a pino. Eu abro a janela, desligo o ar-condicionado, e aquele cheiro de coqueiros invade o carro. "Não disse?", fala Caco como se tivesse lido meus pensamentos. "Não disse o quê?", "Que você ia ver o mar", "E eu não sabia disso, por acaso?", "Às vezes a gente esquece", diz, acendendo outro cigarro. Caco fuma mais de uma carteira por dia, é um atrás do outro, a fumaça destrói um pouco o aroma intenso de maresia, mando ele ir catar coquinho com aquele cigarro, mas daqui a duas cervejas eu mesmo vou fumar, isso é certo.

É tão fácil se deixar levar, primeiro o calor, depois a cerveja, esse mormaço da alma, qualquer vício se instala com os dois pés cruzados sobre a mesa. Caco sai do seu mutismo: "Melhor não colocar", "O quê?", "*Coincidência teu c**". Ele está sério, olhando para frente, enxergando além da cidade que se ergue adiante, as casas coloridas e sinuosas. "Por que não?", "Você é como eu, Vid, quer fazer algo diferente, mas no final vai ter que escrever alguma porcaria melosa para menininhas românticas que ficam em casa em noites de sábado", "E o que isso tem a ver com *coincidência teu c**?".

Ele continua, sem me ouvir: "É o sistema, tá ligado?". Caco adora jogar a culpa de tudo no "sistema". "O que é o sistema?", pergunto, com uma fingida curiosidade, "Não dá uma de espertinho, você sabe do que estou falando". Eu de fato sei do que ele está falando, mas de que adianta discutir? "Então você vai fazer uma canção de ninar?", provoco, "Quase isso". Ele traga profundamente. As cinzas do cigarro rodopiam dentro do carro, uma delas passa perto do meu olho. "É muito clichê você dizer que é o sistema", "Tudo é clichê, velho" (faz cara de desesperado), "já disseram tudo, não tem nada de novo, somos papagaios, você não sabia?", "Então melhor não escrever", digo. "Se você fosse inteligente, faria isso", "E não escrever canções...", "Não me coloque no seu barco furado!". Rimos como dois idiotas.

Nunca estive lá, é um casarão com arquitetura budista. Chamam de templo, mas tenho minhas dúvidas. Fica a uma quadra do mar, coisa de país tropical mesmo. Eu faço piada que virar monge assim é fácil, mas Caco já não tem vontade de rir. Pede que eu o espere na calçada e sai, tenso, segurando o bolo com as duas mãos. Dali a pouco volta com Saulo.

O irmão veste uma calça de flanela bege e uma blusa branca de botão. Traz na mão algo embrulhado num guardanapo e vem sorrindo sem dizer nada, Caco o acompanha aparentemente enfezado. Falo com Saulo, quanto tempo, cara, tudo bem, e ele me abraça, sorri, acho que não responde, não sei dizer, é como se sussurrasse agora em vez de falar. Vamos os três em direção à praia, Caco dá notícias da mãe, diz que ela se preocupa com ele, Saulo; que ele deveria ir visitá-la, "Pensa na pobre coitada com um filho roqueiro e outro santo". Eu nem queria, mas aquilo desata uma gargalhada em mim, que eu reprimo imediatamente, tossindo. Apresso o passo na direção do mar, que nesse trecho fica recuado.

Deixo os irmãos dialogarem a sós e invento de ir comprar um picolé. Fico enrolando porque não sei mais o que fazer ali, pensei que só vínhamos entregar o bolo. Caco me chama, parece que Saulo também não o deixa confortável, vai se conversar o quê com um sujeito que prefere o silêncio? Da calçada vem um cão velho, de pelos ressecados, marrom por cima, uma mancha branca no peito, o rabo a abanar. Vai direto na direção de Saulo, que se agacha e lhe dá uns pedaços de bolo. Depois o cachorro senta-se ali ao seu lado e vigia as ondas. "Mamãe vai adorar saber o destino do bolo", resmunga Caco, "Não somos os únicos que precisamos disso", responde tranquilamente, "Ah, tenho certeza de que esse traste aí" — aponta para o cão — "precisa de um pouco de açúcar na dieta dele", "Não falava de comida", acrescenta Saulo com um sorriso. Todos nós olhamos o mar, talvez seja mais fácil. Ficamos calados.

"Você volta um dia?", "Voltar pra onde?", "Saulo, não dificulta!". Caco está inquieto, cava a areia com o pé, queria talvez dizer um monte de coisas, mas não consegue. Irrita-se, acende um cigarro, senta num pequeno monte de terra, o cão vai lá cheirar seus pés e o olha com ar de dúvida. Nunca mais faço isso, penso. Esses dois que se resolvam, não tenho nada a ver com essa história. "Outro dia", começa Saulo, "o mar estava calmo de um jeito... parecia um lago. Agora olha só. Tem coragem, maninho, de ir nadar ali?", ele pergunta, encarando Caco com olhos vivos. "Se me pagarem uma boa quantia, eu vou", diz o outro, olhando pros próprios pés. É estranho, Caco na presença do irmão parece se transformar numa criança. "E o que é que tem?", "Como?", "E o que é que tem que hoje o mar está assim e no outro dia parecia um lago?", "Não tem nada", responde Saulo, abandonando o sorriso.

Os olhos deles meio que se apagaram de repente. "Você tá feliz, meu irmão?", "Essa pergunta é sem sentido", responde. "Eu acho uma pergunta muito sensata", sussurra Caco enquanto mexe na orelha do cão. "Nenhuma pergunta é sensata", continua Saulo. "Agora fodeu de vez". O outro olha o irmão com ar de pena. Não sei por que, mas também tive pena de Caco. Ou talvez fosse só uma projeção, talvez tivesse pena de mim mesmo. Por quê? Vai saber! Isso que dá, pensei, você inventar de entregar um bolo a um monge num domingo.

"Tenho que ir, irmãozinho, manda um beijo pra mãe". Caco se levanta bruscamente: "Mando coisa nenhuma, você que vá lá dar o beijo, se tiver vontade". Ele sai sem se despedir. Voltamos a passos lentos, eu todo constrangido (peço desculpas por Caco?). "Foi bom te ver, Vid". Ele me abraça, o corpo mole como gelatina, cheirando a incenso.

Caco está no carro, tomando o resto de uma cerveja quente. "Você é pau, hein?", "Que foi?", "Me deixa lá com meu irmão", "Tás vivo, não tás?". Tento tirá-lo daquela vibe: "Acho que te faria bem passar uns dias aí". Ele só falta me engolir com os olhos, mas percebe meu riso no canto da boca. "Seu escroto, quer ficar?", "Não, prefiro tomar mais uma cerveja; para no posto". Paramos. Compramos. Tomamos a cerveja observando uma mulher que enche os pneus do carro na bomba. Uma coroa conservada. "Vou oferecer meus serviços", diz Caco. Bom sinal, está voltando a ser ele mesmo. "Teus serviços? Que serviços? Tu presta pra alguma coisa?", "Meus dedos são mágicos", "Então vai lá apertar o pito", "Tu é um ingrato, Vid", "Eu?", "Sim, eu te trago pra praia, e tu fica aí menosprezando minhas habilidades, eu pelo menos tenho algum talento", "Eu sei que tem, vai lá logo". Ele balança a cabeça: "Simbora, tô deprimido". Meu irmão me deprime, esse corno", "Deixa o cara, ele não tá bem?", "Você acha?", "Não sei, mas deve ter suas razões pra estar aqui", "Ah tem! As mesmas que eu e você", "Lá vem de novo com essa história", "Esquece, não vale a pena falar dele".

Caco dá partida devagar, tão devagar que o mundo parece se movimentar em câmera lenta, o tempo tem dessas brincadeiras. Um caminhão passa a mil e joga o barro do chão em cima do carro, pensei que ele ia gritar um palavrão, mas não, fica calado, mastigando não sei o quê, talvez terra. Seus olhos começam a piscar, o tal do tique nervoso, talvez seja o irmão, mas não, não é o irmão, já vi o tique em circunstâncias semelhantes. Caco é um mistério.

Ele fica calado no caminho de volta. Não ligo que não diga nada, é tão difícil ter amigos que ficam assim em silêncio, sem constrangimento mútuo. A gente fica calado, às vezes, e pode durar bastante. Fuma com o braço do lado de fora. Não acho que Saulo esteja louco, é só que a vida cansa. Muita desgraça para se lidar, o pensamento que não para, a lembrança do pai morto, e a vida que não está nem aí, te atropela sem pedir licença, vai indo, vai indo, o peso nebuloso na cabeça, e pessoas que tentam te consolar usando palavras, como se as palavras...

Não, Caco não quer ouvir, eu sei. Também não quero falar. Para dizer o quê? Que tudo vai melhorar? Ele pode esquecer, sim. Vai esquecer, inclusive, mas essa dor de agora não é um fato único, é só a dor de agora. Depois vem outra, e outra, e outra, é um mecanismo irrefreável, repetitivo, só muda mesmo a história, ainda mais para caras como Caco, gente sensível, artista. Bota uma guitarra na mão dele e você vai ver o que é dor, ele consegue traduzir. Mas falar? Não, falar não. Deixa estar. É melhor esse vento na cara, a velocidade, daqui a pouco muda tudo, a mente encharcada de álcool, o *fardo leve*, não é por acaso que o outro lá transformou água em vinho, daqui a pouco...

O mar agora está à esquerda, o arco-íris diminui no retrovisor. A música alta, Chico Science, me impede de pensar, é só uma vibração potente nas veias, um ligeiro arrepio, espécie de certeza de que apesar de tudo a vida talvez valha a pena, sabe-se lá. Mas só se for assim, em ritmo cadenciado por uma potente bateria, um baixo gravíssimo, a fumaça do cigarro a bailar e a fugir do interior do carro, Caco gritando um refrão, os carros que passam, seus passageiros olhando assustados para essa figura exótica.

Eu rio de Caco, ele agora mexe a cabeça para cima e pra baixo, ao ritmo da música, gesto milenar de espantar fantasmas. Usa uns óculos escuros com lentes enormes e às vezes me olha com seu ar de besouro, rindo, rindo como uma criança.

Chegamos na cidade, os semáforos vão ditando a nova velocidade. Caco agora canta baixo, só para ele, embora o som no carro continue ensurdecedor. De repente é o tranco!

Ele para bruscamente, abre a porta e sai correndo pela calçada. "Caco!". Viro-me e vejo ele se distanciar, correndo como um louco. Na calçada tem uma senhora trêmula, histérica, aparentemente a gritar, não sei, não consigo escutá-la. Passo para o banco do motorista, a porta está aberta, abaixo o volume do som, saio do carro, e agora sim, ela diz que roubaram a bolsa dela, aponta na direção de Caco. É uma madame, o cabelo vermelho-pintado, os olhos rodeados de um azul esquisito, brilhoso, a saia branca, a parte de baixo do pescoço enrugada e maltratada de sol. Não posso ir atrás de Caco na contramão, vejo-o cada vez menor, correndo. Dois policiais militares, um homem e uma mulher, se aproximam trotando e perguntam o que aconteceu. Ela se explica esbaforida, um homem puxou-lhe a bolsa e saiu correndo. E eu, o que estou fazendo ali? "Meu amigo, acho que foi atrás do ladrão, não deu muito tempo de ver."

A policial fala em códigos pelo rádio, talvez na tentativa de interceptar o bandido de alguma maneira. Lá longe vejo Caco caminhando de volta, a mão na barriga, a cara toda vermelha. O homem fardado toma notas num caderno, uma viatura se aproxima e para na frente do carro de Caco. E aí não sei como aconteceu, mas mal Caco chegou, a velha disse alguma coisa e a policial pegou no braço dele. O coitado arregalou os olhos, afinal, que era aquilo, "Ei, ei", intervenho, "esse é meu amigo", "Sim, e daí? O senhor me deixe fazer o meu trabalho", "Deixo sim, mas a senhora me deixe fazer o meu, sou advogado dele", a velha passa as mãos nos olhos marejados e diz "Não, não é ele", "Claro que não sou, minha senhora!". Caco está enfurecido, correu atrás do mala e agora pensam que foi ele quem roubou a velha.

"E a bolsa?", pergunta o policial, "Sei lá da bolsa! Não consegui pegar o cara". Ele bufa, parece que vai ter um troço. "Conseguiria identificá-lo?" Caco diz que sim, mas não vamos ficar ali na rua indefinidamente, dou meu contato aos policiais e digo que se encontrarem o moleque nos liguem que vamos à delegacia. Caco está revoltado, bate a porta do carro com violência. "Pode isso?" Começo a rir. "Sai devagar, Caco".

Ele está suado, o corpo tremendo. "Nem falou obrigado! Se eu encontrar esse pivete agora, chamo ele pra tomar uma."

Falar em tomar uma, é o melhor que a gente faz agora. Com certeza. Ele vai recuperando o fôlego, fecha as janelas e liga o ar. "Pode isso?", insiste. E a gente vai discutindo aquele episódio até chegar no bar, Caco jura com todos os nomes que nunca mais tenta ajudar alguém na vida: "Ah, a humanidade! Merece agonizar! Velha ingrata, você viu? Ela disse que era eu!", "Não ouvi isso", respondo, já pedindo uma cerveja ao garçom. "Vê se tem sentido isso, eu roubo a mulher, saio correndo e depois volto tranquilamente na direção dos policiais", "Ela estava nervosa", "Nervosa é a mãe!".

Caco vira o primeiro copo que o garçom encheu e ele mesmo pega a garrafa e vai enchendo o segundo. "Respira, velho, tás aí todo esbaforido." Ele joga as costas na cadeira e toma lentamente o segundo copo.

O bar é o boteco esculhambado do João, perto de casa. Sem mulher, sem música, sem nada que realmente interesse, a não ser a cerveja gelada. Tem bêbado em toda mesa, clientes habituais, a maioria gente mais velha que veio da praia, os homens sem camisa, as mulheres com cangas ou enroladas em toalhas. A gente vai bebendo, mas não resisto a fazer uma piada atrás da outra: sobre a velocidade de Caco, sobre sua preparação física, sobre o cabelo da coroa roubada, sobre a cara de bandido de Caco (só podia ser aquela a razão para acharem que era ele o ladrão), já não estamos mais pensando naquilo, e ele ri à vontade, reclamando do fato de eu não ter me mexido para ajudá-lo. "Eu? Quando entendi o que tava acontecendo, você já tinha corrido os cem metros rasos!", "É verdade que eu sou ágil", ele diz, com ar convencido. "Nos primeiros cem metros, parece que sim", brinco, "depois...".

O Sol vai descendo vermelho entre os prédios, e o boteco do João começa a ficar escuro. É bem na calçada, os carros passam em alta velocidade logo atrás das cadeiras. Agora vêm com os faróis acesos e a cada passagem iluminam subitamente meu amigo para depois jogá-lo na escuridão. Eu penso em Saulo. "Ele era como a gente, não?", Caco reflete, sabe de quem estou falando. "Sim", diz. Eu continuo: "Saía, bebia, conseguia mulheres, se bem que...", "Se bem que o quê?", "Ah, não sei", "Fala!", "Acho que no fundo ele não curtia muito, ficava calado, na dele", "E quem é que curte?". Eu rio (um riso triste, me parece).

"Ele saía mais cedo", continuo, "lembra? No meio da farra, ele sempre saía mais cedo, era como se chegasse um momento em que não aguentava mais", "Não quero falar dele, Vid", "Beleza". Caco enche nossos copos, depois grita para o João: "Quando é que você vai botar uma música nessa bodega?". O outro responde que ele deveria ter trazido o violão. "Não toco mais violão", responde, "Que bom", rebate o velho, "você tocava muito mal". A gente ri. Se Caco tivesse trazido o violão, aqueles bêbados só deixariam o bar de madrugada. "O que deu em você, afinal?", pergunto, "Como assim?", "Pra sair correndo atrás de um trombadinha", "E era pra deixar ele levar a bolsa da mulher?", "Sei lá!", "Não tava sendo bonzinho", "Não?", "Não. Fiquei irritado com aquilo, foi meio automático", "Você tava era enfezado com outras coisas", "Talvez. Sim, tem razão. Depois o cara vira herói sem querer e vão dizer por aí que sou um cara bom", "Você é um cara bom", "Sou coisa nenhuma, e, se for, não sai contando por aí", "Por quê?", "Ora, por quê!? Os bonzinhos não comem ninguém, pergunte ao seu amigo Renzo". Não preciso perguntar.

Caco vai se enfurecendo aos poucos: "Ah, essas mulheres... Conversinha de que querem o cara legal, que as trate bem, que não traia... Quantas vezes você já ouviu isso, Vid? Incontáveis (eu viro minha cerveja e roubo-lhe um cigarro). Lembra de Sebastião?", "O vigia do seu prédio?", "Ele dizia: as mulheres querem o cara que faz sucesso", "E o que seria isso?", "O cara que tá pegando todas, claro. Elas sentem o cheiro, tá ligado?", "O cheiro de quê?", "O cheiro das outras, é isso que as deixa loucas". Caco adora entrar nessa discussão sobre os mecanismos da conquista, já conheço todas as teses dele.

"Talvez você devesse usar perfumes de mulher, então". Ele me olha, sarcástico: "Não dá pra conversar com você", "Ô, Caco, do que é que você reclama, hein? Vive aí cheio de fãs te dando bola", "Fãs? Essas maconheiras largadas?", "Você também é maconheiro, tá reclamando de quê?", "E daí que eu sou maconheiro?", "Daí nada, mas, se você é maconheiro, por que tá reclamando das fãs maconheiras?", "Porque elas esqueceram que desde os primórdios da humanidade as mulheres têm que se enfeitar, velho!", "Ah, tá, que a Renata não nos ouça", "Quem?", "A jornalista, amiga de Clara", "A feminista?", ele pergunta, exaltado, "Sim", "Nem começa", "Acho que ela gostou de você", eu brinco. Ele não responde, balança a cabeça enquanto sorve os últimos goles de cerveja, antes de pedir a próxima.

"Putz, amanhã é segunda", digo. "Por que você não deixa seu emprego?", "E vou viver de quê?", "De literatura". Eu me engasgo com a cerveja, rindo. Caco, o cômico.

Ele continua: "O sujeito não pode viver assim, angustiado porque chega a segunda-feira", "Você não se angustia de ter que ir ao banco?", "Eu não. Se der na telha, nem vou", "Claro, você tem quem te sustente", "Você também, é só voltar pra casa dos pais", "*No, thanks*". Ele se cala me encarando. "Que foi?", "Você anda estranho", diz. Eu desvio o olhar. "Que foi, tá depressivo de novo?" Sorrio olhando o fundo do copo. "Não quero falar sobre isso", "Tá aí, isso o quê, não sei o que é *isso*", "Não enche, Caco!", "Meu velho, você só tem a mim pra falar sobre seus problemas", "Tá muito convencido", "E não é? Vai falar com quem? Com Renzo?", "Renzo é meu amigo, mesmo que você não goste dele", "Não é que eu não goste dele; só somos diferentes. Também não duvido que seja seu amigo, mas é difícil escutar alguém e se maquiar ao mesmo tempo". Eu caio na gargalhada.

"Tô mentindo?", "Não; só exagerando". Caco toca no meu braço como se fosse contar um segredo: "Vid, esse cara é um metrossexual", "E você sabe o que é um metrossexual, seu retardado?", "É um cara que não larga o espelho, e, se não for isso, é quase", "Deixa de ciúme, Caco", "Ciúme? E eu lá sou tua mulher pra ter ciúme!?". Ele reflete um pouco, depois diz "Precisamos matar os amigos". E se corrige de imediato: "No sentido figurado, quero dizer". E continua, no improviso, argumentando que alguns amigos têm que ficar para trás, que são um atraso, que um sujeito como ele termina se deixando levar a fazer coisas que não quer, "Ah, os filhos da mãe nem sabem o quanto são perniciosos".

Perco meia hora tentando convencê-lo a irmos embora, amanhã é segunda, coisa e tal. "E daí? Esquece que é segunda, você devia relaxar, Vid. Vamos fazer o seguinte: passamos na sua casa pra pegar aquele lixo de violão que você tem lá", "E depois?", "Depois?", "Sim, e depois?", "Depois vamos tocar em algum lugar", "Tá louco, nem a pau!", "Por quê?" "Porque trabalho amanhã", "E daí, se você fizer besteira no trabalho, a gente precisa dar graças a Deus, não?", "Muito engraçado". "Você sabe (ele agora fala enrolando a língua, já ficou bêbado), ninguém devia defender essas figuras que você defende", "Conta uma novidade", "Então!", "Então nada, se eu não defender, outro defende, e eu não pago minhas contas", "Falou que nem um burguês!", "Eu sou um burguês, e você também", "Eu?", ele ensaia se levantar, possesso. Faço um gesto, não quero discutir.

Vem com a ladainha da música. Rebato: "Caco, você pode ser artista e ainda assim ser burguês", "De jeito nenhum! (se exalta)

Não me vem com essas teses ridículas (derruba uma cadeira ao se levantar)". Eu começo a rir, é tão fácil tirar Caco do sério. "Tá certo, tá certo, você não é burguês; você é proletário", "Não sou nem um nem outro", ele resmunga, "sou artista. Artista e pronto". Roubo a chave do carro dele e o obrigo a deixar o bar. Dirijo até meu apartamento. Pergunto se ele vai conseguir voltar para casa, se quiser pode dormir no meu sofá. Mas ele está entre bêbado e rancoroso, provavelmente por ter sido chamado de burguês. "Vê se não mata ninguém", eu digo. "Se encontrar a velha, atropelo ela sem pensar duas vezes." Rimos, ele saltando do banco do passageiro para o do motorista; eu do lado de fora, segurando a porta. Caco sai com o carro, mas dali a segundos volta dando ré, um zunido de nave espacial erguendo-se no ar. Para do meu lado, desce o vidro: "Quando vamos?", "Pra onde?", "Pro interior", "Em breve", "Em breve é o *carajo*", "Você fala muito palavrão, sabia?", "Acho bom não colocar no seu livro", "E o imperativo realista?", "O que é isso?", "Descrever a realidade tal qual ela é", "E o imperativo estético?", "Você inventou isso agora", "O mundo não quer mais realismo; ele quer beleza"; "Prefiro a verdade à beleza", "É que você é um burocrata; não um artista. Devia escrever como Gabo", "Quem?", "Não se finja de besta, escrever uma prosa cheia de poesia", "Faço isso quando tu deixar de tocar solos de dez minutos nas tuas músicas", "Esquece", "E cantar pelo menos três vezes o refrão", "Ei", "Oi?", "Marca logo uma data", "Te digo essa semana", "Isso tá com cara de furada", "Te digo essa semana!". Ele bate a mão com força na direção, grita *road trip*! e sai cantando pneus.

3

E Caco ainda diz que eu só vejo o que há de bom nas pessoas.

Li e reli esse processo, com uma desconfortável ânsia de vômito, e tudo o que eu queria era pegar a cabeça desse moleque e esmagá-la repetidas vezes contra o chão, segurando sua nuca com as duas mãos como se fosse o cabo de um martelo, até que a cara dele, que eu nunca vi, ficasse irreconhecível. O menino estuprou a mulher na frente do marido. Na frente... Não se pode dizer que foi na frente porque o outro estava lá, vendado, amarrado enquanto o comparsa recolhia objetos pela casa. O comparsa furou o esquema todo, era um ex-empregado do marido, sua voz o traiu. Depois acharam as coisas com ele, e daí até o adolescente foi rápido, a polícia não perdeu tempo.

Se esse garoto não fosse um filhinho de papai, já estava morto, mas não, era bandido por opção, se assim se pode dizer. Família rica, plenas condições de dar certo na vida, mas está aí, décima sétima passagem pela vara da infância, terceira internação, o pacote completo! Fico aqui matutando, enquanto sou obrigado por lei a defendê-lo, o que fazer com as pessoas a quem todas as chances já foram dadas? Vá lá, o sujeito erra uma vez e é punido. Somos compreensíveis, damos a ele uma segunda chance. Ele vai lá e erra de novo. Pegamos mais pesado, damos uma terceira chance. Ele vai lá e reincide. Somos mais que compreensíveis (quase santos, na minha opinião), damos uma quarta chance. E o troço continua. Dezessete vezes! Ah, vá se foder, tem gente que merece morrer mesmo, não há paciência ou humanidade que bastem. E me vem a imagem à cabeça, aquela cena de dar náusea. Imediatamente me vejo esfregando o rosto desse sujeito desconhecido no chão, depois de ter partido seu crânio. Paciência tem limites, *sorry*.

Mas agora não se trata disso, agora tenho que usar toda a minha habilidade para provar que não foi ele, afinal, quem o viu de fato? Quem o encarou no rosto? Ninguém. O que temos é o comparsa acusando-o, um reconhecimento de voz, a mulher traumatizada, o marido inconsolável, diabo de vida, é melhor ir logo dessa para melhor. O comparsa estar com os objetos roubados só prova o roubo, nada mais. Mas tem pior: ele não chegou aos dezoito, por isso esse processo está aqui. Tem mais uns meses para fazer o que quiser, carta branca, isso mesmo, e viva nosso espírito cristão! E viva o Estado de Direito!

O chefe entra na sala perguntando como anda aquilo. Peço que dê o processo a outro, mas ele finge que nem ouve. Confia demais em mim. Por que cargas d'água, eu me pergunto nessas horas, fui dar uma de engraçadinho quando o conheci? Foi na entrevista para entrar no escritório. Ele me pergunta se eu já havia lido Maquiavel. Podia ter feito uma cara de dúvida, como se nunca tivesse ouvido mencionar aquele nome, mas queria o emprego, e o cara me dá essa brecha! Então lá vou eu a falar do italiano, a citar a famosa frase que ele não disse, os fins etc., mas acrescento que não há provas de que ele teria dito aquilo, embora não precisasse: toda sua filosofia desaguava naquela atitude prática, dissociada de qualquer moral, em que vale tudo para vencer a batalha ("a política tem sua própria moral", coisa e tal), manter-se à frente dos adversários, e ainda dou de bandeja Tucídides e Hobbes, uma linha de tradição de lucidez aguçada, essa pancada de filósofos que desconfiam da natureza humana, e que no fundo, com sua desconfiança, reproduzem a desconfiança, e tome medidas preventivas, e tome rigidez na ação, e tome intolerância zero, porrada, bala, guerra, tudo porque o outro, enfim, o outro no final vai aprontar alguma, ah vai!

E eles não têm razão? Eu não sei se têm razão, mas, já que me deram a palavra, fui falando essas coisas, uma atrás da outra, que nem uma metralhadora, e quando ele intervinha, empolgado, eu driblava, fazia-o pensar na questão sob outro ângulo, mostrava-lhe a flexibilidade do meu intelecto, sua perspicácia, sua precisão, e íamos assim até que subitamente percebo que sou uma serpente e que ele está fascinado pelo meu olhar e pelas coisas que me saem pela boca naturalmente, uma avalanche de argumentos floreados da mais irretorquível precisão, sem esquecer a elegância. De repente o sujeito havia encontrado num recém-bacharel o cara que o atropelava em quantidade de leituras e sobretudo na forma de usá-las em qualquer direção que se quisesse, era só apontar, e tudo o que meu futuro chefe queria era apontar a direção, como estava fazendo agora ao dizer "Vamos livrar a cara desse canalha, somos pagos pra isso". E, é claro, vejo nos seus olhos os cifrões a brilhar.

Ele sai, e só quando sai eu suspiro. Queria mesmo era bater na mesa, mas isso só quando seus passos desaparecem no corredor. Animal! Tem uma mensagem no meu celular, não a vi chegar. Ah, sim, hoje é o aniversário de Clara. Convite para ir ao bar à noite. Digo que vou ver, a resposta mais tradicional quando você sabe que não vai. Não que eu não quisesse vê-la, mas cansei deste enredo: Clara, os amigos e as amigas médicas a falar de procedimentos cirúrgicos, a contar anedotas de hospital como se os pacientes fossem massas informes com as quais estão a brincar, para dar-lhes uma forma mais condizente com sua estética pessoal, ah, os médicos e seu ego de deuses! Para completar, está lá sempre o marido (será que estará dessa vez?), o cara que eu odeio e aprecio ao mesmo tempo.

Odiar é exagero (é esse processo que me tira dos eixos, com certeza), mas enfim, ele é o marido de Clara, como iria gostar dele? Ao mesmo tempo é o único na mesa que não usa uma bata branca quando trabalha, então ao menos consegue levar a conversa para tópicos mais amenos e altamente intelectuais como futebol e mulheres. Ah, é uma figura, ele fala de mulheres como se a dele não estivesse ali na frente, e já nos acostumamos com aquela cara-de-pau que diz tudo na lata porque assim não podem acusá-lo de dissimulação. Claro, é uma estratégia que faz rir, eu mesmo caio na risada quando queria permanecer sério, decididamente não nasci para representar o homem sisudo, frio e distante, mas há alguns risos do outro lado da mesa que são amarelos, vê-se que amigas de Clara não gostam nada daquilo, o que se pode fazer, o cômico nunca agrada todo mundo, há tantas verdades embutidas no riso que não é qualquer um que aguenta. Clara responde (ah, quanto ela me conhece!) que quando eu digo que "vou ver", é porque não vou. Rebato com um emoji de olhos arregalados, absolutamente surpreso e fingindo que não sei do que está falando, mas na sala de paredes verde-claras, cor de abacate, rio sozinho. Até que meus olhos recaem sobre a capa cinzenta, plastificada, do meu querido processo.

Vamos lá, há outra maneira de se enxergar a questão, penso, e já sei que vou partir para uma justificação que me permita lidar com as injustiças do mundo, se injustiças há, afinal, tudo acontece por uma razão, certo? Até as maiores barbaridades estão previstas no plano divino, é o que diz minha mãe enquanto colhe sua mandioca lá no sítio, embora use palavras mais singelas do tipo "Deus escreve certo por linhas tortas", e só de ela dizer que ele escreve sinto uma revolta subir-me pela garganta, como se eu aqui, ao gastar minha tinta, estivesse a imitá-lo, logo eu que reclamava dos médicos. Mas não nos dispersemos, a verdade que agora sustento é a de que todos merecem uma defesa judicial, até mesmo energúmenos que mereceriam, caso não estivéssemos dentro de um sistema jurídico organizado, a decapitação pura e simples, e olhe que isso é bom demais a se considerar o mal que causaram.

O fato de todos merecerem uma defesa é um princípio que mantém a estrutura social em pé. Perceba, caro Vidal, que com suas habilidades argumentativas você mantém todo o sistema judicial firme, íntegro, coerente. Imagine só se decidisse frustrar as expectativas do sistema, e se todos fizessem igual, voltaríamos à barbárie, ao cada um por si, à total imprevisibilidade de tudo, ao caos etc. etc. etc. Vamos lá, continuemos, que estou quase convicto da importância intrínseca do meu gesto, esse argumento que desenvolvo (enquanto reflito) para livrar a cara do sujeito, deixá-lo em paz para fazer as asneiras que lhe passam pela cabeça, afinal a liberdade não é o valor supremo? E depois, quem disse que foi ele mesmo?

Ah, agora sim o advogado está voltando, ocupando seu espaço entre essas vozes dissonantes. Pode-se confiar na palavra de um ladrão (o comparsa) e naquilo que diz a mulher, ou seja, que reconhece tão somente a voz do adolescente? É claro, a acusação vai dizer que nos crimes sexuais a palavra da vítima assume importância singular, e vai me citar uma extensa jurisprudência, mas é esse um valor absoluto? Não, não há valores absolutos, e é preciso ver o efeito que produzirei quando construir uma argumentação de fazer chorar para mostrar o quanto esse pobre adolescente é uma vítima da sociedade injusta que o produziu (embora isso não calhe muito com um menor cujos pais são milionários), mas vá lá, do momento em que o rapaz se afasta da família, tudo são "influências nefastas" naquela pobre existência.

E como uma mente ainda não desenvolvida pode ter a força para resistir a essas influências, um cérebro em desenvolvimento, sem a compreensão do certo e do errado (é preciso rir: dezessete vezes!), pobrezinho, meu Deus, não lhe inculcaram na cabeça a consciência dos limites, os pais só viviam para fazer funcionar às mil maravilhas a máquina monstruosa do capitalismo que lhes enchia o bolso, abandonaram-no, não lhe deram o apoio afetivo necessário (há lágrimas nos meus olhos), e sem apoio, sem a internalização de regras claras e de suas consequências, podemos culpá-lo por qualquer ato cometido?

Não, Excelência.

De repente levanto a cabeça e já escrevi vinte e nove páginas. Tudo recheado das adequadas doutrina e jurisprudência, que existem em todos os sentidos possíveis, para inocentar e para condenar, basta pesquisar com cuidado, sempre há tribunais com argumentos para absolver o mais escabroso dos psicopatas, aliás psicopatas, vejamos, são doentes, não têm capacidade e empatia de discernir o Mal do Bem, não é assim também com adolescentes? Que canseira! Eu queria estar do outro lado, juro que queria! Queria estar agora a acusar esse filho de uma égua desse menino, basta que eu lembre a cena escabrosa de um marido rendido, as mãos amarradas, os olhos vendados, escutando esse merdinha falando indecências enquanto posiciona a mulher do jeito que lhe agrada mais, enquanto ela geme pedindo que não, enquanto o homem range os dentes falando coisas incompreensíveis, cheio de raiva e impotência, a boca tapada. E o comparsa a passear pela casa, escolhendo friamente o que vale mais a pena levar, a televisão ou o DVD. Dá para levar tudo? Não, faltam mãos, ele pensa, e os gemidos, e a revolta do quarto ao lado são indiferentes, não têm nada a ver com ele, nem os gritos abafados, nem o som de socos, nada, "Ah, um relógio!".

E se eu estivesse do outro lado, penso aqui como forma de imaginar a vida que poderia ter sido, se estivesse nas minhas mãos a pena do acusador, a tinta do Ministério Público, não daria no mesmo? Porque o que me corrói é essa revolta, esse ato ignóbil que eu não posso apagar e que está impresso na memória do Cosmos, uma violência sem nome, um trauma indelével. E sem querer lembro dessas tragédias tão cotidianas, que a televisão nos lembra periodicamente, a maldade brotando como mato selvagem no dia a dia, e toda a questão é: o que se fazer com a *maldade*? Nem tudo é maldade, a maioria dos crimes nesse país se devem ao fato de ser um país avacalhado, onde a injustiça conduz à revolta e daí ao crime, mas há também o mal puro e simples, dissociado de causas explicáveis com fórmulas matemáticas, o mal que está nesse menino, ah, com certeza está (dezessete vezes...). O que se faz com esse mal? O relógio na parede faz tic tac enquanto me aponta a hora do almoço, mas não consigo me levantar. Como é que se come quando não é possível responder isso, é o que me incomoda às vezes. E a minha resposta é simples: ganho um salário e defendo o Mal. E há quem olhe meu paletó e inveje o sucesso que ele representa. Queria desafogar a gravata, mas o martírio ainda não acabou, estou na metade do dia. O melhor é ir almoçar mesmo.

Almoçar, desanuviar, esquecer enquanto se come, afinal, *somos instantes*, é o que dizem essas figurinhas em redes sociais, na legenda da foto em que estão a tomar champagne numa Cancún paradisíaca.

Sim, somos instantes, inclusive eu, que talvez seja um instante ainda mais fugaz, então para que tudo isso? Num minuto já não estou mais aqui, nem você, nem você, nem você que caminha em direção às bandejas coloridas do alimento enganador, se a vida fosse só o pão de cada dia, ah, aí seria ótimo, mas a verdade é que nem o pão é só físico, nem a vida é só o tempo de um instante.

O problema não é o tempo; é a memória. Quem dera tivesse nascido sem, mas vim com defeito de fábrica, e o instante que era para ser só instante, presente, é um caótico desfilar de memórias, uma tortura sem fim. Não seria melhor que tivessem matado o casal? Eu ficaria mais aliviado, é duro dizê-lo, mas aquele ignóbil registro cósmico não os acompanharia pelo resto da existência, seria só eu e alguns outros que o teriam de suportar, o fardo é lembrar-se, e ele não é leve como o seu, filho de Deus, abençoado sejas por não ter memória, ao que tudo indica. O fardo só é leve para quem não julga o mundo, como disseste que não deveríamos julgar, mas o que nos resta senão isso?

Olhe lá, já que é esse o tópico, esses robôs escolhendo sua comida, trocando informações aparentemente engraçadas, já que riem de tudo enquanto decidem se hoje é dia de carne ou de peixe, *whatever*, o importante é que a batata frita acompanhe. Esse formigueiro me angustia, como se a sociedade fosse de fato coerente e organizada, e tudo leva a crer que sim, porque eu não queria almoçar, mas aqui estou, meu estômago funciona como o dos outros, não interessa a náusea que a ação de um me provoca, o estômago está lá, faz seu serviço nos mesmos horários, talvez eu mesmo seja um robô, ou uma formiga, e talvez seja isso que me tire mais do sério, porque sou igual a eles. Meu paletó também brilha e está limpo e impecável, tiro um cabelo da gravata com um gesto majestoso, o tique de um rei, a barriga cheia ou a meio caminho de ficar.

Colegas do escritório sentam-se ruidosamente na minha mesa e a desculpa é que não vão me deixar comer sozinho, o pobre do Vidal, coitado, comendo sozinho, e eu queria dizer-lhes que tirassem imediatamente a bunda de suas cadeiras e fossem comer alhures, mas, como não quero usar a expressão um tanto pedante ("alhures", quem diz "alhures"?), sorrio meu melhor sorriso e imediatamente estou a discutir a polêmica da vez, pois tudo por aqui é polêmica, basta que alguém a enuncie em redes sociais, e logo se formam dois campos de combate absolutamente antagônicos que se põem a jogar pedras uns nos outros a título de argumentação. E nós, bem, nós, os engravatados, reproduzimos tudo isso no almoço, do alto de nossa glória profissional, convictos de que um corte Armani (sem ser) nos torna superiores ao resto dos mortais, enquanto dentro de mim um verme me devora as entranhas, mas ninguém vê. É impressionante, pessoas tão inteligentes, e ninguém vê.

Quando trazem à tona o processo, reproduzo a linha de argumentação afiada em defesa do adolescente, e eles me aplaudem, porque o que vale, evidentemente, não é a verdade ou a justiça divina ou meus anseios homicidas de vingança, mas a eficácia da palavra. O verme interrompe seu trabalho, imagino que o tenha feito para expressar o pasmo que um olhar dentro de mim estampa em esferas invisíveis. Ah, essa dissociação é execrável, será que vocês não veem, meus caros colegas, mas, quando era de se esperar semblantes de desprezo, o que se vê é satisfação; quanto poder reside nesse talento gramatical, é o que dizem seus olhos, o de Débora em particular, que me olha esquisita, com uma ponta de não sei o quê, algo que se eu não fosse tão modesto (ou inseguro?) chamaria de desejo.

Chega de gastar tinta com isso. No final do dia o discípulo de Maquiavel vem me bater nas costas e dizer que produzi uma obra-prima. Antes meu ego se inflava com esses elogios, mas hoje... Bem, já faz algum tempo que as coisas ruíram, o sorriso estampado é só por educação, queria mandá-lo àquele lugar. Minha cabeça dói, engulo uma pancada de comprimidos, uns para dor, outros para males inomináveis e doenças inexistentes, o importante é o coquetel, como dirá Caco em breve. O que eu quero agora é chegar em casa, me empanturrar com alguma porcaria e beber enquanto me esparramo no sofá, a televisão ligada, os olhos desatentos, deixando-me levar pela ilusão de que vivo como os outros, igualzinho, robô exemplar, até que venha o dia seguinte.

E faço exatamente isso, mas já não consigo pensar muito, o uísque vai pesando entre os olhos, em algum lugar no centro da cabeça, perto do sexto chacra (lições de Saulo), é ali que as viagens mais alucinantes acontecem. Meus pés descalços surgem como entidades distantes, movimento os dedos para ver se sou eu, mas não, são os pés de um estranho, e se manifestam com vozes díspares, ora a de uma jornalista (o mindinho), ora a de uma testemunha (o médio), tudo depende do que passa no canal das tragédias diárias, e eu noto, muito de longe, quase a adormecer, que se permanecer nessa posição vou terminar caindo do sofá, e de fato vem aquela sensação de queda brusca, mas era só um sonho, porque estou no sofá, deitado, desconfortavelmente deitado, com um calor de matar, e as pessoas na televisão não param de falar, eles não se cansam, qualquer coisa é motivo para discorrer, manifestar opiniões, afirmar a verdade, é como sempre a vontade de poder disfarçada de algum discurso coerente.

Desligo. O melhor é ir dormir, no relógio é meia-noite e vinte, o cochilo foi grande. Mas não me movo. Para quê? Já estou pronto aqui mesmo, que diferença faz ir para a cama?

Pego o celular acometido dessa difusa e ilusória esperança que é o traço de uma geração inteira, talvez uma mensagem, uma foto, uma frase feita, e vejo que Clara me ligou cinco vezes. Ligo de volta, atende uma voz feminina que eu não conheço. "Quem é?", "Quem é você mesma?", "Quem é você que me ligou?", "Não apareceu meu nome aí?". Escuto risos do outro lado e Clara toma o telefone da desconhecida. "Você é farrapeiro, hein, Vid?". Explico sem dar detalhes que não pude ir, tinha coisas a resolver, aquela avalanche de mentiras usuais, modo inconsciente de azeitar a máquina social, e ela diz que ainda há tempo para se redimir. "Agora?", "Sim", "Não está acabando por aí? Você não trabalha amanhã?". Diz que não, é dia de folga. Eu não queria perguntar, mas pergunto: "Quem está aí?". Só duas amigas, aparentemente. "E Antônio (o marido)?" Ela diz que não quer falar do marido, que não sabe onde está e que está se lixando para isso.

É claro que sob aquele orgulho há uma enorme ferida que não é difícil enxergar, e, na desenvoltura mal cadenciada da voz, sei que Clara não está sóbria. Não pulo do sofá em direção ao armário, nada disso. Na verdade fico em silêncio um instante porque há nessa decisão um nó — ir ou não ir, diria Hamlet, eis a questão. Fazer todo o esforço, me arrumar, pegar o carro, chegar lá para passar o quê, uma hora no máximo? Conheço os bares dessa cidade, em dia de semana fecham cedo, elas estão *nos finalmente*. "Vem, Vid, quero te ver, pô", fala, com a voz chorosa, como se realmente quisesse isso, como se não estivesse a desmoronar e precisasse de vida ao seu redor, de pessoas falando para mascarar o silêncio, de sorrisos que ela não consegue mais dar a não ser sob incentivos. "Tá, tô indo". E vou mesmo, tomo um banho rápido, visto-me às pressas e saio. Chego no bar, e é exatamente o que eu pensava, até pior, só três mesas ocupadas, os garçons fingindo bocejos para espantar os últimos clientes, Clara bêbada-melosa-emocionada por eu ter vindo e sua amiga agradecendo a Deus minha chegada porque ela, a amiga, tem que ir embora, isso pra ontem.

Sento-me cheio de paciência observando os olhinhos vidrados de Clara girando nas órbitas enquanto ela ainda tenta, uma última vez, convencer a amiga a ficar mais um pouco. Quando esta se vai, ela me abraça e me diz o quanto está feliz por eu estar ali. Respondo que também estou feliz enquanto viro um copo de cerveja para ver se chego logo no estado dela, mas com cerveja só não dá. Peço uma dose de uísque sem gelo, que entorno com a mesma velocidade antes de pedir outra. "Por isso que eu gosto de tu, Vid", "Por que mesmo?", "Tu bebe como se fosse morrer", "É porque vou morrer, bonitinha". Ela me encara, esquisita. "Tu não vai?", acrescento. Cai na gargalhada, me dá um beijo na bochecha e conclui que ela também vai morrer, e que o garçom vai morrer, e que o marido vai morrer, e que as amantes do marido vão morrer, e por aí vai, a língua presa e embolada.

Eu imediatamente tomo outra decisão: em vez de me embriagar, decido acabar com aquilo logo, porque o estado dela é mais grave do que eu havia imaginado. "Vou te levar pra casa, Clarinha, tu tá muito bêbada". Ela se recusa. Começa a falar do casamento e de como no começo tudo eram flores, e do cavalheirismo do marido, e da paixão, e de tanta coisa íntima entre eles que eu vou ficando nauseado, sentindo aquela vaga angústia de ser um mero receptáculo do amor dos outros (pelos outros). Sinto ódio de Clara da mesma maneira que sinto — o quê, sabe-se lá! — afeto, atração, desejo, qualquer nome que compreenda essa miríade de sensações de um magnetismo surreal.

Se ela fosse um homem, batia-lhe na cara para acordá-la, despertá-la daquela patética cena de autopiedade, mas tudo que posso fazer é escutar o discurso milenar do coração partido, o ser amputado pela perda de uma ilusão. "Vocês se separaram?", pergunto, "É como se, a gente não se fala, nem dentro de casa". Suspiro. "Vão resolver isso, e se não resolverem, que seja, ninguém vai morrer", "Pedra de gelo", ela grita, e eu sorrio sem responder, porque aqui dentro há milhares de pequenos seres aquáticos a se movimentar em alta velocidade num caldeirão de água fervendo, é claro que sou frio, sou frio porque se fosse quente você ia ter que aguentar a explosão de impropérios contra esse seu marido e sobre sua estupidez em escolher um sujeito assim, então não, melhor ficar calado, Clara; melhor sorrir e concordar com você, sou um cara frio, uma lâmina, uma pedra de gelo, o que você quiser.

Finalmente convenço-a a ir embora. Saímos do bar, ela apoiada no meu braço. "Eu não vou pra casa!", grita de supetão, mal saio com o carro. Digo que vai sim, que precisa descansar, que tudo vai dar certo, de novo aquele monte de mentiras, porque é claro que nada nunca vai dar certo, um dia você está aqui, o coração batendo (mal, mas vá lá); no outro sumiu, dissolveu-se no Cosmos, não é que somos instantes mesmo? Ela finge, mas de tal forma que me convence, que vai abrir a porta com o carro andando, e tenho que parar. Pergunto o que quer fazer, e ela diz que vai dormir na minha casa, que dorme no sofá, não tem frescura. Tento dissuadi-la, apesar da voz insinuante que me tenta um dos ouvidos (*Clara vai dormir na sua casa*). "Clara, vou levar você pra *sua* casa."

Ela desce subitamente do carro e começa a caminhar na rua, às duas da madrugada, cambaleando. Eu avanço, digo "Tá bom, tá bom", ela dorme lá em casa, e antes que diga "Obrigada", ou durante, agora não sei, começa a vomitar na calçada. Desço do carro, vou segurar seus ombros, ela quase cai de joelhos, digo que está tudo bem, que é melhor vomitar logo tudo. Ela respira forte, e lá vem mais, seu pequeno corpo em convulsão enquanto uma das mãos aperta a minha com uma força descomunal. "Calma, Clarinha, tô aqui contigo." Puxo um pouco os cabelos dela para trás, para que não se suje, ela quer sentar no meio-fio, mas não deixo, ponho-a no carro e digo que, se quiser vomitar mais, nós paramos. E agora tudo o que ela faz é chorar o caminho inteiro, e diz que não queria que eu a visse assim, que ela está dando muito trabalho, que se pudesse ia para casa, mas não aguenta entrar ali, e tantas outras coisas às quais eu respondo com um sorriso e reafirmando que está tudo bem, que ela vai para *minha* casa e que amanhã estará melhor.

No meu apartamento, mal entramos, ela corre para o banheiro e se fecha lá. Sento no sofá sem saber o que fazer. Não sei quanto tempo passa ali, escuto água a escorrer, descarga, a tampa da latrina a bater vez por outra. Deixo passar o tempo e vou lá, "Tá tudo bem, Clarinha?", "Me arranja uma toalha, por favor". Trago a toalha. "E roupa, qualquer coisa." Trago umas peças que minha irmã deixou aqui quando veio no verão, um short, uma camiseta, entrego tudo pela brecha da porta que ela me abre, depois volto para o sofá.

São três e meia, diz o relógio em linhas vermelhas luminosas. Quando volta do banheiro, Clara parece uma criança desprotegida, os cabelos molhados, a cara de culpada. Pede-me um lençol para dormir no sofá, e eu: "Nem fodendo que tu vai dormir no sofá". Levo-a para minha cama, ligo o ar-condicionado. Ela resiste dizendo que não vai me dar mais esse desgosto e me tirar da minha própria cama, mas eu a ameaço dizendo que ou ela dorme ali ou eu a levo para a casa dela. Vou empurrando-a de leve para debaixo do edredom enquanto a reasseguro de que já dormi milhões de vezes no sofá e de que estou acostumado. Ela se aconchega por baixo do grosso manto, deitada de lado, observando tudo o que eu faço, e, quando tenciono sair e apagar a luz, ela tira um braço de baixo dos lençóis e me chama com a mão. Sento-me ao seu lado, ela pega minha mão e fecha os olhos.

De novo o aperto, o aperto férreo de uma mão tão frágil, e o meu próprio sufocamento, essa coisa movente que me comprime as tripas, um anseio de lágrimas que não vêm, e Clara sem nem um segundo de hesitação parece já ter entrado no mais profundo do sono. Espero, espero... Espero não se sabe o quê, mas não quero tirar a mão dali, é como se não houvesse nada de mais importante no mundo, não sei se para mim ou se para ela, do que lhe oferecer aquela mão, como se ao tirá-la eu a abandonasse covardemente. Então fico. Fico até meus olhos cansarem e minha cabeça se inclinar involuntariamente em queda súbita, o que me traz de volta à vida, quando percebo que sua mão já não pressiona a minha, que ela relaxou e que posso sair dali sem traí-la em sua confiança.

Desabo no sofá. E, por mais cansado que esteja, não consigo dormir. Há o cheiro amendoado do perfume de Clara nas minhas narinas, há a lembrança muito viva do seu rosto fresco e confiante sobre o travesseiro. E tudo isso emerge de mim como tensão, porque há também essa impossibilidade absurda, um muro, uma fronteira intransponível, aquilo que ela sente, não por mim, por um outro que não vale nada. Ah, e se fosse só isso! Isso já é muito, mas se fosse só isso... Quantas coisas eu gostaria de dizer a uma Clara que tivesse o coração largo e límpido, uma Clara que não se encontrasse no paroxismo dessa dor tão conhecida.

O que poderiam ser as minhas palavras, no entanto? Um mero desabafo, a voz de um moribundo que no fundo não tem o que dizer, mas que *sente* toda a tristeza do mundo porque é, ele mesmo, a tristeza do mundo. Há tanto tempo não reconhece mais seu rosto no espelho, sua imagem ganha contornos fantasmagóricos, ela se dissolve para dar lugar ao vazio de um olhar que já não é o meu, vejo-o no teto, deitado aqui, olhando para cima, quem é afinal este que me observa definhar? Não há nada pior do que essa impotência, ser incapaz de mudar uma única vírgula na escrita enigmática dos eventos, ser mero personagem de uma comédia que está nas proximidades do ato final, observar passivamente os outros como verdadeiros agentes, protagonistas que caminham com alguma certeza, a certeza que os move, e nela impera o conhecimento de que não. Não vão morrer hoje, ou amanhã, ou nunca. Talvez seja isso que os determine assim tão rigidamente enquanto eu, bem, eu fixo o teto sem me mexer, deixo-me estar como se flutuasse no espaço, pedaço de meteorito desorientado na imensidão, quem dera pudesse ao menos não pensar, nem escrever, nem esperar, mas o diabo da esperança é que ela nunca se vai por completo, ela é sorrateira, realiza percursos labirínticos para voltar à carga, cada vez mais violenta.

Se eu tivesse essa capacidade de não esperar, talvez contemplasse, beático, o segredo de Kafka no seu quarto, mas a espera é uma das artimanhas do tempo — a mais perigosa, talvez.

4

"Você devia ter comido ela", diz, enquanto pulamos a mureta e eu tiro meu chinelo para andar na areia. Não dá para conversar com Renzo, todas as soluções dele se resumem a isso no final: comer a garota. "Eu sei o que você vai dizer, e é isso mesmo, tudo se resolve com sexo." Talvez ele tenha lido meu pensamento, somos amigos há tanto tempo que há dessas ligações telepáticas inexplicáveis. "O problema de vocês...", "Vocês quem?", "Intelectuais, escritores, essa galera toda, é que vocês pensam demais". Nisso ele tem razão.

"Você acha que seria desonesto se aproveitar dela só porque estava fodida, mas, se tivesse comido, hoje ela estaria bem melhor, sentindo que se vingou do marido, além, é claro, de ter tido o melhor final de noite possível." Não sei por que o escuto, talvez porque, ainda que um pouquinho, um tantinho assim de nada, ele tenha razão. Infelizmente não tenho essa antena para captar os momentos em que devo agir de um jeito ou de outro, minha lógica é a do arrependimento tardio, sempre. E agora que ele menciona isso, fico encucado: talvez devesse mesmo ter feito outra coisa. Eu sou como aquele sujeito que só se lembra da resposta perfeita a um insulto dois dias depois e que fica se martirizando porque o tempo não volta. Ainda há quem pense que ele, o tempo, é circular. É claro que não, o tempo é uma seta lançada em alta velocidade para atingir um alvo inexistente. Passou, *vupt*, e ninguém viu; fica só a ferida, um toque de raspão na pele, uma cicatriz.

"Você é um idiota, Renzo." Dos piores, porque consegue entrar na minha cabeça. "No fundo", ele arremata, "você sabe que eu tenho razão". Sei mesmo. "Sei de nada disso. Até onde eu sei você só pensa com a cabeça de baixo", "Claro, é o melhor guia. Nunca se equivoca, sabe o que quer, não se arrepende, quer mais o quê?". É um dionisíaco consumado. Bem-aventurados os canalhas, porque a eles pertencem os frutos da terra, o que eu não daria para ser um canalha, mas acreditei nesse credo chamado consciência, não sirvo para sair por aí ferindo gente, construindo ilusões que destruiria ao não atender um telefone, enfim, todas essas coisas que um Don Juan como Renzo executa com a maior naturalidade do mundo.

"Quem é que está aí?" Rebeca, claro, mas ele não sabe se com alguma amiga. Carlito se atrasa, ficou para trás comprando um queijo coalho, claro. Depois vem correndo esquisito, os pés queimando na areia quente, um espeto na mão e o orégano a se espalhar ao redor dos lábios. "Não dava pra esperar nós sentarmos?", pergunta Renzo mal-humorado. O queijo me lembra o café da manhã de dias atrás, aquele que fiz para Clara se curar da ressaca, e ela sentada, sorvendo com cuidado a bebida quente, as duas pernas dobradas em cima do sofá, em posição de meditação, enquanto me sorri com aquela expressão simpática e grata, feliz, aparentemente, por estar sendo tão bem tratada. Sento na sua frente, e ela vai falando o quanto gosta de café, as faces rosadas de uma genuína satisfação, as covinhas profundas no auge da sua beleza. E diz quais são as melhores coisas para acompanhar o café, "Ovo, bacon, cuscuz, tapioca", e a lista continua, pobre de mim que só lhe ofereci um queijo coalho assado com pão francês, mas ela reage com um riso largo, dizendo que está ótimo, que queijo coalho tá no *top ten*. A camiseta que ela usa, da minha irmã, tem alças bem fininhas, adivinho seus seios, nada muito difícil porque é uma peça leve, é possível vislumbrar sua forma, eles se movem quando ela ri, há franqueza até nos seus seios, fico imaginando qual seria a cor das pontas...

"Vocês querem?", pergunta Carlito oferecendo uma parte do queijo dele. Renzo nem responde, está procurando Rebeca; eu fico pensando o quanto um queijo coalho pode ter essências tão distintas a depender do lugar em que se apresente e balanço a cabeça negando, "Sai daqui com esse teu queijo, Carlito", é o que tenho vontade de dizer, mas não digo, todos os queijos são filhos de Deus.

No meio daquele inferno de gente, vejo Renzo dirigir-se a uma mulher que lhe acena com a mão, levantando-se da cadeira. Rebeca é toda sorrisos porque aqui não precisa disputar Renzo com as fêmeas do lugar, está tudo bem definido, ele veio para ficar com ela, é o eterno vai-volta desses relacionamentos complicados que às vezes meu amigo inventa, não sabe se namora, se dá um chute na bunda dela, e fica nessa resenha: uma hora Rebeca é só uma ficante que tem que competir com outras numa balada; na outra é a namoradinha do sábado que ele ostenta na praia, à luz do dia, para todos verem quem é o macho alfa da matilha. E ele caminha daquele jeito truncado, a cabeça erguida, o rosto fechado, até que descobre quem veio com Rebeca: Maria Eduarda, que nem se levanta, só diz "Oi", mas é suficiente para arrancar um sorriso de Renzo, que se inclina para dar-lhe dois beijos.

Maria Eduarda é uma das taras dele — grande novidade: é a tara da maioria esmagadora dos homens da cidade, basta dar uma lida nos comentários que fazem às suas fotos, cada um mais original do que o outro, é "linda" pra cá, "maravilhosa" pra lá, "meu Deus do céu" à exaustão, espécie de assédio pós-moderno à Eula Varner de Faulkner, sem as carroças e os cavalos, todo um vocabulário que tenta expressar o impacto que Maria Eduarda causa, mas nada que chegue aos pés de uma representação fiel. Do canto do olho Rebeca vê como Renzo se comporta, mas há ali certa segurança, talvez porque ninguém nessa terra saiba o que Maria Eduarda quer da vida, ela nunca dá bola para ninguém e parece ter uma aversão particular pelo meu amigo, que por sua vez não pode avançar nenhum sinal, do contrário se queimaria com Rebeca e com todas as amigas que, nem precisa dizer, são um grupo abençoado no quesito estético, não é de hoje que mulheres bonitas andam em matilhas, uma servindo de espelho à outra. Carlito limpa a boca rapidamente para dar os dois tradicionais beijinhos em Maria Eduarda, cá comigo acho que se arrependeu de sua gulodice, acha (que disparate) que, como Renzo tem Rebeca, ele poderia ter uma chance com Maria Eduarda, fazer um dois pra dois, os amigos saindo para jantar e tomar vinho, quem sabe casar e um ser padrinho do casamento do outro, vá lá saber o que se passa na cabeça de Carlito; eu, que fico aqui imaginando essa comédia, sorrio por dentro enquanto a cumprimento.

"Olha o caldinho delicioso, olha o caldinho, vai um caldinho, jogador?" Recusamos, porque o melhor caldinho é o do Galego, é preciso esperar, ter paciência, como para tudo que vale a pena na vida, é o que dizem os sábios, se ao menos a gente tivesse tanto tempo assim para esperar. "Pão de batata, pão de batata!" Não sei mais o que falta vender nessa praia. O calor é sufocante, tiramos logo tudo que é possível tirar, entornamos o resto de cerveja das meninas e pedimos logo um balde cheio de gelo. Renzo e Rebeca cochicham entre eles, olhos nos olhos, quem observa de longe diria um casal apaixonado. Carlito, que se apressou a tomar o lugar ao lado de Maria Eduarda, vai puxando assunto, fazendo perguntas que ele mesmo responde, porque a mulher, como sempre, é um túmulo.

Eu fico pensando que deveria ligar para Clara, talvez faça isso daqui a pouco, mas não sei, não é o mesmo grupo de amigos, ela conhece Renzo e Carlito, mas nunca andou com essas meninas. A ver. Ponho os óculos no meio da cara, me estico na cadeira e tento relaxar, não tem sido fácil nesses últimos tempos. Deixo que eles conduzam uma conversa que no fundo não me interessa; talvez interessasse em outras circunstâncias. Rebeca fala de uma festa que não podemos perder, logo depois do São João, ela tem convites, mas agora suas vozes parecem ecos distantes, estou muito dentro de mim, observando o mundo como se o visse pela primeira ou última vez, é estranho quando você se sente assim, mais espectador do que ator. Embora haja nisso uma dose de melancolia, há também a graça de perceber as ações alheias como uma pantomima milenar: Renzo rindo alto e fazendo piada para impressionar ou Carlito inclinado sobre Maria Eduarda soltando alfinetadas que ele acredita geniais. Se eu pudesse rir abertamente de tudo isso, estaria rindo mesmo, mas o cômico tem um quê de trágico que só eu posso notar, e, quando me perguntam alguma coisa, "Não foi, Vid?", tenho que acordar, virar um copo da cerveja gelada que acaba de chegar e dizer "Se você tá dizendo, é porque foi", "Não disse?", e eles continuam, parando de vez em quando só para aceitar uns amendoins, ou as ostras que o sujeito vai abrindo na frente da gente, atolando temperos, enquanto não consegue evitar de olhar Maria Eduarda na sua exuberância silenciosa.

Eu fiquei na frente dela, meus óculos escuros escondem os olhos, então posso observá-la tranquilamente, decididamente nasci para o voyeurismo. Ela é tudo o que Hollywood nos vendeu como ideal de "consumo de gente", é impressionante! Uma pele branca bronzeada, a barriga chapada sem ser musculosa, a bunda (que eu só imagino daqui, mas que conheço bem de vista) empinada, maior do que aquela magreza parece suportar a uma primeira vista, as pernas roliças de uma malhadora, os seios do tamanho ideal, nem enormes, nem pequenos, a pura simetria grega, ah os gregos sabiam o que diziam! E, se não bastasse tudo isso, os cabelos pretos lisos e tão escuros que quase são azuis, os olhos verdes (é muito mar numa só pessoa), os lábios rosados (imagino o que não há de rosa no seu corpo), os dentes brancos e perfeitos, o nariz pequeno, ligeiramente empinado, milimetricamente posicionado no meio da cara, é de dar agonia tanta perfeição!

Mas esse é o problema, a beleza não é só uma forma geométrica; é uma força da natureza. Maria Eduarda é como um buraco negro de um metro e sessenta, uma potência descomunal a atrair irresistivelmente tudo que a rodeia para um centro obscuro e ameaçador. Ninguém consegue escapar ao fascínio que é tê-la por perto, basta ver como se comportam todos os vendedores, mas também todos os conhecidos que param junto às nossas cadeiras para nos cumprimentar. Uma hora levanta-se Renzo, outra hora Carlito, ambos fisicamente expressando o prazer de se saberem conhecidos, pavoneiam-se com grandes gestos, cientes de que ali com eles estão duas gatas, mas agem como se não fosse nada, é tão natural para eles andar com mulheres assim (dizem as posturas e os gestos).

E quem chega fica tentando não olhar para Maria Eduarda, que se vira num instante para pegar sol nas costas, ah, a filha da mãe! Agora é simplesmente impossível não olhar, não morder os beiços, não ranger os dentes (a Bíblia sabe o que diz), não querer se matar ante essa visão do inferno, uma mulher assim prova definitivamente que Deus é um sádico filho da mãe, digo-o sem nenhum respeito mesmo. Olham-na, e cada frase que enunciam, fazem-no tentando desviar os olhos daquele atentado contra o sangue-frio do animal que há em nós. Eu observo tudo, a irritação contida de Rebeca, a cara fechada das mulheres que por acaso chegam com nossos conhecidos, puxam seus braços para irem embora logo, e a dez metros dali não abrem mais a boca, vão brigar até o final do dia, tudo por causa dessa protuberância lisa, dura, bem desenhada que é a bunda de Maria Eduarda tomando sol.

É simplesmente insuportável. Não é como olhar uma montanha imponente coberta de neve. Maria Eduarda provoca uma ânsia demasiado violenta, uma sensação de injustiça profunda, como se tivessem atribuído demais a um mísero ser humano, mas ela olha para a própria barriga (virou-se novamente) e ajeita o biquíni como se aquilo tudo não fosse com ela. Dostoiévski é quem tinha razão, a beleza é uma coisa terrível, nela lutam Deus e o Diabo, e o campo de batalha é o coração humano. É o mesmo comportamento que ostenta nas fotos do Instagram, o olhar distante, o profundo estar em si, completamente indiferente ao resto da humanidade. E, é claro, essa distância é mais um fator de atração. A indiferença, sabe-se bem, é um poderoso afrodisíaco, e Maria Eduarda aparentemente não liga para ninguém.

Carlito insiste em fazer perguntas que ela responde monossilabicamente, mas não há irritação na sua atitude. Eu, de minha parte, não falo com ela. Não que tenhamos brigado, nunca fomos íntimos o suficiente para brigarmos. Não falo porque ela não fala. Quando por acaso ela diz mais do que duas frases na minha direção, eu balanço a cabeça, ou digo sim, ou digo não, mas não encadeio qualquer outro raciocínio, não vale a pena: de buracos negros nessa sociedade de imagens já estou farto, Maria Eduarda que vá para aquele lugar com sua arrogância, ou indiferença, ou seja lá o que for essa atitude de princesa inatingível, a mim não interessa mais, sobretudo agora, é perda de tempo, e eu me pergunto por que estou aqui com essa galera, talvez Caco tenha razão, é preciso matar os amigos.

Não vou mentir, houve um tempo em que, dissesse o que dissesse, eu ria como um retardado mental das palavras dela, mas agora alguma coisa mudou, além do óbvio, e minha reação automática às suas manifestações é um rosnar de cão raivoso que não permite aproximações. Quem dera fosse indiferença, mas é algo mais, Freud explica. A indiferença não tem essas cores, a indiferença é neutra, é mais provável que tudo isso seja só desejo — frustrado, como todo desejo —, esse monstro visceral, essa confusão violenta de amor e ódio. E de fato, não consigo me imaginar a ter uma "noite de amor" com Maria Eduarda; o sexo com ela, penso com os botões que não tenho, tem que ser algo selvagem e sanguinário, com mordidas ferozes, corpos machucados e lágrimas de dor. Só assim as coisas fariam sentido.

Olho meu telefone. Há meia hora, quando todos olhavam os seus, imersos num universo mais satisfatório, eu havia optado finalmente por mandar uma mensagem para Clara ("Quer vir à praia?"), mas até agora ela não respondeu. A vida é assim, cheia de sinais contraditórios: quando você pergunta, ela não responde; quando você menos espera, ela te oferece uma surpresa. O segredo seria mesmo ficar em silêncio, mas não nasci para ficar calado, meu negócio é falar e falar e falar para ter a sensação reconfortante de que preencho o tempo, nem que seja com palavras. Há quem faça melhor, é claro, preenchem-no com comida, com sexo, com drogas, com viagens, com dinheiro, com adrenalina, a lista é infindável, e meus ouvidos são atirados pela gargalhada de Rebeca, que está a incitar Carlito a dar em cima de Violeta, mas Carlito diz que está apaixonado por outra pessoa (encara Maria Eduarda com um sorriso maroto) e que seu coração só tem uma dona.

"A gente só gosta de quem não gosta da gente", eu digo, mas parece que bocejei isso, ninguém me escuta. Então Rebeca discorda, insinua que Renzo e ela estão ali para provar o contrário. Se fosse socialmente aceitável, eu caía na gargalhada, mas me contenho e observo que Maria Eduarda esboça um sorriso irônico no canto dos lábios e me olha, cúmplice (talvez haja alguma coisa na cabeça desse ser vindo das profundezas do inferno), mas viro a cara porque cumplicidade com o Demo, estou fora. "Galego, me vê mais um caldinho de tubarão, por favor." "Ovos de codorna, amendoim torrado e cozinhado!", "Vê isso aí também, mestre", "Quer quantos? É dois por cinco", "Faz três por cinco?", "Aí tu me quebra", "Bora, bora, três por cinco, tá valendo", e a gente continua nisso a manhã inteira, enquanto desce a cerveja gelada pela goela sedenta, a um ponto em que já não ligo mais para nada, só quero ficar ali largado até o Sol torrar os neurônios que me restam, e de repente Renzo faz todo o sentido, Carlito é um sujeito engraçado pra burro, Rebeca, uma pobre coitada, e Maria Eduarda, um anjo descido das esferas celestes para iluminar os mortais; não eu, que não sou mortal, todo mundo sente no fundo de si a imortalidade, ainda mais quando está bêbado, como acho que começo a ficar.

Mas é preciso partir. Renzo tem que levar as meninas para almoçar, como todo bom cavalheiro, e depois, diz ele a Rebeca (mentindo), precisa voltar para casa resolver uns problemas de trabalho ("Num sábado?", ela pergunta), "Sim, num sábado. Vender o sonho da casa própria é uma ocupação ininterrupta, eu nem devia estar aqui com vocês". Vamos ao restaurante do jardim, agora o negócio é camarão ao alho e óleo, comemos satisfeitos, parece que não tínhamos nos empanturrado antes, Maria Eduarda é que só belisca uma coisinha ali e outra acolá, e a cerveja continua a descer, parece água, é toda vez assim, o sábado começa com a promessa de bebermos pouco — já não somos tão novos etc. —, mas tudo termina sempre às cinco da manhã do domingo, por isso é que eu já sei que, depois de deixarmos as meninas, o Renzo não volta para casa (nem a pau, Juvenal!), vamos é para outro lugar, pode ter certeza, e é exatamente o que acontece, entramos num pagode, agora só os três, Carlito perguntando ao Renzo o que ele, Carlito, faz para pegar Duda (como ele intimamente a chama), e Renzo responde, mal-humorado, "É areia demais pro teu caminhão, Carlito, esquece isso", mas Carlito é Carlito, ele não se toca, ele não percebe que o mundo é uma estrutura hierárquica muito rígida e que mulheres como Maria Eduarda não ficam com caras baixinhos que comem em excesso; é preciso ter queixo quadrado, ombros largos ou bolso cheio (músculos e cédulas, Caco é um gênio!), nada que Carlito tenha, sequer num futuro próximo, mas estou sendo injusto, provavelmente o mundo não é nada assim, é minha perspectiva sempre negativa das coisas, o que acontece é o oposto, mulheres gatas estão sempre com caras baixinhos, feios e lisos, sim, deve ser essa a generalização mais adequada, e eu tento ajudar meu amigo, "Ora mais, tenta, chama ela pra sair". Renzo ri, acha que estou fazendo piada, "Vai se lascar", ele diz com ar de filósofo, "A primeira coisa a não fazer com mulheres assim é ir atrás, a não ser que", "A não ser que o quê?", sinto que o *a não ser* é incomensurável, "A não ser que ela te dê brecha, o que não é o caso, Carlito".

Não discutimos mais, porque do nosso lado um grupo de belas meninas (o álcool a me turvar a vista, com certeza), algo raro naquele pagode de quinta categoria, samba com habilidade, os copos de plástico nas mãos, ao som dos batuques e do cavaco estridentemente mais alto do que os outros instrumentos, esse lugar, decididamente, é uma porcaria, mas vamos lá, Renzo já estabeleceu contato e de repente está apresentando todo mundo a todo mundo, ah, como tudo fica mais fácil quando a sobriedade foge desenfreada.

Não sinto mais o tempo passar, há pouco era dia claro, sol abrasador, e agora parece fim de tarde, o cheiro de cerveja e suor no ar, uma garota com expressão carente que parece estar conversando comigo, não sei sobre o quê, aproxima-se, nós dançamos, rindo, e sem querer já a puxei levemente pelo braço na minha direção, e ela vem, não faz caso, e eu a beijo, um beijo que é pura embriaguez e abandono, e passamos o resto do tempo a fazer isso, a nos beijar no meio daquele povo e daquele som ininterrupto e daquelas vozes e gritos e cantos. Carlito chega e nos abraça dizendo "Eu amo vocês" ("É claro que ama, Carlito"), e eu penso em apresentá-la, só que não sei seu nome, desisto e vou buscar uma cerveja no balcão, digo "Espera um pouco, vou pegar uma cerveja", mas sinceramente não me lembro de ter voltado; lembro, isso sim, de um tempo que perdi embaixo do palco, cantando *Malandro* com a cabeça erguida para o céu, quem sabe esperando alguma coisa de lá, entristecido porque o Zeca morreu, o coração mole, e reclamo que a menina com quem estava sumiu, sem perceber que em algum momento nos desencontramos, é sempre assim nesses lugares, mas que me importa, somos instantes, não é isso?, e em algum momento meus dois amigos vêm me buscar, vamos voltar para casa, tomar banho porque há ainda a saída da noite, esse povo é incansável, "Não tenho mais idade pra isso", e eles riem como se eu estivesse a fazer piada, "Passo te buscar às dez e meia", diz Renzo, e é assim que eu sei que a gente só sai mesmo à meia-noite.

5

Eu aqui de novo. Meio deitado, meio reclinado, ao gosto do cliente, basta apertar um botão. Chove do lado de fora, e uma ventania faz os galhos da árvore se aproximarem da janela, ameaçadores, como unhas enormes, surreais. O tempo é cinza, se eu estivesse em casa gostaria disso tudo, tomava um vinho, lia um livro, sei lá, todos esses clichês associados à chuva, mas aqui as paredes são brancas demais, as pessoas também, e o cheiro, bem, é aquele cheiro indefinido, mistura de álcool e algo mais, um produto bem asséptico, tudo como deve ser. Eu esperava que ela viesse, mas não veio dessa vez, tudo anda muito confuso na vida dela, pelo jeito. Até o trabalho vai pro espaço, ou talvez seja só azar meu, talvez não seja o turno dela. Escuto do lado de fora (mas dentro, entenda), talvez num corredor externo, logo abaixo do meu quarto, vozes de mulheres conversando, rindo. Imagino-as jovens porque parecem contentes e animadas. Sempre que escuto assim perto vozes femininas me bate uma esperança nostálgica. "Esperança nostálgica" — eu devo mesmo ser escritor, só escritores inventam esses paradoxos incompreensíveis que têm o ar de grande sabedoria, mas que no fundo são só um reflexo da incompreensão de tudo, da incapacidade de dizer o mundo como ele é, porque o mundo não é porcaria nenhuma, mas só nossas impressões sobre ele. E essas vozes, essas vozes me levam a um lugar em que estive um dia, pleno de expectativas sem objeto concreto, uma certeza adolescente de que tudo ia dar certo, certeza que só é possível quando a cabeça não se manifesta e tenta dar sentido às coisas. E o que pode dar mais sentido a tudo do que uma mulher? O que ela pode oferecer, o que seu riso franco promete, o que suas curvas... Pronto, lá vou eu, não tem nada de erótico nessa história. Ou talvez tenha, talvez esse lugar distante ao qual as vozes me levam seja o início de toda a esperança sobre o futuro. Só que tem a nostalgia embutida. Por que nostalgia? Ora por quê!? Não vou me explicar, está tudo muito bem-dito, as paredes são brancas, a chuva agride a janela, e há esse conta-gotas pendurado logo do meu lado (aqui dentro), como uma ampulheta a acusar o curso irreversível do tempo. E no meio de tudo as vozes, os risos, a esperança. Esquece a esperança!

Mas lembro sem querer. Lembro, e ela volta. Como no dia em que eu, bêbado no meu apartamento, escutava as vizinhas cantando *Tudo pro alto* ao lado, sob o ritmo de um violão seguro de si, uma batida perfeita e aquelas vozes redentoras tentando escapar desse deixar estar que agora me ataca e me imobiliza. Não há nada como aquilo, a empolgação, *estar acima da razão*, apesar do desespero com o mundo, quando se joga, de fato, tudo para trás, e eu sentado lá, os ouvidos atrás da cabeça, concentrado na gritaria harmônica, *aquela vez que te encontrei*, *aquela vez que te encontrei*, só faltava uma bateria, mas quem liga para isso, imaginamos na cabeça os instrumentos, e eu canto, canto, canto, *a vida flui nessa loucura*, e eu faço o gesto de quem usa baquetas imaginárias em pratos invisíveis. Pobre de mim que tento expressar essas coisas em palavras, quando a música... Ah, a música é sacanagem! Não precisa de explicação, basta estar dentro, *que bom ter uma chance a mais*, um motivo para existir nem que seja assim, gritando com a voz rouca *eu já nem lembro de você*, libertando-se dos outros, que são o inferno — já dizia o filósofo francês.

E elas lá, pura potência, mas iam terminar, eu sabia, e quando terminam me levanto e bato na parede, louco, "De novo, de novo!". Elas riem, dialogam, recomeçam, e então estou em pé, cantando mais uma vez, pulando feito um louco, procurando um objeto para quebrar todos os santos que meus pais botaram na estante com a intenção inócua de me proteger, *estou confuso, joguei tudo pra trás*, mas não, eu não quebro coisas, que idiota de sujeito comportado, então o jeito é pular mais, e gritar com elas, e nossas vozes se unem através da varanda, naquele instante somos a mesma dor e a mesma ânsia de vencer o tempo, *não me pergunte o que é que eu quero da vida, tenho sede demais*. Depois estou só, uma solidão sem tamanho, sim. Depois não há nada que se compare àquilo, deixo-me cair no chão. Não quebrei nada, choro no chão, não sei se de alegria, não sei se porque é óbvio, nada feito de tinta se aproximará daquele ritmo, daquelas vozes e de tudo o que representaram.

Nós nos tocamos durante três minutos, talvez seja o suficiente, mas eu queria mais, queria morar numa canção, mas moro num livro, esse universo sufocante de palavras.

Uma senhora entra no quarto, sorri, olha a prancha com o papel (branco, que novidade) e rabiscos incompreensíveis. Ela pergunta se estou me sentindo bem. Respondo o óbvio, o que todo homem deve responder, que estou bem, mas nada está bem, queria perguntar se não tem uma medicação para apressar o ritmo desse batimento até causar uma explosão interna, bem no meio do peito, mas iria ela entender? Pergunto se Clara vem hoje, e ela me diz que não conhece nenhuma Clara. Ora, essa é muito boa, talvez meu mal tenha afetado o cérebro, talvez eu tenha dado ao taxista o endereço errado e agora esteja num prédio branco em que nunca estive, isso daria um bom conto absurdo, mas estou farto de contos absurdos, queria pelo menos uma vez um pouco de coerência nos fatos da vida. Não insisto, a senhora não tem por que mentir, talvez ela de fato não conheça Clara, definitivamente dessa vez tive azar. Só falta mesmo meus pais inventarem de aparecer, fazerem lá sua viagem de duzentos quilômetros, os pobres coitados, porque certamente alguém telefonou para avisar que seu filho, bem, afinal, pela segunda vez em menos de seis meses, veio parar nesse local nada acolhedor, apesar das aparências e dos sorrisos. Há quanto tempo estou aqui, aliás? Devo ter passado a noite, sim, vim à noite, e agora com essa chuva não dá para dizer se é manhã ou final de tarde. Que importância tem isso? As vozes se calaram, e agora é só o ruído da chuva na janela, e as gotas escorrendo como lágrimas pelo vidro esverdeado.

Eu queria dormir, mas há tempos que não durmo direito, o pensamento não deixa, fico me perguntando o que se faz nessas situações. Devia comprar um livro escrito por pessoas que já viveram isso, quem sabe. E lá vou eu a depositar esperança em livros. Livros e mais livros e mais livros. No espelho que fica abaixo da televisão, logo em frente, eu me vejo alongando o pescoço para olhar minha cara, e minha cara tem a cara de um livro, uma fronte achatada, amassada pelo martelar de teorias e ideias e discursos. Todos falhos aqui e ali, embora pretendam dizer a verdade, toda a verdade — ainda que digam o contrário, ainda que disfarcem este anseio de dizer a verdade com frases muito polidas e bem construídas. O fato é que os livros, como todo o resto, evitam a questão principal, que é a de saber por que diabos de razão eles são escritos. E eu não estou na mesma barca?

Talvez seja um privilegiado agora, quero dizer, depois que tudo isso aconteceu e que estou rodeado de branco sem estar no paraíso — ou sequer no corredor em que se vê a luz no fim do túnel, porque aqui não há corredores —, dentro de mim tudo é sombra, sem luz, sem linha reta que deságue num pátio iluminado em que criaturas virginais me aguardem com sorrisos angélicos; nada disso, só esse fluxo de palavras, gesto milenar típico para evitar a questão central. De novo: por que se escrevem livros? É disso mesmo que quero falar? Certamente que não, mas é inevitável, porque cada resposta leva a uma nova pergunta, uma sequência de indagações iguais (por quê, por quê, por quê) até que no final só ressoa o silêncio ante a última delas, para a qual, evidentemente, não há respostas. As respostas são epifenômenos, o blá blá blá de sempre que a gente inventa para acreditar que vive, mas no fundo, admitamos, não se vive, não vivemos coisa nenhuma, e aos diabos quem me diz *carpe diem* com o olhar cheio de falsas esperanças que você sustenta depois de ter injetado na veia uma dezena de livros de autoajuda.

E volto ao ponto inicial, os livros; Deus, afasta de mim esse cálice, não quero ler mais uma linha que seja quando só me sobram migalhas de tempo.

E se Clara estivesse aqui, mudaria alguma coisa? Não. Talvez uma ereção automática, que se impõe quando ela me olha daquele jeito límpido e franco, com seus olhinhos castanhos ternos, e sorri alisando de leve meus cabelos. Ela cuida das pessoas, Clara, e não porque seja sua obrigação, mas porque antes da obrigação tem ela, seu jeito de ser, sua "missão". E eu, eu faço o quê? Fico excitado. Que grande idiota, mas também, o que é que se pode fazer, não controlo essas coisas, aliás, ainda bem que algumas coisas ainda funcionam, mesmo que sejam fruto de reflexos instintivos, o instinto que me sussurra aos ouvidos que algo vive aqui dentro, que pulsam desejos que é impossível satisfazer porque, bem, porque Clara não é qualquer uma, porque certamente naquela cabecinha linda sobrevivem ídolos nietzschianos como a moral cristã, o pecado do adultério e toda essa baboseira que eu joguei no lixo por volta dos dezesseis.

Mas quem sabe o que me faz pensar essas coisas talvez seja uma defesa psicológica, porque nada me prova que ela não sinta algo, que quando escute minha voz ela também, à sua maneira, pense em mim em termos equivalentes. Ah, a covardia que há em mim! Nem assim, rendido, sou capaz de dar um salto no escuro e descobrir, acho que é tudo a consequência internalizada de um beijo recusado num elevador, aos quinze, quando a menina que se parecia tanto com ela me fez perceber que não basta desejar alguém no mundo, e que há essa palavrinha incômoda (reciprocidade) que se ergue contra quase tudo o que mais desejamos. Talvez Clara esteja num universo paralelo, em que as retas nunca se encontram. (Ou já se provou que se encontram, onde li algo assim?) Isso bem que poderia parar de uma vez, mas não, volta a senhora com um monte de apetrechos, o sorriso na cara, embora os olhos estejam cansados e por baixo dele (do sorriso) se possa captar a mesma vontade que agora me ataca, a de que tudo se acabe num sono profundo, pelo menos provisoriamente.

Amanhã é outro dia, ela diz, e não sei se se dirige a mim ou a ela mesma, foi tão baixinho, quase sussurrado.

Não queria pensar nessas coisas, mas é inevitável. O tempo já não corre para mim. É esquisito, tudo o que me resta é tentar captar algo de essencial que eu não sei se está aqui dentro ou do lado de fora, nessa confusão caótica de eventos, uns tão distantes, agora parece que se materializam e se sentam do meu lado no sofá bege confortável, um espírito a me observar em silêncio, a névoa de Unamuno, uma mancha cinzenta igual à sujeira que às vezes se acumula nos óculos. Eu espero que essa nuvem me revele seu segredo (se segredo há), mas não, ouço uma voz que me acusa da responsabilidade de matar eu mesmo a charada universal. Ora! Como posso ser eu a matar a charada, um sujeito que se esvai aos poucos, rabiscando o que lhe passa pela cabeça para esquecer, ou para fingir esquecer, que não tenho o controle de nada. Não tenho o controle de nada, essa verdade, como toda verdade, não deveria me libertar? E ao contrário, quanto menos controle descubro ter, mais queria que ela estivesse aqui. Tudo bem, Clara, eu me controlo (juro que tento) para não ficar excitado, fico só ouvindo sua voz suave sussurrada por esses lábios fininhos, que escondem mal disfarçadamente um sorriso divino e seguro, isso apesar de qualquer sofrimento que você esteja enfrentando. Você é forte, menina, há poucas como você, e eu não sou um forte. Adapto-me facilmente a esse lugar onde me encontro e no qual posso me deixar acalentar por seus cuidados, no qual posso sonhar idílios que nunca se realizarão porque isto não é um romance, não é um filme de sessão da tarde em que o garoto um tantinho mais avantajado intelectualmente desbanca o jogador de futebol americano e fica com a garota mais popular da escola, ah, esses filmes que retratam o mundo às avessas...

Não! Aqui se vive a vida, e a vida não é um idílio, eu bem sei do que falo, acredite, mas no fundo você também não é a garota mais popular da escola, Clara — ainda bem.

Do lado de fora o tempo começa a mudar, há raios de Sol que recortam o dia cinzento, mas eles só afastam as nuvens. Eu queria fazer alguma coisa, mas certamente me doparam com algum troço, lembro da canção de Pink Floyd com aquele solo fenomenal, é meu estado agora, e não consigo lembrar o que queria fazer. É bem melhor assim, quando não há obrigações e a mente, de tão chumbada, esquece até que é uma de suas atividades mais mecanizadas pensar e pensar. Ainda assim não desisto, quero relatar até o último detalhe, até mesmo o entorpecimento que faz minhas pálpebras caírem pesadas sobre os olhos. E sem mais nem menos sonhei. Foi mais tipo uma sucessão de sonhos intercalada por sobressaltos em que abria os olhos e via onde estava, como no *Boca arriba* de Cortázar, mas sem desespero, feliz, afinal a felicidade depende de fazer terra arrasada do pensamento, sempre soube disso, mas agora o sei por experiência, e não como uma reflexão. Sonhei, sim. Sonhei com Armando elegantemente vestido entrando numa loja de antiguidades. Ele não me viu, usa umas roupas do século passado e caminha com aquele ar de distinção anacrônica, só lhe faltando mesmo o cachimbo na boca e um chapéu para completar o quadro. Logo depois uma colega do escritório me salta na frente e diz que conseguiu aquela posição tanto desejada, e lá sei eu que posição era, para mim na vida real ela está mais do que satisfeita de ser a número dois do escritório e mandar em meio mundo de gente, mas os sonhos têm isso, são sorrateiros, querem dizer sempre o extremo oposto do que dizem: branco é preto; preto é branco, e se brincar eu mesmo sou o Armando e a colega do escritório, tudo ao mesmo tempo. Se brincar sou até a loja de antiguidades, cheia de entulhos que não servem a nenhum propósito que não seja ostentatório, vá lá, isso faz sentido.

O negócio era viver eternamente nesse estado, entre um sonho e outro, grogue que nem um condenado, é tão melhor do que tudo! Quem foi mesmo que disse que estará na morte como esteve milhares de anos antes de nascer? Tudo muito bem, obrigado. Meu problema é nunca ter tido saúde para aguentar uma constante exposição a drogas psicotrópicas, assim como Caco tem — ou como Carlitos tem para o álcool. Se ao menos eu tivesse isso, essa resistência dos bêbados inveterados, dos alcóolatras e dos viciados, como seria bom viver! À la Bukowski, ébrio dia e noite, comendo tudo que faz sombra e vomitando no início do dia, não é esse o melhor dos ideais? Mas não, tenho que me contentar vez por outra com injeções não sei de quê, ministradas sorrateiramente e sem minha permissão, embora não esteja reclamando, devia era pedir mais, deixa só a senhora voltar que você vai ver. Você quem, eu me pergunto, estaria ainda sonhando ou há alguém aqui que esteja realmente escutando tudo o que enuncio nos meus delírios controlados pela mais avançada tecnologia médica ocidental? E sonhei de novo.

Dessa vez tudo fez mais sentido, Maria Eduarda puxava minha cabeça na direção daquela barriga surreal (reconheço aqui a influência da visão de dias atrás, na praia), como se quisesse me consolar, mas a verdade é que mal fez isso ela puxa para o lado um trecho da leve calcinha branca de pano, e eu beijo avidamente os lábios rosados, só que uma voz interrompe de modo brusco aquele enlace (porque ela apertava minha cabeça com as coxas), e, ao levantar o rosto, é Clara quem me olha de cima, um livro na mão, como se tivesse parado de ler para me chamar a atenção. Ah, decididamente, não é tão ruim visitar o hospital de vez em quando, eu afirmo meio acordado, meio dormindo, mas choro sem saber por quê.

Quando abro os olhos, um pouco mais desperto, é noite. Vejo as luzes amarelas dos postes da avenida. Não chove mais. Estou esgotado, minha cabeça esvaziou-se de tudo. Por enquanto. Sei como é, quantas vezes não vivi isso. Aos poucos vai voltar, um por um, cada pensamento idêntico no conteúdo, embora em formatos diversos. Voltarão os passos exatos que dou pelo apartamento, a repetição robotizada dos gestos, a televisão ligada sem que queira assistir ao que quer que seja, a visita às redes sociais no telefone como o impulso nascido de uma esperança sem nome, a mania irritante de sempre depositar essa centelha de fé naquilo que é visível, brilhoso, chamativo. E retornará a ressaca das mesmas desilusões, mas não importa, sou exímio em carregar comigo as mentiras necessárias ao bom desenrolar dos dias. Quer ver? Pronto, liguei a televisão. E do nada estou de volta, olha aí o meu querido mundo de falcatruas, roubos e assassinatos. Sinto-me melhor? Claro, sou normal, não? Mostro os dentes no espelho, como se sorrisse, mas dentro da minha cabeça penso que talvez esteja me tornando um psicopata. Ah, essa seria boa, psicopatas não sentem nada, é tudo de que preciso, não me ver aprisionado por sentimentos; se não, é a montanha-russa, o carrossel vertiginoso, o mergulho que eu cansei de dar, mas que, vamos lá, é a única coisa que sei fazer. Então, para que tudo realmente volte ao normal, passo os canais rapidamente. Não quero ver nada, só saber que estou no controle, zap, zap, zap, zap, zap, quem sabe não esteja agora perto do fim.

Não: quando chego no duzentos e alguma coisa, recomeça do um. Suspiro. É preciso respirar, mas não sei mais respirar.

Então Caco irrompe bruscamente no quarto, o semblante sério, não sei como descobriu que eu estava aqui, talvez o celular, sim, o celular que não vejo desde que cheguei, onde estaria? Eu nunca o vi assim, tão concentrado em outra pessoa, com uma indagação monstruosa na cara, mas sem coragem para perguntar o que quer que seja, então explode: "Que foi isso, Vid, o que foi que aconteceu?", tenho vontade de rir, e rio, mas correndo o risco de deixar escapar lágrimas, porque mentir é difícil nessas situações, mas eu consigo, ah, consigo sim, sempre me acusaram de ser um sonso, e acho que tinham todos razão.

Respondo que cachaça não é água, que eu tô velho demais para ingerir quantidades homéricas de álcool, que não nasci para ter ressacas e um monte de baboseiras que ele vai absorvendo com ar desconfiado enquanto se senta lentamente no sofá, para só no final dizer, "Mas, velho, você tá com cara de quem morreu e não sabe". Ah, esse Caco é uma figura! "Pra você ver, né?", respondo, "Conselho de amigo: nunca misture cerveja, vinho e uísque". Ele diz que essas misturas é que fazem a vida valer a pena e emenda com a surpresa que teve ao me ligar e atender do outro lado uma funcionária do hospital, "Não, senhor, não é o Vidal quem fala, ele se encontra aqui conosco", "Ora, aqui conosco! O que é que você tá falando, mulher, tá chapada?", ele pergunta, "Fala sério, você sequestrou ele, né?; estão num motel, é isso; porque, se for, me desculpe, desligo agora mesmo", e a enfermeira do outro lado a tentar explicar que não era nada daquilo, que seu amigo havia passado mal e estava num hospital.

"Conclusão, vim o mais rápido que pude, sei que seus pais nunca chegariam, se é que eles sabem que você, não, não sabem, imaginei. Que susto, Vid!" O Caco agora se afunda no sofá, toma o lugar da minha nuvem cinza. "Pode fumar aqui?" Eu desato a rir. Agora de verdade. Caco ri também, bate na minha perna dizendo: tá melhor, né? E eu, "É claro, sim, estou melhor". O que se pode dizer de diferente?

SEGUNDA PARTE

6

Puxam-me pelo braço no meio da praça de alimentação e dou de cara com Armando. Ele faz aquela festa simbólica, com discursos e gestos registrados nos costumes — quanto tempo, você por aqui, não liga mais, esqueceu os amigos — para no final perguntar se quero almoçar com eles. E só quando diz "eles", percebo que está acompanhado por uma jovem elegantemente trajada, um paletó feminino cinza a trair o pertencimento à casta jurídica, "Essa é Fernanda; Fernanda, esse é Vidal", beijinho para lá, beijinho para cá, "prazer", "prazer", e já não é possível recusar ou não me vem à cabeça qualquer desculpa, porque de fato estou ali para almoçar antes do retorno ao escritório. O jeito é dizer "claro" e ainda fazer uma cara de quem está encantado em partilhar uma mesa com o ilustre par de juristas.

Como se trata de Armando, ele nos conduz a um dos restaurantes mais caros do local, um desses que se escondem numa alameda pouco visitada, tentando dissociar-se de uma praça de alimentação de shopping center. Eu sei que não vale a pena discutir para comer em outro lugar, com Armando não tem almoço sem vinho e sem rituais tipicamente aristocráticos para que fique bem claro para o resto dos mortais que ali está um membro ilustre da magistratura. De imediato lembro as teses de Bourdieu sobre a distinção, mas tento não rir. O jeito é submeter-se, também não tenho do que reclamar, qualquer bebida que tenha álcool me serve, e para suportar o resto da tarde nada melhor do que atingir aquele estado salutar entre a sobriedade e a embriaguez, penso nisso enquanto observo Armando entrar no restaurante tal qual um imperador, a cabeça erguida, o olhar severo, como se fosse proferir ali mesmo uma sentença oral, mas, antes que o faça, atendem-no com presteza, "Excelência pra cá, Excelência pra lá", e Fernanda segue-o com uma expressão entre risonha e agradecida, não sei se está com ele ou não, parece muito nova, tem um rosto bonito sem ser excessivamente bela. Ele não cobre suas costas com a mão, eles não se tocam, e eu fico aqui com minha curiosidade de saber o que é aquilo ao certo, mas é provável que ao final do almoço já tenha descoberto.

Você nunca viu um sujeito mais satisfeito que o Armando. Ele tece considerações críticas sobre a comida e sobre o restaurante enquanto folheia o cardápio, como se buscasse ali um tesouro desconhecido. Antes que digamos qualquer coisa, pede vinho para três, magnânimo e dominador, e mais uma entrada que ele rotulou de deliciosa e que não podemos deixar passar, "Vir aqui e não comer isso é não vir aqui", e alisa a barba bem aparada, que lhe dá um ar de senhor feudal. A comida está na origem das digressões que ele nunca deixa de fazer sobre suas viagens mais recentes (ou mais antigas, não importa), e da sua boca despencam cidades, Paris, Nova York, Roma, a civilização toda, como se o mundo fosse do tamanho do bairro dele e ao dobrar a esquina se encontrasse imediatamente num restaurante francês para degustar um *magret de canard*, ou qualquer prato tipicamente conhecido de uma culinária qualquer, que ele cita como se fosse um poema, embora seu sotaque, em qualquer língua, seja uma porcaria, mas a gente finge que ele está abalando para não ferir seus brios, a não ser que você seja bem ingênuo e se deixe convencer por essa pose, acreditando que Armando é isso tudo mesmo que ele sustenta na pantomima dos seus gestos.

Da comida consegue facilmente transitar para os bens que adquiriu recentemente, o último iPhone que ele logo saca do bolso para demonstrar as funcionalidades, ou o carro que tem que vir do Sul porque o modelo não se vende por aqui, e reclama do atraso, "Já era pra ter chegado!", em última hipótese terá que tomar medidas judiciais, mas ele não acredita nisso, basta ao telefone dizer que quem fala é o *Dr.* Armando, o magistrado, e do outro lado tremem todos, tomam medidas urgentes porque o carro pode atrasar para qualquer pé-rapado, não para o doutor, ou para os doutores, quaisquer que sejam, essas duas letrinhas são mágicas no país, como bem se sabe, nem vale a pena desenvolver o assunto.

Enquanto ele reproduz suas listas de lugares e comidas e bens tecnológicos, nós nos calamos, primeiro porque, quando o juiz fala, o mortal baixa as orelhas; depois porque no que me diz respeito não posso competir, eu que nunca saí desse buraco provinciano, é preciso aceitar docilmente as verdades que ele enuncia com certo frenesi de vaidade, em particular o fato de ele ser o sujeito mais viajado da mesa, o gourmet por excelência, o cosmopolita, o detentor legítimo das rédeas com as quais se conduz o mundo, o guardião dos valores sociais, ah! como deve ser maravilhoso saber-se assim tão concreto, seguro do que vale a pena fazer nesse pequenito planeta azul, e ainda por cima considerar que todo o seu discurso é universal, aplicado ou a aplicar-se a todos os indecisos da Terra.

Apesar de toda a minha tolerância, que é puro disfarce, claro, tento mudar de assunto, nem que seja para dar voz à garota que o acompanha, então menciono meu processo do adolescente, mas, antes que ela abra a boca, ele já o sentencia à pena de morte, que nosso ordenamento deveria contemplar, esses sujeitos não merecem viver, e se por acaso eu cito de passagem os direitos humanos ele rebate irritado com chavões como "direitos humanos para humanos direitos", e toda a parafernália ideológica que se recusa a admitir que os direitos humanos não são um agente, uma entidade personificada, mas um conjunto de regras que nós estabelecemos para que a lei se cumpra, e tão somente isso, mas é tão fácil rotular a complexidade, dar-lhe uma persona sobre a qual possamos despejar todas as nossas frustrações, seja com insultos rancorosos, seja com sentenças que reúnem tudo isso da maneira sorrateira e disfarçada que só o Direito sabe produzir, tudo sob a proteção da pretensa imparcialidade do judiciário nacional.

Eu bem que poderia expressar essas ideias, mas seria como bater contra um muro de granito. Ninguém altera condicionamentos internalizados, entra por um ouvido e sai pelo outro, não tenho mais saliva nem paciência para tentar explicar que para toda afirmativa há sempre um "porém", e que o porém é o mais importante em qualquer discussão porque é ele que aniquila verdades consolidadas ao mesmo tempo em que revela o quanto há mais para dizer sobre qualquer assunto que seja. Mas a garota, que entretanto descobri, entre as brechas da prolixidade de Armando, ser uma das estagiárias do tribunal, envolve-se com política, é até filiada a um partido e tem lá o que dizer, expressa-o de um jeito sóbrio e inteligente, faz digressões históricas com uma diplomacia que me surpreende, mas que pela expressão do juiz é puro nonsense.

Ele balança a cabeça na minha direção como se dissesse "Ah, esses jovens idealistas não sabem nada do mundo real", claro que não sabem; quem sabe é ele, nisso estamos todos de acordo, Vossa Excelência tem razão, mas ainda assim eu a incito a continuar falando, primeiro porque sua voz é suave, e a cadência do seu discurso é pausada, com reflexões que parecem resultar de pensamentos que ela acabou de ter, como se ela produzisse o pensamento ali, na nossa frente, e não tivesse em si discursos prontos e acabados, o que é raro, sinal de uma mente filosófica, graças a Deus, ainda há gente assim, para quem a verdade é um animal escorregadio que vale a pena tentar agarrar, mas que se deve soltar no momento em que o tenhamos na mão — quem há de entender o que digo para mim mesmo, isso eu não sei nem nunca saberei.

E sem nos dar conta entramos a discutir a pena de morte, muito por influência dela, que agora soltou o verbo e nos fala dos erros judiciais, e cita uma livro que um dia eu mesmo li, *O pulôver vermelho*, ou algo assim, uma obra que é um soco no estômago porque parece provar que um dos últimos condenados à morte na França era, no final das contas, inocente, mas Armando produz um muxoxo de desprezo, "O que tem a Literatura para dizer sobre o Direito?", e não adianta ela tentar retorquir que não era bem de Literatura que se tratava, mas de um texto investigativo, para ele *já era*, conheço bem sua rejeição teórica a toda forma de arte, um discurso com o qual vez por outra ele nos bombardeia, espero que hoje não.

Armando se diz um utilitarista ("uma sentença vale mais do que mil versos de Camões"), mas vive comentando sobre filmes e seriados a que ele assistiu, sem contar que nunca andei no carro dele sem que a rádio estivesse ligada. Ele mesmo não percebe as contradições de sua teoria, despreza a Literatura por sua inutilidade e ao mesmo tempo não consegue viver sem consumir arte, mas vá lá, eu balanço a cabeça para esconder um bocejo, Fernanda é que parece chocada com aquelas posições: enrubesceu, calou-se no meio de uma frase, talvez agora a hierarquia tenha pesado naquela relação, se eu tivesse que adivinhar, diria que não estão juntos, mas toda a maneira de agir de Armando me diz que é isso o que ele quer, e quanto mais seus posicionamentos são impositivos, quanto mais eleva a voz para fazer valer seus julgamentos sobre o mundo, mais me convenço disso, se ele fosse um animal, incapaz de usar a palavra, estaria rosnando. Bah, vamos lá jogar um pouco de lenha na fogueira, penso eu antes de dizer "Já li várias sentenças suas, Armando, e prefiro um único verso de Camões do que todo o seu juridiquês", e ele a rebater "Você é um herege!", "Ainda bem", digo rindo, para que ele não leve tudo isso muito a sério, não quero atrapalhar suas conquistas amorosas, "Aliás, nem precisa ser Camões".

Ele muda de assunto, fala das suas aulas na faculdade e de como o nível dos alunos caiu nos últimos anos. É claro, o nosso tempo, o tempo da nossa juventude é sempre melhor do que o presente, não por razões objetivas, mas porque no nosso tempo éramos jovens, cheios de vigor e esperança, e agora somos patéticos sujeitos de meia-idade que não sabem bem para onde vão e que tentam parar o tempo seduzindo mulheres mais novas, é impressionante como qualquer frase mascara um mundo inteiro de frustrações e desilusões, mas cansei de ouvir isso, já estou de barriga cheia, apresso-me a tomar o café afirmando que preciso voltar para o escritório, e Armando faz uma piada sobre os advogados, talvez querendo me atingir, mal sabe ele que não me sinto um, por isso rio, mas nem tanto porque a piada não era lá tão engraçada, a menina que o diga, tem um sorriso amarelo estampado no rosto, como que petrificado no tempo.

Passo quase quarenta minutos tentando estacionar e por isso chego fumegando no escritório. Meu chefe me chama à sua sala e diz que perdemos a causa do menino (os processos da adolescência andam rápido), mas que vamos recorrer, afinal os pais continuam a financiar generosamente nossa aventura argumentativa, e eu digo "sinto muito", embora por dentro esteja realmente feliz que tenhamos perdido, pelo menos o garoto vai passar uns dois meses na internação até completar dezoito anos e sair caminhando de cabeça erguida pelo mundo afora, pronto para a próxima, como o sistema é lindo!

Ele sugere que seria bom fazermos o recurso antes do Carnaval, apesar de haver prazo suficiente para começá-lo depois, e agora eu insisto com mais veemência que outro advogado deveria assumir o caso, já que minhas tentativas não tiveram êxito, mas ele parece que é surdo, esse imbecil!, não quer saber de mudança de advogado: eu comecei, eu termino, e por aí vai, agora estamos perto do fim, talvez evitemos alguns dias de internação ao coitadinho, e, enquanto vou engolindo aquele monte de absurdos, sobe-me ao peito a usual náusea violenta, tão habitual que se tornou uma segunda natureza, e me lembro do bigodudo Nietzsche — para os chegados como eu, Frederico —, de fato todo ofício, ainda que se firme num solo dourado, possui esse teto de chumbo que nos comprime a alma até ela ficar esquisita e torta, e estou a ponto de dizer "quer saber, desisto, não trabalho mais aqui", mas apesar de tudo, apesar de tudo o que me tem acontecido, há essa coisa que me impede de fazer meia-volta, chame isso de senso do dever ou puramente covardia. Eu o encaro friamente e cá comigo acho que ele lê meus pensamentos, porque fiquei esquisitamente calado a observá-lo, meus olhos certamente lançando faíscas, e ele esboça um gesto em falso, queria apoiar-se com uma das mãos no braço da cadeira, mas ela escorrega e lhe provoca um desequilíbrio, "Mais alguma coisa?", pergunta, e sinto receio na sua voz, talvez tenha pensado por um segundo que eu iria agredi-lo, "Não, doutor, vou preparar o recurso".

Mas não tenho como preparar o recurso agora. Sento-me à frente do computador com a revolta no peito, e não sei o que fazer. Poderia abrir o Facebook e fingir que trabalho, como todos fazem uma hora ou outra, mas receio que me ponha realmente a olhar o Facebook, e consequentemente a acreditar que toda essa gente é feliz, afinal eles sorriem o tempo inteiro, divertem-se o tempo todo, fazem viagens espetaculares a lugares incríveis, e parece que só você, que os observa, não faz nada na vida, quando no fundo você conhece essa gente, eles não são propriamente exemplos de felicidade, basta escutar o que dizem numa ocasião qualquer, e essa pseudoalegria alardeada em bytes só eclode quando alguém lhes aponta uma máquina fotográfica, um celular e lhes diz "Olha o passarinho!" ou "Xis!".

Não, minha estratégia é melhor. Aproveito esses momentos para escrever, e todos pensam que estou trabalhando, porque o teclado não para. Mas agora não tenho sequer vontade de escrever, meu olhar está perdido na tela, como se enxergasse além desse brilho intenso e branco, embora nem aqui nem além haja qualquer coisa digna de interesse, o que seria mesmo bom era ficar em silêncio (mais uma vez essa ideia), não o silêncio que há na sala — Roberto com seus fones de ouvido a escrever no computador o que supostamente é uma peça processual, a gente só sabe de fato quando entra um dos sócios, porque então as mãos fazem gestos rápidos, ou não, para mudar de página —, mas o silêncio que é interior, ausência de pensamento e de palavras, aniquilamento das vozes, e eu que achava que quando espiritualistas falavam de vozes queriam dizer realmente vozes, essas que se escutam com os ouvidos, mas não, hoje sei que vozes são só os pensamentos díspares que não consigo controlar, essa máquina reprodutora e caótica que é simplesmente absurdo chamar de *eu*.

Decido. "Vou tomar um café." Aviso ao Roberto, e tenho que dizê-lo três vezes por causa dos fones. Do café que tomamos na esquina ninguém reclama, é combustível para que o operário trabalhe ainda mais. Ando nas ruas apinhadas de gente, incrivelmente ninguém se esbarra, mantemos íntegra nossa sagrada individualidade, e eu olho para o chão porque há aqui e ali esgoto estourado, na esquina mesmo do escritório, em pleno centro da cidade, um dia esse lugar vai ser engolido pelo mangue, ou pelo mar, ou por qualquer massa líquido-imponente que o purifique desse cheiro de uma vez por todas, e no entanto ninguém parece ligar, a gente se acostuma a tudo, até viver no meio do lixo, quando chove então, nem me fale, o poder público é só fachada para a circulação de propina, entra ano, sai ano não resolvem nada, enfim, falar de política é inútil, chega, vamos logo ao café, que é melhor.

Antes de me sentar, cruzo o olhar com um antigo professor da faculdade, mas ele não me reconhece ou finge não reconhecer, eu é que não vou puxar assunto. Detecto de longe alguém que só saberá falar de processos. Está sentado, vários calhamaços em cima da mesa, os óculos dourados de aros finos, o paletó preto um tanto surrado, e lê — ou finge ler — uma obra pequena, que ele folheia entre as sorvidas do café. Está velho o professor, e essa constatação me incomoda. Será que eu — não, não — por um instante esqueci-me de que eu não chego lá e não sei se agradeço por isso ou se reclamo, talvez dê no mesmo, o final é igual para todos, só que ainda assim ele me incomoda, esse idoso engravatado, é como se eu testemunhasse a opressão da vida sobre um inseto, não é o que somos todos quando nos percebemos nesse estágio de definhamento inevitável? Tenho pena dele, mas talvez a pena seja de mim, é preciso sempre desconfiar desses julgamentos que faço sobre o mundo, tudo não passa de *projeção*, ah, os psicólogos é que sabem de tudo mesmo, eu devia ter cursado Psicologia, disso sim tenho certeza, e agora é tarde, é tarde para quase tudo que não seja elucubrar, e se possível passar para o papel as elucubrações, ainda que sejam sobre um velhinho que estoicamente suportou o peso de paletós cinzentos e surrados a vida inteira.

Na volta ao escritório parece que a tempestade vai desaparecendo, não é possível julgar o mundo, o professor talvez esteja satisfeito, feliz, o problema sou eu mesmo que nunca compreendi bem meu percurso e que agora sinto essa necessidade premente de decifrar o enigma, matar a charada. Em algum momento me desviei de mim, deixei que o mundo ditasse as regras da existência, você "tem que", você "deve" isso, é melhor não-sei-o-quê, uma avalanche de *dever ser* enunciada por supostos conhecedores da vida, tudo transviado, distorcido por condicionamentos particulares ("putz, quase piso na água do esgoto!"), e ainda assim tão autoritários, tão convincentes que quando menos se percebe você é igual a eles e está atrás dos mesmos objetivos, a não ser que algo aconteça no meio do caminho para fazer você parar e pensar, nossa! agora a coisa desandou, para onde é que eu estava indo, por que razão, quem definiu o trajeto da minha vida, e por aí vai.

É nessa confusão em que eu me encontro, sem tempo, aparentemente, para afastar as nuvens nebulosas, é como se estivesse me encaminhando, com as mãos atadas nas costas, ao pelotão de fuzilamento, e tivesse que descobrir algo muito importante antes de chegar lá, mas faltam poucos passos, vinte, quinze, dez, sei lá, os passos são como a areia da ampulheta, caindo hipnótica, esvaziando o espaço ocupado, quase escuto o som metálico de gatilhos, um grito de ordem e posicionamento, o medo avança sobre mim, quem dera fosse medo da morte, mas é a angústia de talvez não ter vivido, como a gente perde tempo esperando que a resposta desponte no horizonte, milagre ao qual não temos direito, certamente, mas esperamos, é tudo o que sabemos fazer, quem sabe a riqueza ou o amor nos livre do inevitável, ora que besteira!, nada nos livra do inevitável.

A culpa é minha, exclusivamente minha, nem sequer meu chefe merece essa recusa de lançar-se num sonho que é dele, na sua persona impecável de advogado; eu é que desconfio radicalmente da persona pelo simples fato de ela ser *máscara* e de eu nunca ter gostado de Carnaval, embora continue a ir, todos os anos, como uma ovelha a seguir o rebanho na direção do precipício, talvez o número tenha razão e toda unanimidade não seja burra, é o que digo para me justificar, só que a pulga atrás da orelha está lá, coçando, zunindo — talvez não seja pulga, e sim mosquito.

Quando volto à sala, o pandemônio está instalado. Vários colegas a discutir um homicídio, pedem minha opinião, e tenho que fingir interesse, é tão cansativo isso, mas, uma vez que ouvi e ouvi de novo, emito minha opinião, que é acatada e rechaçada ao mesmo tempo, grupos se formam, agora o imbróglio partiu para o grito, de modo que prefiro dar de ombros e sentar-me ao computador, fingir que trabalho, mas talvez não dê para fingir, são muitos olhares, então fico encarando o teto, completamente reclinado na cadeira, como se continuasse a dar atenção ao que dizem, mas simplesmente esperando que vão embora. Às vezes um argumento furado me chega aos ouvidos, e estranhamente não sinto a necessidade de rebater, de trazer à tona a falácia óbvia, eles que se explodam, não é minha responsabilidade ensinar quem quer que seja a pensar. Como sou profissional! — às vezes até eu me surpreendo.

Débora senta-se repentinamente ao meu lado, não dá mais para fingir o que quer que seja, eu a encaro com simpatia, ela tem cabelos pretos ondulados, quase encaracolados, parece uma personagem de conto de fadas, a pele é branca, mas não tanto, os olhos são pretos ou castanhos escuros, quem vê pensa que é inofensiva, mas é uma das advogadas mais eficientes que eu conheço, isso num júri é um terror, todos dizem que ela será a próxima sócia do escritório. Só que agora me olha de um jeito estranho, deixa de lado a conversa barulhenta para me perguntar, quase num sussurro, se estou bem, porque há semanas que me acha estranho, como se estivesse com algum problema, vai ver que é essa perspicácia de sacar as pessoas que é tanto apreciada por aqui, e é claro que eu digo que não, que está tudo bem, sorrio até, um modo de agradecer pela preocupação, e ela continua a me olhar com um toque de descrença, ou talvez seja outra coisa, não sei, teria interesse em mim, é o que me pergunto, produto machista de uma sociedade que parece não admitir uma preocupação genuína e absolutamente amigável entre um homem e uma mulher, é logo esse gatilho puxado, a possibilidade de "se dar bem", não tenho orgulho disso, é só um reflexo inconsciente, e, como o percebi em execução, olho fundo nos olhos de Débora (decididamente pretos) para ver o que há ali. Ela não desvia o olhar e põe a mão em cima da minha, quase como se soubesse tudo, acho que essa mulher tem habilidades paranormais, um sexto sentido, deve ser isso.

Eu não sei por que eles escolheram minha sala como local de conferência, é sempre assim. Por causa do Roberto não é, que o sujeito não sai dos fones dele, mal dá bom dia, deve ser algo comigo mesmo, talvez eu tenha cara de recepcionista, sei lá, mas preciso lembrá-los muito gentilmente ("ô, cambada!") que tenho um trabalho importante a terminar ("dá pra vocês lavrarem daqui?"), e vão saindo aos poucos, ainda discutindo em voz alta, Débora me diz que "se eu quiser conversar sobre alguma coisa, tenho o número dela", se ficasse mais um minuto abria o jogo, foi por muito pouco. Roberto escreve freneticamente e vejo que é de fato trabalho, o texto, daqui de longe, é cheio de "Excelência", "não obstante", "inconstitucional" e uma passeata de expressões que nós juristas usamos para manter os bárbaros distantes, mais uma prisão nossa particular, a da linguagem, não é a que me provoca mais arrepios, mas ainda assim sinto que o escritor em mim agoniza, sobretudo quando sorrateiramente essa linguagem quer se impor a esta voz que é pura (ou quase) liberdade.

Tenho que me chacoalhar, balançar a cabeça violentamente para trocar de registro, e posso fazer cacoetes à vontade, porque Roberto não me enxerga, está de costas para mim no seu paletó preto que parece uma muralha, vamos lá, voltemos a esse menino dos infernos, pela última vez, e esperemos falhar novamente, perder novamente, isso é que é ser um advogado comprometido com sua causa! Mas já não sei o que digo, o jeito é reciclar os argumentos da primeira peça, e tome "recorta e cola", sei com toda convicção que não há nada que eu diga que possa salvá-lo, o sistema já o condenou, não adianta gastar minha saliva ou fazer acrobacias argumentativas, a beleza da palavra só funciona quando sustenta algo justo, e não é o caso agora, estou simplesmente cumprindo o papel de papagaio, repetindo o que não quiseram ouvir, é difícil encontrar um que queira ouvir a defesa num caso desses, agora só mesmo diante do juízo final, meu caro (ah, se ao menos existisse o juízo final!).

Antes de ir embora, muito depois do meu horário, fico algum tempo dentro do carro antes de dar partida. Há dezenas de mensagens dos meus amigos no telefone, afinal hoje é quinta-feira, o início da esbórnia que costuma se estender até o domingo, em fins de semana normais, mas que agora é ainda pior porque no sábado é Carnaval. Não respondi a nenhuma delas, vou passando uma por uma, bar, boate, pagode, pub, sertanejo, tem para todo gosto e para todo fígado. Eles são incansáveis, meus amigos, e não admitem o cansaço do outro, afinal "somos jovens, pqp!", "a noite é uma criança", "na morte a gente descansa", é artilharia pesada, se fosse só uma questão de se convencer por argumentos, eu estava fodido, o negócio é que parece que carrego uma âncora aqui por dentro, basta ver que há meia hora não consigo ligar o carro e deixar o estacionamento do escritório, o vigia já deve estar pensando que eu morri — calma lá, meu velho, ainda não.

Ligo os faróis para sinalizar que uma hora eu saio, que não se preocupe, não vou morrer no seu turno, só preciso decidir algo muito simples, ir para casa ou não ir para casa, eis o dilema shakespeariano, cada escolha envolvendo uma imensidão de possibilidades que lá na frente hão de se encontrar no vácuo do nada, porque dá tudo no mesmo, ou você não sabe, Vidal? Ir ou não ir? Renzo diria, para me animar, que todas as noites são diferentes e que tudo pode acontecer, mas o que eu vejo é que, ao contrário, todas as noites são iguais, só muda o nome do lugar e o da garota (nem sempre), é só subir três degraus de uma escada e observar essas cenas de cima para se convencer de que, por mais que os detalhes mudem, o padrão é enfadonhamente repetitivo, mas Renzo não admitirá isso nunca, nem adianta discutir ou ficar inventando desculpas por WhatsApp, nossa, como tudo mudou, não consigo decidir mais nada, o anseio é que a vida decida por mim, ora mais!, a vida já decidiu, e, para não ficar para trás, decido eu também: desligo o telefone, saio com o carro.

7

Dizem que os brasileiros são o povo mais feliz do mundo. Basta ficar assim como eu, no meio da multidão colorida e a meio caminho da embriaguez, para se estar a um passo de acreditar nisso. Há dois lugares a frequentar nesse período: ou as ladeiras, no meio da rua, nos braços do povo, no empurra-empurra suado ao som do frevo, o Sol derretendo a cachola; ou aqui: Sol na cachola, sem frevo, bandas escolhidas, ingresso caro, uísque o dia inteiro e algum, vamos lá, algum espaço para se caminhar. Eu já estive lá muitas vezes; hoje vesti minha fantasia burguesa, uma camiseta colorida, igual à de todos — embora todo mundo a recorte, a transforme de tal maneira a não parecer com os outros, afinal, embora sejamos todos iguais, ninguém quer parecer igual a ninguém. As mulheres fazem milagres com esse abadá rosa laranja amarelo, tudo o que você imaginar de cores vibrantes. Elas transformam em biquíni, em top, em camiseta sem mangas, em saias curtas, em faixa na cabeça e sabe-se-lá-o-quê, desde que muita pele fique à mostra e que ninguém ouse dizer que ela é igual à vizinha.

Maria Eduarda transformou a dela numa espécie de sutiã que comprime os seios bronzeados (parecem que vão explodir a qualquer momento) e o resto é um short jeans branco em que "faltou pano". Rebeca, que eu vi agora, fez algo semelhante, sem o mesmo êxito, mas veio de saia jeans. Renzo me faz um sinal de que também viu as duas chegarem, mas me puxa para o lado, não quer encontrar com elas agora; se não, vai terminar ficando com Rebeca de novo, diz ele, irritado. Já conheço a dinâmica, vamos passar o dia rodando e fugindo, tentando outras empreitadas, e se derem certo para Renzo, Rebeca roda; se não derem certo, tem sempre Rebeca esperando por ele no final, primeiro doida de raiva, depois rendida aos seus sorrisos irresistíveis, confesso que o enredo chega a ser enfadonho de tão repetitivo, mas não é isso a vida, um disco arranhado que a gente não cansa de escutar?

Está todo mundo aqui, exceto Caco e Clara, o primeiro porque não suporta música que não seja rock; a segunda... não tenho a mínima ideia. Os outros estão espalhados, vi-os aqui e ali, falei com alguns, Renzo também, e ainda esperamos a chegada de Carlito. Já é o terceiro dia, eu só vim porque comprei a porcaria desse ingresso há quase um ano e porque o Renzo enche o saco de um cristão para não sair sozinho. O Sol está de matar, mas tem lugares onde há sombra e onde é possível se refrescar um pouco depois de ter rodado muito ou de ter pulado feito louco na frente do palco e da atração da vez, embora eu mesmo não esteja com ânimo para pular. O que me cai como uma luva aqui é o uísque a descer feito água, inesgotável, de boa qualidade, de vez em quando uma água de coco para hidratar, e pé na jaca!

O som não para: enquanto não entra outra banda, é uma mistura de gêneros de fazer rodar a cabeça, mas tudo dançante, tudo sucesso de audiência, e, quanto mais se bebe, menos se liga para isso, às vezes vamos num espaço com ar-condicionado, coberto, onde há um palco paralelo, e nunca se sabe o que estará tocando por lá, até rock, às vezes, mas vá tentar convencer Caco a vir com essa história! Somos peregrinos, o dia inteiro é uma procissão, andando pra cima e pra baixo, tentando encontrar quem nos olhe e quem seja agradável a olhar, grupos de meninas mais assanhadas, ou simplesmente gente conhecida, que sempre conhece gente desconhecida, o tipo de gente que a gente quer conhecer, numa sucessiva expansão de amizades cheia de segundas intenções.

No meio do processo, Carlito chega, ele diz que Paulo veio com ele, mas que o perdeu de vista, pede para esperarmos um pouco ali, nós o insultamos pelo atraso e por aquela ideia idiota de ficar parados ali, já estamos melados, mas no fim, como estamos bem cercados (ao que parece), ficamos. E o que se faz basicamente, enquanto a desinibição não é completa, é pavoneio e observação. Olha-se tudo e todas, a juventude que caminha exuberante, cheia de brilho, peles firmes, formas trabalhadas na academia, sorrisos brancos, brilhosos, safados, danças sensuais, ritmos, gritos, risos altos, puxa daqui, puxa de lá, "coisa linda!", olhares que sorriem, outros que desprezam, gente já se beijando como se quisessem se engolir, gargalhadas, a música alta e intensa, alguém a versar mais uísque no copo, os brindes, "esse lugar tá demais", é um redemoinho de sensações. Sem perceber, você mudou de posicionamento geográfico, agregou-se a um grupo, libertou-se, está só indo aos banheiros fedidos, está voltando dos banheiros fedidos, não sabe mais onde estão os amigos: perdem-se, reencontram-se, e a tarde mal começou.

Paulo irrompe no meio de nós, o furacão de loucura que é, sobretudo agora que está recém-divorciado. Ele rouba um balão rosa-choque de uma menina e sai saltitando ao redor dela, parece um canguru, tudo isso enquanto ri e canta em altos brados. A garota não se irrita, mas tenta pegar o balão de volta, ele tem um formato de coração, e Paulo diz "Seu coração agora é meu", e nós rimos daquela cena burlesca. Para completar, quando ele vai devolver o balão, tenta beijar a menina, mas ela foge, rindo e mostrando o anel que tem no dedo, e Paulo a perguntar "Cadê ele?", ao que ela responde, sumindo na multidão, "Quem disse que é *ele*?", com ênfase no *ele*, e Paulo grita que se apaixonou, ah! essa ideia que têm os homens de que mulher que gosta de mulher tem algo a lhes oferecer, isso é alguma fantasia pornográfica, com toda certeza.

Paulo agora nos salta em cima, beijando todo mundo, gritando que hoje só sai dali arrastado, roubando meu copo de uísque que ele vira sem se preocupar com o fato de que estava cheio, "Cheguei agora", diz, "preciso alcançar vocês". Paulo tem um sobrenome pomposo, melhor não o revelar, mas é um desses nomes que são donos de metade da cidade, e logo surgem pessoas que de longe você reconhece, pelos acessórios sobretudo, como os pares de Paulo, e neles há mulheres como Maria Eduarda, e há galãs de novela, e empresários, todos fazendo um pitstop perto de nós, para quem eles olham com curiosidade de biólogo, perguntando-se por que razão Paulo está ali entrincheirado com a ralé, não que sejamos ralé, mas é quase isso, só que Paulo não liga para nada, agora está aqui, daqui a dez minutos estará em cima do palco, provavelmente, tentando agarrar uma das dançarinas, o homem é uma força tempestuosa incontrolável, e isso porque ainda está sóbrio; quando estiver bêbado, saia de baixo, às vezes gosto de imaginar como seriam Paulo e Caco juntos, mas nunca consegui promover esse encontro, os gostos diferem: Caco nunca viria aqui, Paulo nunca iria num show de rock, a não ser que fosse o de uma banda internacional, num camarote cujo valor só ele mesmo pode pagar com os pés nas costas.

Renzo observa o movimento, dançando, como sempre, e pergunto-lhe sobre Rebeca, mas isso o irrita, Rebeca o irrita, então começa a reclamar que ela o persegue, que quer namorar, que outro dia chegou de surpresa no seu apartamento e por pouco não o flagra com outra (que tinha acabado de sair), "É uma chata de galocha", conclui, mas não posso deixar de alfinetar que apesar de chata no final do dia é com ela que ele vai estar, ao que me responde com ar de dúvida, mas também de possibilidade, afinal é melhor levá-la para a cama do que voltar sozinho para casa, a lógica é irretorquível, pelos vistos a chatice dela é suportável, por enquanto. "Por enquanto mesmo, porque isso tem limites", diz, em tom ameaçador, e emenda "Meu deus! Tu viu aquele short de Maria Eduarda? Essa mulher é uma loucura!". Eu concordo com a cabeça, Maria Eduarda é sim uma loucura.

"É um inferno sair com essas duas", continua Renzo, "vivem encangadas, e o que eu queria mesmo era pegar Duda" — que novidade, penso eu, e convido-o a dar mais uma volta. Avisamos a Carlito. Paulo, ao ver que íamos sair, abandona o grupo com quem conversava e nos segue, pulando nos nossos ombros com os dois braços, o fato de vir com a gente já torna o passeio mais divertido porque assistiremos a diversas "abordagens", com performances distintas. Paulo é um palhaço nato, às vezes representa o romântico, às vezes o sério melancólico, às vezes o garanhão, e a cada mulher de que se aproxima nós observamos a atuação a distância, rindo à beça, mas no fundo esperando que uma delas dê certo, porque Paulo não é egoísta, ele serve para quebrar o gelo, depois nos chama para apresentar ao grupo de meninas que acabou de conhecer, como agora mesmo fez, e nós surgimos como os caras normais da história. É claro que isso tudo vai por água abaixo quando alguém sabe quem ele é, aí não tem pra ninguém, é impressionante como o dinheiro fala mais alto, você vê um brilho diferente no olhar de certas mulheres. Não é que propriamente se derretam, mas seus corpos relaxam, de repente uma energia as percorre; elas, tão fechadas, tornam-se risonhas e receptivas. Você poderia pensar que é pela simpatia do rapaz, que não é pouca, até que ouve uma delas dizer "Você não é o Paulo C.?", e pronto, a mesa vira, todo aquele contato é subitamente viciado por uma espécie de veneno invisível, e Paulo, que não é nada besta, aproveita-se ou não, a depender do seu humor, como tudo seria tão fácil se fôssemos todos milionários, talvez tivéssemos que conquistar com outros atributos menos óbvios.

Rebeca nos cai no colo, quem dera fosse literalmente, mas é só uma aparição indesejada de Renzo, e cumprimenta imediatamente Paulo, toda sorrisos, apresenta-lhe Maria Eduarda. O queixo de Paulo cai sem sutileza alguma, ele nos olha com esferas escancaradas e não se contém, ri como uma criança, esse tipo de reação diante de Maria Eduarda, confesso que nunca tinha visto, e ponho-me a rir também, involuntariamente, virando a cara na outra direção, enquanto Rebeca pergunta "O que foi? O que foi?", e Renzo sorri daquela palhaçada toda, "Acho que ele gostou de Duda", é o que ele gostaria de dizer, mas se cala para não o queimar. Paulo não perde tempo, vai atacando pelos flancos, fazendo perguntas a Maria Eduarda, tentando estabelecer algum contato, e às vezes ela ri, não há como resistir à bufonaria dele, a questão é só saber se o riso é suficiente para as mulheres, há quem diga que sim, o tema é controverso, talvez seja esse o segredo de Maria Eduarda, nunca ter encontrado alguém que a fizesse rir, até agora, quem sabe, e Paulo é uma empolgação só.

Com Renzo a história é diferente: está sério, primeiro porque Rebeca o encontrou e agora o encosta contra a parede, embora não haja parede, mas só gente; segundo (suponho eu) porque Maria Eduarda está sob ataque, e rindo ainda por cima! Eu digo que vou dar uma volta e que os vejo perto de Carlito. Na saída estratégica encontro fugazmente os olhos de Maria Eduarda, num intervalo entre um riso e outro fizeram-se sérios na minha direção, vai saber o que eu lhe fiz, não tenho tempo para enigmas, o negócio é pegar mais uísque e rodar, rodar, rodar até ficar tonto e cair no chão, com sorte alguém nos pisoteia, alguém que não tenha esse olhar diabólico de Maria Eduarda, e assim, sem mais, me lembro de Clara, de como o seu olhar, ao contrário, é acolhedor, franco, compreensivo, meigo, nada que nos ataque imediatamente com essas pontadas dolorosas de luxúria, nada que contenha em si o veneno familiar. Às vezes me imagino com ela, mas desconfio de que toda essa meiguice iria me afundar completamente, deixaria de escrever para me abandonar no seu aconchego quando o que preciso mesmo, talvez, seja de uma mulher que me obrigue a escrever e que me chicoteie para que o faça em horários certos, e que as chicotadas, de preferência, terminem em sexo, mas onde está Clara nesses dias em que todos festejam sua felicidade exuberante? Clara não é brasileira, penso; devia estar aqui afogando mágoas com álcool, não é isso que se faz, não é esse o gesto mais decente, é impressionante como transito da diversão à amargura e à ironia, deve ter algo errado comigo, para além do corpo que se encaminha, trôpego, mas seguro de si, para o fim do túnel sem luz.

Uma mulher mais madura, o que os de um Estado vizinho chamariam de "gato velho" (como adoro os cearenses!), vem na minha direção, fixando os olhos bêbados nos meus. Eu vejo o que vai acontecer. Em condições normais, eu sairia dali, mas agora, que seja, deixo que se jogue em cima de mim, me beije com desespero e se vá, tudo no intervalo de alguns minutos, sei lá, ela deve estar no meio de alguma competição, com quantos caras vai ficar nesse Carnaval, algo do tipo, ou simplesmente não lhe agradou o beijo, confesso que não fui muito aplicado na matéria, aí é querer demais, não é assim que se promovem encontros verdadeiramente significativos, mas quem deveria se preocupar com *sentido*, "é Carnaval", o que importa é a explosão do corpo, mas meu corpo se tornou seletivo, sintoma de que não é só ele que está no comando, infelizmente. Não sei quanto tempo perdi rodando sozinho, entre desejos despertados e frustrados, nessa montanha-russa que é estar assim, solto no meio de uma multidão em busca de desafogo; o que sei é que quando voltei ao local de encontro havia uma confusão armada.

Chego no instante preciso em que Carlito está se engalfinhando com um sujeito, e seu enlace não é nada amoroso, eles brigam de verdade, tento contê-lo e termino levando uma cotovelada no meio da cara, mais precisamente na boca, se dependesse só de mim, aquilo ali não pararia tão fácil, mas Renzo intervém, consegue afastar os contendores enquanto eu passo a mão nos lábios, um deles cortado, o sangue na boca, aquele sabor metálico, até aí tudo bem, não fosse o ridículo de me machucar com a cotovelada de um amigo. Os ânimos estão exaltados, apesar de o adversário de Carlito ter sido levado pelos seus amigos para longe dali, eu nem quero saber o que aconteceu, também não é difícil imaginar que o motivo seja alguma mulher, não por culpa dela, óbvio, mas por razões milenares, que têm a ver com esse instinto animal de posse, nós marcamos território até no século XXI, que ninguém se engane a respeito, essas caras de civilizados só têm as caras, por baixo corre a mesma brutalidade, basta dar uma ocasião, e no meio de tudo é Maria Eduarda que me oferece um lenço, um pano, um tecido qualquer para eu limpar o rosto, e Renzo levanta meu queixo para olhar a ferida sob uma luz propícia dizendo "Foi só um corte", "Parabéns, Einstein", respondo ironicamente, e o afasto com um empurrão que provoca riso entre as meninas.

Paulo não estava ali, tinha ido buscar uma bebida para Maria Eduarda e volta com o ar espantado, temos que explicar tudo, ele primeiro pergunta, com ar entre sério e cômico, se queremos ir atrás dos caras, e nós caímos na gargalhada com aquela proposta. Carlito tem a cara fechada, mas segura a mão de uma garota, aquela com quem conversara o dia inteiro, talvez o motivo do imbróglio, e nós concluímos que já deu, a noite começa a cair, se esperarmos mais a saída vai ser um inferno de gente, a concordância é geral, nos dirigimos em fila indiana para a saída, não sem estar atentos aos arredores, é sempre possível que haja mais confusão, até porque Carlito acertou mais o outro do que foi acertado, a vingança paira no ar. Do lado de fora, ele diz que vai embora com a menina, no carro dela, e nos separamos, Paulo nos convidando a ir com ele, veio de carro, é claro que nada disso é muito sensato, estamos todos bêbados, então iniciamos uma discussão para saber quem está *menos* bêbado, e, como a cotovelada de Carlito parece ter despertado minha sobriedade, sou eleito para o cargo, "Vou perder essa carteira de motorista", "É só não fazer o bafômetro", "E a multa, tu paga?", "Eu pago se te pararem", diz Paulo, para quem pagar uma multa de três mil reais é o mesmo que comprar um cafezinho de quinta.

O que eles não sabem é que não estou nada contente com aquele final de dia, nem com o começo, sequer com a vida inteira, e que me dar uma BMW para dirigir nessas condições é pedir para morrer ou para matar alguém. Só que os dois estão entretidos demais, Renzo a discutir com Rebeca, aquelas disputas para esquentar o coito futuro, enquanto Paulo insiste em ficar com Maria Eduarda, não para de matraquear cantadas e assim que chegamos no carro já se mete no banco traseiro com ela, o que deixa Rebeca indignada porque terá que ir atrás, enquanto Renzo já se pôs no banco do passageiro. "Vamos comer uma pizza que a fome tá grande", nisso concordamos todos, se Deus nos ajudar a chegar lá.

Não tenho pena em acelerar, sou o cúmulo da irresponsabilidade, trinta anos na cara e fazendo besteira assim! Não tem justificativa, talvez seja só o lábio que sangra ou essa ressaca adiantada, o resultado de um programa repetido à exaustão, não quero pensar nisso, faço manobras arriscadas entre os carros, pego a via mais rápida e acelero como um louco, Renzo a instigar o comportamento, Rebeca gritando palavrões para purgar o medo e pedindo para eu ir devagar, Maria Eduarda calada, mas aparentemente tensa, e Paulo a xavecar nos seus ouvidos, como se nada estivesse acontecendo. No meio disso tudo ainda encontro tempo para escolher *The Bitter End* no Spotify e assim terminar de cortar o contato com eles porque subitamente entro na música, hipnotizado, ponho-a num volume ensurdecedor e, cada vez que aquela guitarra faz sons espaciais dedilhados no meio da batida cadenciada, acelero um pouco mais, é uma espécie de combustível intangível, esses produtos que fazem o motor ganhar potência, e vamos como loucos para frente, parece que é possível voar, a vontade é essa.

Subitamente todos se calam, exceto Paulo, ele pula como um louco no banco de trás, balançando a cabeça, foi tomado pela canção, embora não goste de rock. Renzo abre os vidros e grita loucamente para os outros carros, o vento invade nossa nave como um vendaval, e as luzes vão ficando para trás no retrovisor numa velocidade surpreendente, vejo-as sem as ver, é tudo muito louco, não queria parar, devíamos ir até onde o carro não aguentasse mais, meu coração pulsa no ritmo da bateria, há um frio no peito, uma angústia indefinida mas com desejos claros, um deles de que tudo se acabe assim, banhados em adrenalina e sangue, as veias dilatadas, o arrepio na coluna "*see you at the bitter end*", a vida só faz sentido assim, bailando com a morte, a morte a conduzir uma máquina possante, à beira do abismo, Renzo aumenta ainda mais o volume (acho que meu desejo é compartilhado), e se fôssemos todos juntos... Acelero mais, aquilo é uma insanidade em movimento, Rebeca parou de gritar mas tem o braço rígido e a mão a apertar a perna de Maria Eduarda. Paulo não para de pular, de bater no teto, de gritar como um desvairado, e em mim tudo é silêncio, eu sou a música, eu queria que ela nunca parasse porque se parar é a volta, o retorno a toda a chatice do mundo, a vontade que tenho é de largar o volante, olhar para cima, fechar os olhos e render a alma. Nem penso neles, não é egoísmo, é que o *ser*, quando se manifesta assim, não julga em termos humanos... Se ao menos, se ao menos, mas para quê, a alma vai se render, é questão de segundos, ou de horas, ou de dias, a rendição é a única saída possível, e no retrovisor vejo os olhos de Maria Eduarda, ela me encara, parece querer dizer alguma coisa, mas os lábios estão cerrados, sem expressão, a típica estátua que é, aquela frieza aos poucos me invade...

Reduzo a velocidade, escolho *Space Monkey*, baixo o volume, a cidade se aproxima, é possível escutar o suspiro de alívio de Rebeca, eu grito esse refrão hipnótico, acho que dessa vez nos livramos todos, vejo em seus rostos a purgação, a catarse aristotélica, porque atravessaram incólumes o tempo de uma canção, tudo vai dar certo, é o que sentimos agora, embora ninguém o expresse, e intimamente eu sei, mas só por causa do refrão no qual estou imerso, a velocidade não tem mais importância, e sim o movimento, vencemos alguma coisa, nem que por alguns minutos. Lembro de Caco. Ele aqui estaria vibrando, me chamando de um "puto de um irresponsável", mas com uma alegria descarada naquela cara horrenda. Ponho *Post Blue* e me perguntam que banda é essa, mas faço o difícil, eles que procurem, ("vocês que procurem"), estão tão chapados que nem veem a banda e o título aparecendo no visor, a pizzaria está na esquina, sinto-me inconsolável em ter que desligar o som. Descemos, entramos, comemos pizzas enormes, com massas altas, empanturramo-nos, até Maria Eduarda, coisa que nunca se viu, o perigo decididamente abre o apetite, quase não nos falamos durante esse banquete, é só "passa o azeite", "passa a pimenta", "passa o orégano", ninguém quer saber sequer os sabores das pizzas, foi Paulo quem pediu, sem perguntar, e pagou tudo, claro. Maria Eduarda ainda é quem ele tenta impressionar, primeiro a BMW, agora o jantar, eu tento sorrir, mas me dói o lábio, até comer dói, sem problema, hoje sinto que vou dormir como uma criança, não me pergunte por quê.

Mal acabei, despeço-me, "A gente te leva", "É contramão, Paulo, mas valeu", "E tu vai como?", perguntam, "Tem um ponto de táxi aqui perto", não quero atrapalhá-los, sei que Paulo vai querer fazer suas últimas investidas do dia, com certeza deixará Renzo e Rebeca primeiro, dissuado-os de me levarem, não é lá muito difícil, Paulo e eu nos entendemos sem precisar falar, ele pisca um olho discretamente, "boa sorte", penso eu com meu abadá, e deixo-os lá, saciados. Agora Renzo parece estar bem com Rebeca, chegou o momento de alterar os ânimos, abandona-se a animosidade para o que vai acontecer entre quatro paredes.

As minhas quatro paredes me aguardam, chego e elas estão lá, vazias, o crucifixo que fora presente da minha mãe, eu arranquei num momento de revolta, mas tem no lugar uma espécie de marca, não é poeira, já tentei tirar, é como se uma sombra insistisse em ficar por ali, talvez uma tentativa divina de me lembrar algo importante, como se Deus fizesse essas coisas, Ele que é um adepto do silêncio mais abissal e desprezível, mas os que acreditam dizem que faz justamente assim, por sinais que é preciso decifrar, como a mancha de um crucifixo na parede, essa marca que agora observo, imóvel, em pé no quarto apenas iluminado pelo abajur. Então conecto o Spotify ao som e volto ao local onde as coisas fazem sentido, *Days before you came*, e assim já é possível chegar a um estado um pouco mais satisfatório, jogo-me na cama, pensei que tudo ia retornar, culpo o peso da comida, mas reagi a tempo. Agora as pálpebras estão pesadas, deixo-me levar, uma canção distante, em eco, "*come home, come home, come home, come home*", me conduz, ainda Placebo, não sei para onde, mas é leve, é tranquilo e azul como um lago suíço, entre os olhos semicerrados já não vejo a mancha na parede.

8

Estou no sofá, esperando para ser atendido. É perto das nove da noite, o cansaço de um dia cercado de processos pesa como um saco de cimento nos ombros. Não há ninguém aqui, o sofá é de dois lugares e dá para o corredor, o consultório é essa porta que está atrás de mim, à direita. Ninguém caminha pela galeria, as lojas fecharam, tudo deserto. Meu celular está aqui ao lado, também no sofá. Se toco na tela, vejo os símbolos circulares em vermelho, notificações que se acumulam em todas as redes sociais e aplicativos. Há alguns meses, isso nunca teria acontecido, eu costumava estar "conectado" vinte e quatro horas por dia, sempre a par das conversas no Zap, rindo das piadas do grupo, olhando os vídeos pornográficos que os amigos não cansam de enviar, toda a parafernália criada para sairmos do mundo (ou de nós mesmos), nem que por alguns segundos, só que esses segundos tornaram-se horas e dias, e lembro o quanto já havia se tornado cansativo rir e excitar-se, como se o aparelho fosse um constante chamado ao qual não resistia, como se ao ver o que os outros compartilhavam eu pudesse preencher algo dentro de mim. As mídias apelam para um sentido existencial, não era possível escapar delas, mas no final só havia mesmo ressaca mental.

Agora estão lá as notificações que eu não olho, não sinto mais seu apelo, não tenho mais tempo, essa carência alheia me revolta, a necessidade de ser ouvido e curtido a todo instante, o vício do século, e o diabo do Zap que não criou um mecanismo para bloquear os grupos! Às vezes, nos poucos momentos em que ainda olho alguma conversa, vejo que me mencionam, talvez esperando uma reação, eles que são meus amigos mas não sabem o que me ocorre, as típicas amizades virtuais, mas não dou o ar da graça, responder é entrar de novo nesse falso frenesi, quanta falta me faz um telefone sem tudo isso, mas, ao mesmo tempo, não sei por que, não consigo não ter essas coisas, não consigo desplugar a tomada, apagar os aplicativos, talvez porque isso já vá acontecer naturalmente e não quero me adiantar ao tempo. Olho as fotos ainda. Às vezes as de Maria Eduarda, porque, apesar de tudo, é uma força irresistível, que supera até a morte, talvez seja a morte travestida de vida, de exuberância, mas não dou like: chega dessa submissão embasbacada, quem tem um milhão de seguidores não precisa de mais um. Ela me segue, certamente por educação, e às vezes curte uma foto minha, é o mais próximo que teremos de um relacionamento, ela e eu.

A paciente que está lá dentro, sei quem é, e estou invocado porque meu horário foi invadido vinte minutos adentro, a vontade que dá é de ir embora e depois montar um barraco com o psicólogo, não pagar a sessão, discorrer sobre atrasos aceitáveis (os dos mortais) e atrasos inaceitáveis (os dele e de todos que usam batas brancas), mas sei que quando ela sair da sala ainda vou sorrir e lhe dar boa noite. Há coisas difíceis de entender. O pior mesmo é saber por que continuo aqui, se nem para o psicólogo conto tudo o que me acontece.

Esse cara, além do mais, é uma figura, e falo num sentido nada elogioso. Se eu fosse contar a quantidade de "verdades" que já me jogou na cara, eu que pensava que esses sujeitos estavam aí para escutar — não para dizer o que pensam. Disse-me que pessoas como eu não costumam saber equilibrar os diversos aspectos da existência, quando, ao mesmo tempo, o que os outros querem é que você tenha tempo para eles, que lhes dê a importância devida. Ora, o artista (palavras suas) tende a se envolver com sua arte, e o resto do mundo que vá para aquele lugar (é mais ou menos o que quis dizer), e que mulher vai querer isso?, um sujeito vidrado numa tela de computador, imerso num universo paralelo enquanto ela pergunta se vão sair à noite, mas você nem ouviu, e só na décima vez é que desperta do seu sonho ficcional, ela emputecida, reclamando que você não liga para ela e toda a ladainha que a gente conhece, sem contar (já aconteceu comigo) os ciúmes das personagens femininas, afinal ninguém consegue compreender direito que o narrador não é o autor, então tudo que está lá é inspirado em alguém que você conheceu — santa ignorância!

Mas o pior mesmo foi quando ele, o psicólogo, me jogou na cara que meu querido emprego era necessário à minha arte, e que o sofrimento que ele me provoca é um espécie de "combustível" (ainda palavras suas), quase como se dissesse que eu deixaria de escrever se parasse de advogar, o filho da mãe!, às vezes acho que ele quer é acabar comigo de vez, me manter num nível de depressão estável e perene para que eu possa continuar lhe pagando seus quinhentos reais por mês, é muito suspeito isso, uma profissão em que o cara é quem diz quando você tem que parar de vir, tem que ter muita confiança na espécie humana, coisa que eu não tenho, ou talvez minha revolta seja porque ele tem razão, se eu fosse feliz não escrevia uma linha sequer, o xis da questão, o dilema kafkiano, é saber se eu quero ser feliz ou se eu quero continuar sendo escritor. Bah, não tenho tempo para nenhuma das opções.

Ela sai, diz-me boa noite com um sorriso. Sorrio de volta (imbecil), mas também, seria culpa dela? Ele me encara, jamais conheci alguém que pudesse sustentar um olhar assim. Se eu não disser nada, ele não diz nada, ficamos a sessão inteira desse jeito, como naqueles jogos para ver quem consegue rir por último. Antes eu ria; agora olho-o com bastante atenção, até que o rosto se turve, como quando nos olhamos no espelho por muito tempo. Ele se torna duplo, o rosto saindo do rosto, duplicando-se desfocado, definitivamente isso é uma brincadeira, mas não quero rir, não tenho mais vontade, então ele pergunta como estou, só que não quer saber como foi a semana, ou o que aconteceu trinta anos atrás, quando eu desejava matar meu pai para ficar com minha mãe (palavras de Freud), isso aqui não é psicanálise; quer saber é como estou agora, nesse exato instante, acho que com isso pretende provar não só que Freud não sabia de nada, mas também que quando estamos assim, no presente, não sentimos absolutamente nada, é uma espécie de meditação, só que não a conseguimos fazer em casa, precisamos pagar quinhentos contos para dar certo, e eu digo, claro, "estou bem", mas não estou, como poderia?, e ele sabe, só não insiste, permanece calado, encarando-me como se quisesse derrubar uma muralha com o olhar.

Aos poucos, para evitar o silêncio, eu vou contando as coisas que me aconteceram (não que ele tenha perguntado): falo de Clara, de Renzo, de Caco, das bebedeiras, da confusão no Carnaval, e vou falando como me senti em cada ocasião dessas, ele balança a cabeça, mas sinto claramente que no fundo quer outra coisa, quer que eu fale o que eu não quero falar, a verdadeira angústia, a experiência-mor, ah! se eu tivesse disposição para falar como tenho para escrever (tenho?), seria um dos seus melhores pacientes, mas no fundo parece que minha arrogância é maior do que minha dor, acho que sei mais do que ele, apesar dos diplomas na parede; não confio que ele possa desatar esse nó que me aperta as entranhas, no máximo vai conseguir me fazer chorar, e isso prefiro fazer em casa, dando socos na parede.

Ele gosta de saber coisas de Clara, talvez porque suponha haver em mim sentimentos mais profundos ligados a ela. É capaz de ter razão, então faço a vontade dele, tudo como se fosse *minha* vontade: conto-lhe de quando ela dormiu lá em casa, "Como se sentiu?", "Como um condenado expulso do paraíso", ele ri francamente, "É ótimo ter pacientes escritores, me explique lá isso", "Ah, o senhor deve saber, é ter ao seu lado uma promessa de algo grandioso e importante, ter isso bem do seu lado, bem perto, mas saber que há uma distância de outra natureza, uma fronteira que você não pode cruzar", "Por que não pode cruzar?", "Porque não, porque você não é o ideal do outro, o tipo de pessoa de que ela goste, porque você é o eterno amigo, porque esse é o seu papel no mundo, você está preso a ele como se fosse uma camisa de força", "E quem vestiu em você essa camisa de força?" Esse espertinho filho da mãe, ele quer que eu admita que eu mesmo a vesti, a camisa, como se eu não compreendesse que a prisão sou eu mesmo, ou melhor, que eu a construí, e no final vai me dizer que posso também destruí-la agindo de modo diferente, apostando em soluções inéditas, mas termina não dizendo nada, sorri como se estivesse cumprindo sua função às mil maravilhas, mal sabe que eu o vejo vir, "Não vou dizer nada a ela, doutor", "Por quê?", por quê, por quê, essa é a mais fácil das profissões, ficar perguntando *por quê?* até os cinquenta minutos se acabarem, é certo que eu poderia responder, a começar, doutor, pelo sofrimento dela, que tem uma razão muito peculiar e intransponível, o amor por outro que não eu, e depois, para que, o senhor não sabe que eu... (não, não sabe, não falei), é sempre assim, no meio do caminho há esse segredo que quase cai dos meus lábios, mas eu os mordo, ranjo os dentes, olho para o lado, não vou me curvar, não vou chorar, não vou pedir a um Deus surdo-mudo e indiferente que me conceda mais tempo, mais tempo para quê?

Putz! Tanto tempo já e não fiz nada, não descobri nada, e agora, só porque me acontece o que acontece com cada mísero mortal, vou pedir concessões e privilégios, vou tornar-me religioso, vou baixar a cabeça, bater no peito, me ajoelhar e olhar para os céus com olhos lacrimejantes, marejados, enquanto recito o pai-nosso? Não! Dez mil vezes, não! "Doutor, ela sofre por outro." Ele está calado, sério, o olhar fixo no fundo dos meus olhos. Esperava outra resposta, deve estar pensando "por que eles resistem tanto, por que têm tanto medo de dar um passo?", e minha única satisfação — malsã, admito — é provocar nele essa decepção.

Na saída vejo que há ligações perdidas de minha mãe. Já sei o que ela quer. Ando precavido (noite escura) até o estacionamento, mas há em mim um desejo latente de violência, queria mesmo é que alguém tentasse me assaltar, a que ponto cheguei, é como se precisasse purgar essa dor, o psicólogo não basta, queria mesmo era uma arma apontada para a cabeça — para *minha* cabeça. Imagino uma reação furiosa, a permissão para matar concedida num caso desses, e os dois sujeitos que se aproximam na sombra me fazem sorrir de satisfação, meu coração bate de uma alegria escura como a noite, talvez seja agora, fecho os punhos até sentir minhas unhas ferirem a carne das palmas, encaro os passantes com um desafio suicida no olhar, gritando por dentro, "vamos lá, um assaltozinho de nada", o máximo que pode acontecer está previsto, para hoje ou para daqui a alguns meses, mas eles passam, assustados depois de olharem para mim, minha expressão deve ser a de um louco varrido, e sou obrigado a voltar ao normal, a abrir os dedos, pegar a chave do carro, agir como um cidadão de bem voltando do trabalho para casa, "boa noite, senhor; boa noite, senhora; como vai?; e a família, passa bem?", o autômato de novo ligado, o ser social em modo automático, cordial, educado, normal, "um bom partido para sua filha, minha senhora", ah, claro que sim: advogado, inteligente, dentro dos "padrões da raça", nem precisa dizer que branco, quase sangue azul, com esse sobrenome pode-se até imaginar que, talvez, os antepassados, e por aí vai, mas por dentro é esse vulcão em ebulição, sempre em ebulição; nunca acordado, destruindo cidades, transformando tudo em cinzas, "obrigado, queridos pais, por essa educação exemplar", e basta pensar neles que minha mãe me liga de novo.

Atendo, é o que eu pensava: querem que vá lá no São João. Digo que já pretendia ir, que farei uma viagem por algumas cidades ao redor, que Caco vai comigo, "Seu pai é quem vai gostar de saber" (ele adora Caco), e ela me pergunta como estou, "Estou bem, mãe", "E que voz é essa?", "É a minha, estou cansado, são mais de dez horas, e não voltei pra casa ainda". Ela se espanta, diz que estão me explorando, que é preciso descansar para recuperar as forças, ela não sabe que vejo um psicólogo, e durante cinco minutos são só recomendações de mãe, conselhos a não acabar mais, "sim, mãe; sim, mãe".

No sinal observo a mulher maltrapilha que há poucos segundos conversava risonha com um tipo suspeito, mas que basta o semáforo virar pro vermelho já põe a cara de dor no rosto e levanta a placa com os dizeres "estou com fome", e mais outras frases que daqui não consigo ler. Então vem com aquele passo sofrido, aquela dor estampada no rosto cheio de rugas, as pálpebras abaixadas, o figurino completo, só que não esqueço o exato momento em que ria conversando com o cara que permanece lá, encostado no poste, mexendo com atenção num isqueiro que parece não funcionar, e toda a pantomima da miséria me dá asco, até nesse contexto tudo é farsa, mendigar também se aprende: os gestos, as expressões, tudo o que é preciso fazer para convencer o burguês que passa no seu carrão (no meu caso, nem tanto, mas não vou recusar o título, não sou o Caco) de que nossas condições não são as mesmas, nem precisava, já sei disso, a senhora aí vai viver uns trinta anos ainda — e eu?

Tinha adotado a postura de dar sempre esmolas, talvez a consequência de uma covardia existencial, mas a essa aí não rolou, foi muito brutal e nada convincente a transição da alegria à tristeza, e de súbito me lembro da criança no dia anterior, um pirralho que tentava fazer malabarismos na frente do sinal com três varetas, mas que errava tudo e as deixava cair, e ria olhando para o irmão, que o encarava irritado, apoiado na mureta do canal. Para esse aí (o protótipo de malabarista), dei de boa vontade dinheiro e uns chocolates que tinha no carro, vi-o sair saltitando, feliz, sem se esconder sob a máscara que um dia vai adquirir, como todos os outros. Há quem consiga, é muito raro, mas há, manter a autenticidade, quem sabe não é ele uma das esperanças do mundo. A senhora sai um tanto insatisfeita de perto da janela, quase tenho vontade de dizer "melhor atuação da próxima vez", talvez me engane num momento de distração futura, se é que esquecerei sua cara — se é que haverá futuro.

Antes de chegar em casa ainda me liga Petrus, amigo que eu não via há uns dez anos, no mínimo, e que encontrara na semana passada comendo tapioca numa barraca perto do escritório. Separou-se há três meses, e minha aparição, para ele e pelos vistos, é milagre dos céus, de modo que agora fica me ligando para sair, quer ir para as mesmas farras a que todos os meus amigos costumam ir, só que o cara já tem quarenta e tantos anos, provavelmente uns quinze de casado, é como se quisesse tirar o atraso de quinze anos em um mês, uma explosão que só a lenga-lenga de um longo casamento pode provocar. O pobre coitado escolheu o cara errado, só não notou ainda, faltam indiretas (ou diretas) minhas para ele perceber, nem sei como estou sendo tão paciente, deve ser por conta da amizade antiga, o que eu queria mesmo era lhe dizer que, depois de ter apostado quinze anos numa mulher, deveria, em vez de querer encontrar outras mulheres (o mesmo ciclo, quanta falta de imaginação), era tentar outra coisa, sei lá, ler um livro (que ele nunca leu), pular de paraquedas, viajar, qualquer coisa que não fosse entrar mais uma vez na mesma dinâmica! Será que ele não percebe?

Mas talvez eu esteja dando conselhos para mim mesmo (a velha projeção, a sabedoria dos psicólogos etc.), talvez eu esteja dizendo para mim mesmo que eu deveria fazer outra coisa, sair do meu próprio ciclo, e no entanto não consigo saber qual é esse ciclo. Mais: falta-me tempo para descobrir, talvez também energia. Também não vou adotar a postura ridícula de um Hippolit, tentar cortar o caminho pelo meio, me antecipar, para quê, só personagens de Dostoiévski para fazer essas loucuras. Petrus continua insistindo, argumentando o argumento de sempre, tão batido que já virou clichê, "só tem gata lá", e esse "lá" é o bar da moda, o sertanejo que está bombando na cidade, e só me vem à cabeça, com enfado, que todos esses lugares são iguais, iguais, iguais, nem as mulheres que o frequentam mudam, sempre os mesmos tipinhos acesos e superficiais, os robozinhos em busca de alguma emoção fugidia que os tire do buraco sem sentido de suas vidas, e ele quer que eu vá lá, como querem todos os que não sabem o que querem, "outro dia, Petrus, tô cansado".

Essa desculpa deveria bastar, mas ele rebate perguntando que idade eu tenho, que pareço um velho, e minha irritação começa, primeiro porque o fato não é o cansaço: minto porque não quero dizer na cara dele simplesmente a verdade, que não tenho vontade; segundo porque não quero jogar na sua cara (na minha?) que ele não tem mais idade para frequentar esses lugares, que seus quarenta e tantos anos são visíveis, vergonhosamente visíveis, e não combinam com a juventude que ali floresce, que vão chamá-lo de *tio*, com muita propriedade, aliás, e que, por fim, pqp!, vai fazer outra coisa! vê se abre novas perspectivas nessa tua vida insossa e tediosa, em vez de se repetir à exaustão como se não existisse nada mais no mundo do que um lugar morno e úmido entre pernas roliças!

Ah, as coisas que a gente gostaria de dizer pros outros! Eu abriria os olhos de muita gente, tenho a impressão de que nasci para profeta, se não fosse essa aversão inata à ideia de que existe um Criador Supremo.

Sou diplomático demais, vou rindo das baboseiras que ele diz sem perder minha inflexibilidade. Parece ter esquecido, depois de tantos anos, que sou assim: quanto mais insistem, menos eu quero, então desliga enfezado, mas amanhã vai ligar de novo, com certeza, aí simplesmente não atendo, não sou boia de salva-vidas, amizades verdadeiras você mantém no tempo, não é assim, sumir vinte anos e depois exigir submissão total, esbórnia, fidelidade. Mas eu gosto de você, beleza, não confunda as coisas; só não suporto sua ânsia, que não é mais a minha, nem tenho que colocar lenha nessa sua fogueira de recém-solteiro, eu que já estou solteiro há séculos e venho nessa toada há mais tempo que você. Para me meter nessas roubadas, só com os amigos do peito, os que nunca desapareceram, aí a gente até faz uma concessão, mas bem, bem pequenininha, porque já não rola mais ser a ovelha de rebanho algum, esse é um tempo revoluto, quem não o compreender que corte os laços, a verdadeira amizade preza a liberdade do outro, é que nem o verdadeiro amor, mas tão difícil quanto ele porque até os mais queridos amigos te querem para si, querem você do lado, mesmo quando não se compartilham mais os gostos e os caminhos, é tão difícil conviver com gente, Sartre era um gênio, o inferno são os outros sim, ou nossa incapacidade de lidar com tantas expectativas, essa carência universal que faz dos humanos pedintes mais ridículos do que a mendiga de alguns minutos atrás.

Podem eles saber o quanto me livro do peso do mundo quando entro no apartamento, largo a mochila no chão, como agora, vou à mesa da sala, ponho uma dose de uísque, viro, sem gelo, encho outra, vou à varanda, respiro, olho as luzes dos prédios e as cobaias humanas que se movimentam dentro, daquele jeito distante que elimina qualquer pretensão de sentido, o que cargas d'água esses humanos estão fazendo, eu me pergunto, e eles matraqueiam coisas que eu não escuto, sentam-se no sofá, assistem a televisão, comem pizza com Coca-Cola, é tanta inutilidade nesses gestos que arrogantemente me sinto um deus, tenho ilusões de grandeza, meto-me a escrever como um louco, derrubo bebida na cama, acendo um cigarro que roubei de Caco, apago a cinza no lençol, esperando incendiar a casa, assim meio-sem-querer-de-propósito, estou sempre tentando provocar uma catástrofe da maneira mais tipicamente covarde. Não, meus amigos não sabem disso, não querem saber e não sei se entenderiam se eu tentasse lhes explicar.

O jeito é escrever — ninguém me escuta, mas eu me livro.

Meu celular continua emitindo bips, e vejo de soslaio que são mensagens a chegar de modo ininterrupto. Finjo-me de morto, boto no silencioso, é preciso saber lidar com esse novo tipo de vida, a demanda ininterrupta por atenção, se fosse só um aqui e outro acolá, mas não, a quantidade te faz perceber que é uma doença universal, que ninguém mais sabe ficar quieto tomando uísque na varanda e deixando de encher o saco dos outros. Chegamos naquela condição puramente infernal em que precisamos conviver com o pensamento e as esquisitices dos outros, vinte e quatro horas por dia, bip, bip, bip, o som nem bip é, esquece, é tão irritante quanto, e fico balançando o telefone no meio do vácuo, segurando-o com o indicador e o polegar, de um lado pro outro, como um pêndulo a marcar o tempo, e sua superfície luminosa vai me escapando pelos dedos, a gravidade quer pregar das suas peças, quer vê-lo espatifar-se dez andares abaixo, essa gravidade matreira e mortífera, soltar ou não soltar, nem se trata mais do aparelho, devo estar com fixação em

Hippolit, Dostoiévski era demais, mas de minha parte não tenho pistola, e a vertigem me ataca só de pensar em transpor o parapeito.

Não, não nasci para isso, meu movimento é o deixar-se ir, a areia na ampulheta, e quem a detém nas mãos que se esbalde; na minha ela não está, disso tenho certeza.

O uísque começa a ter um gosto bom, e os humanos já não parecem tão ruins assim, são só uns pobres coitados, fazendo o que lhes disseram que é preciso fazer, talvez eu devesse escutar essas ovelhas que caminham em direção ao barranco... Bah... Nunca consegui escutar ninguém, mesmo que admita minha propensão a me deixar levar vezes sem conta, quase como uma preguiça de resistir, vá lá, talvez tenham todos razões, toda unanimidade não seria burra etc. é fácil falar, difícil é recusar a potência dessa voz que ressoa em mim como um trovão e que se nega a acatar qualquer imposição, qualquer destino, qualquer finalidade, afinal, quem disse que as coisas devem ser de um jeito ou de outro, que eu devo abaixar a cabeça e obedecer, que eu devo imitá-los em seus divertimentos, que eu devo buscar o que buscam, essa acumulação descontrolada de coisas ou de gente?

Se isso for ser normal, então me desculpem, derrapei na curva e não quero voltar para a estrada, o que há de fascinante na estrada é o que se vê nas margens; não a estrada, o traçado em si (pura prisão). Ninguém vê, ah, esse instinto que você soube tão bem criticar, Frederico, mas à custa da própria razão. Não se pode brincar muito com as ideias, assim a gente enlouquece, a gente termina catatônico, numa cama, por trás de um bigode gigante.

9

Hoje viemos beber cervejas diferentes, Clara, Caco, Renata e eu. Renata é a amiga jornalista de Clara, que ela inventou de jogar para cima de Caco, convicta de que os dois se dariam bem, enquanto eu rio por dentro pensando que assim que ele abrir a boca, ela, cujo intelecto é afiado, como notei em outras ocasiões, não vai lhe dar trégua, algum desses dois vai ter um piripaque, pode escrever, mas que seja, diversão não vai faltar, e depois fazia tempo que não a via, Clarinha. Ela passa um dedo sobre o meu lábio inchado, interrogando-me com o olhar, e eu rapidamente conto as aventuras do Carnaval.

As pessoas costumam ficar em pé, encostadas com os cotovelos ao longo do balcão de madeira escura, ou entre as mesas, na frente do pequeno palco espremido num canto inadequado, mas nós preferimos sentar numa das mesas ao fundo, a intenção é ver no que dá essa conversa entre os "pombinhos", como disse Clara. Observo-a se contendo para não rir, mas Caco não ajuda. Antes de ficar bêbado, meu amigo parece uma parede, não fala com ninguém, os olhos se movimentam aleatoriamente para todos os lados, e ele vai virando copo atrás de copo, mesmo que, como faço questão de alertar, essas cervejas sejam para degustar e tenham um teor alcóolico mais elevado, "Você vai ficar bêbado rapidinho", "Melhor", ele responde com a cara fechada.

Pergunto-me se não percebeu que isso tudo é uma jogada para lhe arranjar um par decente, ele não diz nada e continua com sua cara esquisita de retardado, os olhos dançando frenéticos numa cabeça quase imóvel. Enquanto isso Renata fala, e fala, e fala, sobre tudo o que se possa imaginar, mas em particular sobre política e sobre a situação dramática do país. É uma verdadeira intelectual, além de estar bem informada, não que eu concorde com tudo que diz, mas devo estar me tornando um sábio, não sei, porque me bate um cansaço só de pensar em discutir, por mim colava uma placa na testa com os dizeres "tem razão" e virava o rosto para encarar os olhinhos de Clara, vê-la sorver a cerveja vermelha com a ponta dos lábios, como se fosse um café, e observar suas reações, ora de aprovação, ora de rejeição (ela não se acostuma com as amargas), seja como for sempre se submetendo às minhas indicações. Finjo que sei distinguir os aromas, faço caras de entendido, imitando meu amigo Armando, mas ela percebe que é tudo palhaçada e ri com tal expansão de franqueza que dá vontade de abraçá-la, de puxá-la para mim e de mantê-la aqui junto, enlaçada por um dos meus braços.

Caco não deixa de notar essa comunicação silenciosa que se estabelece entre nós dois e vez por outra, cada vez mais, sorri seu sorriso malicioso, cheio de alfinetadas metafísicas, mas não diz nada, só percebo que agora ele balança a cabeça quando Renata fala, às vezes dizendo não, às vezes dizendo sim, sem emitir um som sequer, só pequenos grunhidos de ogro, parece irritado, não se sabe por que ou com o quê. Caco sóbrio é um mistério, só que não dura. Ele dava a impressão de estar se contendo e subitamente lança um "coisa nenhuma" expressivo que me faz cuspir sem querer parte da cerveja. Apuro os ouvidos.

Renata havia falado de um filme de enorme sucesso que, segundo ela, era absolutamente machista, e Caco se revolta, alega que o filme era *realista*, que seus cenários e enredo voltavam-se para um universo real e que, portanto, não se tratava de machismo, mas de pura *mimesis* (onde ele foi buscar esse termo, confesso que não sei, talvez seja um eco de comentários meus sobre literatura), uma estética que visava reproduzir o real tal como ele era, de modo que, se a sociedade retratada era machista, o filme não a poderia retratar de modo diferente, e ele me olha com suas esferas brilhantes esbugalhadas, pedindo ajuda, como se dissesse "isso não é óbvio, Vid?", só que, em vez de ajudá-lo, eu olho o cardápio cinicamente, como se não o compreendesse. É claro que tem razão (penso), mas teu adversário aí é Renata, eu mesmo quero paz e embriaguez, não necessariamente nessa ordem.

A garota tomou um susto, não com a opinião em si, que ela podia (e iria) rebater com todo o seu arsenal, mas certamente com o fato de que o sujeito que ela tomava por um príncipe Míchkin tivesse, no final das contas, voz e massa cinzenta suficiente para expressar algo que se parecesse com uma opinião sensata, ainda que ela discordasse de cabo a rabo do que ele havia dito. Aí o circo começou. Os dois começaram uma discussão que transitou dos propósitos da arte, a necessidade ou desnecessidade de um *dever ser* que lhe orientasse as produções, até o impacto do feminismo na apreciação e na crítica de obras artísticas. Caco, agora, vermelho como um camarão, bate na mesa, empolga-se a tal ponto que às vezes cospe sem querer em cima de quem estiver na sua frente, sem que por isso Renata perca a compostura ou a razão, o que parece irritá-lo ainda mais, emaranhando os argumentos que ele expõe, afetando as conclusões a que chega. É um verdadeiro massacre da parte de Renata, que sorri ironicamente e se diverte às custas daquele sangue que ferve e daquela mente em ebulição.

Agora Clara está aparentemente um pouco preocupada com a situação. Eu mesmo estou rindo à beça, apesar de mim mesmo, e limito-me a pedir umas salsichas alemãs que aqui preparam ao meu gosto, sem dar atenção às cotoveladas de Clara que exigem de mim uma atitude qualquer para pôr panos quentes no troço. Eu respondo com um olhar matreiro, como se dissesse, "o que foi? eu tô achando isso um espetáculo!", mas no fim sinto pena dela e intercedo, convicto, no entanto, de que aquilo tudo era justamente a preliminar de uma atração evidente, ou seja, convicto de que, no final das contas, Clara tinha razão em querer juntar Caco e Renata: "Você sabia que Caco é guitarrista, Renata?", pergunto na maior inocência, e parece que alguém jogou água numa fogueira, escuto aquele chiado de quando o líquido apaga o fogo. Ela se vira para mim, Caco baixa a cabeça, modesto, e bebe mais um gole, "Não", e Clara emenda: "Ele não é só um guitarrista, é um virtuose".

Caco dá de ombros, "É mesmo?", ela pergunta, curiosa, "Vai dar uma palhinha hoje?", "Talvez", ele diz, acalmando-se, e eu sei que ele vai "dar uma palhinha", primeiro porque não resiste a um palco, depois porque conhece todas as bandas e todos os roqueiros da cidade, e certamente os que vão tocar aqui hoje, mas Caco ainda não esqueceu o debate e tenta me arrastar para ele dizendo "Você tá muito calado; ele é escritor, sabia?". Nova surpresa, "E não diz nada contra as ideias da garota aí, o que é que tá acontecendo?", "Tava tão bonito vocês dois discutindo que não quis atrapalhar", "Sei... palhaço!", e nós rimos, o ambiente se torna mais leve, eu falo das salsichas que acabaram de chegar e proíbo que comam antes que chegue a cerveja que pedi para harmonizar com aquilo tudo. Clarinha faz um elogio duvidoso quanto à minha expertise, mas eu peço que primeiro provem as duas coisas juntas para depois criticar meu gosto, e rio de volta, com uma pose caricatural de grã-fino.

Depois de comerem e beberem, elas concordam comigo, mas Caco não dá o braço a torcer, diz que eu pareço o Armando com essa "frescura" de querer harmonizar comida com bebida, ao que Renata responde, provocadora, que adorou a combinação e que adora homens com paladar apurado, tudo para irritar meu amigo, eu o percebo claramente, mas ele talvez não, parece que vai responder, só que é interrompido por um sujeito de dois metros de altura, atlético, que se aproxima da mesa para falar com sua interlocutora. É um dos amigos de Renata, embora a combinação seja estranha. Ela se desculpa, levanta-se e afasta-se para conversar com ele. Caco aproveita para "dar uma volta" e nos deixa a sós.

Proponho a Clarinha, já que a comida acabou, ficarmos em pé, próximos ao balcão e perto do palco, "Quando a banda começar, estaremos mais bem posicionados". Ela topa, lutamos para conseguir um espaço, ficamos apertados, um quase sobre o outro, minha cerveja inclinando-se perigosamente sobre os seios dela, mas nada disso é problema, nós rimos daquilo tudo como dois adolescentes. Ela diz que falhou como cupido; eu a contradigo, "Acho que você tinha toda razão". Sua expressão é de surpresa, pergunta-me se não vi aquela discussão toda, e eu respondo que foi justamente a discussão que me fez ver que ela tinha razão, "Você é louco, Vid", "Vamos ver". Explico-lhe que a atração pressupõe um determinado tipo de fricção, ou de ânsia, ou até mesmo de violência, recordo-lhe como uma criança que gosta de outra costuma dizer que a odeia, e coisas do tipo, mas ela rebate que Caco e Renata não são crianças, "Somos todos crianças, Clarinha; só não queremos admitir", e ela ri com a boca no canudo (abandonou a cerveja), sorvendo uma bebida colorida com um arzinho de entendida, o canto dos lábios torcidos de um jeito maroto, os olhinhos observando os arredores.

Clara consegue mergulhar em si mesma até nesses lugares, e o engraçado é que, mesmo sem dizer nada, eu sei que ela não está procurando assunto, dá para perceber que está consciente, atenta e relaxada, "Você está bem melhor". Ela sorri, "Estou sim", e me aponta um casal numa mesa para a qual estava olhando há um tempo, "O que você acha daquilo?". É um sujeito marombado, bem-vestido, o peito para fora, a cabeça ereta, o olhar sobre a savana, enquanto do seu lado tem uma menina toda arrumada, acanhada no seu canto, vestida como uma patricinha, os olhos sem se arriscar a vagar por onde quer que seja, parece até temerosa, bicho-do-mato, propriedade que ele, seu par, protege com todo o gestual de macho-alfa. Eles não dizem nada, estão assim, rígidos, cada um no seu papel, isso tudo me passa pela cabeça como um raio, eu poderia repeti-lo a Clara, normalmente o faria, é assim que eu sou, mas me limito a soltar um suspiro e dizer laconicamente, sem mesmo perceber que estou sendo lacônico, a não ser depois de ter falado: "Infelizes".

"Será?", ela me provoca. Talvez não, penso (mas não digo). E não é sempre assim, não são os mais adaptados a seus papéis os mais "felizes"? Algo que muitas teorias por aí parecem falhar em perceber: a maioria das pessoas *ama* suas prisões e seus papéis. Estão profundamente internalizados e são percebidos como sua essência.

Tirem-lhes a convicção de que são aquilo que representam, e verão essas pessoas perdidas e miseráveis. Seria essa uma boa ação? Seria *ética*? Embora de algum modo sub-reptício a cena me incomode, a menina adora ser o "objeto" daquele macho, ela se reconhece como objeto, ela se produziu como objeto, como presa que só um animal poderoso soube capturar para si, enquanto ele, alerta, também no seu papel, estampa no rosto a conquista, quase como um desafio. Poderia ser outra coisa, se pelo menos eles trocassem algumas palavras, mas não, é aquela rigidez de estátua, aquela pose para os outros, é tão cansativo que eu desvio os olhos, e Clara, surpresa, me pergunta o que é que eu tenho, "Você anda estranho".

Então percebo que ela apontara o casal só para me ouvir falar, analisar, criticar como eu costumo fazer, no fundo era sua maneira de me deixar feliz, e esse gesto simplório me comove até as lágrimas que, no entanto, contenho virando meio copo de cerveja. Passo a mão no cabelo dela, delicadamente, sem encará-la, olhando um pouco acima das sobrancelhas, não quero dizer nada, e ela me abraça, assim, de repente, e fica com a bochecha colada no meu peito, não sei por quanto tempo. Fez-se um silêncio que é nosso, embora tudo ao redor seja ruído, ela sabe que eu preciso daquilo, mas também ela precisa, e nos deixamos ficar assim, esquecidos, e minha palma da mão direita está aberta nas suas costas, subo-a para afagar os cabelos dela, ouço o resfolegar de sua respiração embaixo do meu queixo, um hálito de frutas e álcool, ela se afasta e me olha nos olhos, vai dizer alguma coisa, penso, mas não, arrepia meus cabelos com um gesto brusco, e nós rimos, "Você é especial, Clarinha", "Você também, Vid", e ela me dá um beijo na bochecha, e começo a ouvir os sons de novo, eles vêm de um lugar distante, como se o bar inteiro estivesse se aproximando, caminhando pela rua em nossa direção, já dá para ouvir os risos, e os copos, e alguém na bateria que testa o som, e gente falando alto, ah! quantos ecos familiares, é toda uma vida contida nos sons, Clara me chacoalha com as duas mãos e me obriga a olhar para os fundos do bar, onde parece haver uma confusão, ou uma briga, ou não, não, são duas pessoas que discutem, ou que se emaranham numa luta corpo-a-corpo, "Você tinha razão, afinal", ela diz, e tinha mesmo, os dois estão se devorando contra uma parede, Caco empurrando as costas de Renata de tal forma que parece que ela vai entrar pelo muro e aparecer do outro lado, no meio da rua, mas ela também não deixa barato, agarra com os dedos a parte de trás dos cabelos do meu amigo, e eles vão se enfiando pelos lados do biombo do banheiro, para se esconder dos olhares, enquanto nós rimos da cena, Clara mais do que eu. Ela parece feliz, e a felicidade dela é quase contagiosa.

Insinuo que preciso ir ao banheiro por razões fisiológicas, mas diante do espelho, rodeado de ecos do exterior ruidoso, respiro fundo para afastar a náusea que começara seu ataque insidioso. Nas cabines ao lado, dois amigos conversam, cada um dentro da sua tentando acertar a latrina, rindo, falando por cima da parede que os separa, um deles dizendo que "a parada tá ganha", que a resistência da garota é só charme, enquanto o outro reclama, diz que com ele e com a amiga (amiga da "parada ganha" do amigo, pelo que entendi) "não tem nada ganho, muito pelo contrário". "Que nada, é dois pra dois", completa o outro, e eles saem abotoando a braguilha e traçando estratégias, nem pedem licença para usar a pia que eu monopolizei, as duas mãos apoiadas no mármore, vai que eu desabo e meto o queixo na pedra cinza-escura. Molho o rosto como se quisesse me afogar, alguém me pergunta se está tudo bem, "sim, sim, tudo está sempre bem", e sinto o vulto a passar por trás de mim, e a porta do sanitário batendo como se fosse um disparo de canhão, é melhor sair dali, tomar um ar, "tomar um ar...", só rindo mesmo, o ambiente é abafado, até o banheiro é mais fresco apesar do cheiro, mas saio assim mesmo.

Procuro meus amigos com os olhos, vejo que Caco, com Renata atrás dele, observando-o curiosa, se movimenta entre os instrumentos do palco, fala aos ouvidos do vocalista, eles riem, ele pega uma guitarra e pendura-a nos ombros, certamente vai tocar alguma coisa, enquanto Clara, bem, Clara eu não vejo, procuro um pouco mais, vou caminhando devagar, na velocidade que dá, pedindo desculpas e licenças, até que a vejo, um pouco mais afastada de onde estávamos, ainda no balcão, sentada de perfil, as pernas cruzadas e reluzentes saindo de dentro da saia leve, o copo a meia altura do corpo, escutando um cara que se pôs ali na sua frente e que gesticula de modo espalhafatoso, sorrindo, rindo, incitando-a a tanto, sem muito sucesso, ao menos me parece, mas de qualquer forma ela presta atenção no que ele diz, é um sujeito bem-vestido, com ligeiros cabelos grisalhos nas têmporas, parece saber o que faz, não hesita, não desiste até lhe arrancar um sorriso — discreto mas, ainda assim, mostrou-lhe os dentinhos brancos e alinhados, a covinha, tudo.

Eu paro. O que vou fazer ali? Também não tem um lugar onde ficar, e termino assim como um entulho no meio do caminho, as pessoas me pedindo passagem, me empurrando, quase a dizer "o que você tá fazendo aí, sai da frente", e eu me encolho, deslizo par um canto escuro, um trecho de balcão, oposto ao de Clara, e meus olhos voltam-se para a banda que começou a tocar, Caco feliz da vida, o rosto feio a sorrir de tal maneira que fica até bonito, momentaneamente, e como poderia ser diferente, não é isso o retrato fugidio da felicidade: a garota, a música, a embriaguez, pode alguém ter mais do que isso por tempo prolongado? Não.

Clarinha ri agora. Seu corpo relaxou, os ombros perderam a tensão, o cara às vezes lhe toca o braço com a ponta dos dedos, como se fosse necessário fazê-lo para que ela compreenda um aspecto do seu argumento — ou de sua cantada —, e ela balança a cabeça, assentindo, os olhos sérios, e a bateria faz um estrago, sinto sua vibração no balcão em que tenho o cotovelo apoiado. Do meu lado duas garotas discutem com vozes estridentes, eu não quero ouvir o que dizem, mas é quase impossível, então me deixo levar só para confirmar o que já pressupunha, debatem as ações "dele", que "ele que ligou, mas depois sumiu", que, evidentemente, "é um idiota", para logo em seguida falarem "da outra", supostamente uma ex-namorada que não deixa de aparecer aqui e acolá, um blá blá blá tão rotineiro, tão igual a todos os outros, tão circular, tão repetitivo que minha tontura aumenta, ah!, quantas vezes, quantas voltas o mundo vai dar passando pelos mesmo lugares, enquanto agonizo — enquanto agonizo... Isso não é um romance de Faulkner? — tendo que escutar esses melodramas, tendo que suportar a mesmice gosmenta desse enredo medíocre, alimentado de novelas, com um padrão injetado sorrateiramente nas veias, vício dos mais perigosos porque invisível, tudo dentro do esquema em que o mundo só faz sentido se *A* amar *B*, e vice-versa, e eles viverem felizes para sempre, a felicidade como uma equação, como se a vida fosse matemática.

Eu as observo agora de frente e, é claro, são bonitas, a beleza é só o elemento óbvio que completa o quadro, afinal não há heroínas feias, olha lá, Clarinha que o diga, mas agora está só e procura algo (ou alguém) com os olhos, discretamente. Não quero ir, não quero ir mais, tenho a pulsação cansada, a imperfeição do mundo me atormenta, vejo o sujeito grisalho passando, não sei se no seu rosto há uma trama dos próximos capítulos ou uma revolta de quem acaba de levar um fora, também não quero saber, para que saber, o conhecimento não acrescenta nada à vida — como não! O conhecimento é o próprio sofrimento.

Minhas vizinhas vão embora, e eu fico com um dos bancos altos, onde me sento de costas para o mundo, olhando a rua pela vitrine escura. Mais uma vez me vem aquela sensação de que eu deveria escrever sobre esse sentimento, essa coisa sufocante que me invade nesses lugares, grande esperança desfeita como uma queda no bueiro, uma angústia, o terror de perceber que o mundo não quer saber de suas pretensões e desejos, que esse monstro familiar é tudo o que nos resta, e prometo para mim mesmo que não volto, percebo que não faço parte disso, que sou rechaçado a cada tentativa de fazer parte, ah, como é natural que agora este mesmo mundo me empurre para fora de si, de uma vez por todas, talvez tenha sido esse o desejo mais profundo de toda a minha existência, como disse certa vez aquele psicólogo-astrólogo que eu conheci, como ele disse mesmo?, sim, que antes de vir ao mundo eu estava tranquilo, repousado em mim mesmo, autossuficiente, mergulhado em profundezas oceânicas, com a capacidade de respirar dentro d'água, observando beaticamente cardumes de tubarões pré-históricos deslizando em silêncio à distância da mão, quando de repente me aparece essa figura mitológica, espécie de anjo Gabriel ou qualquer outro administrador das organizações divinas, e me informa com seu sorriso irritantemente angelical que eu devo voltar, "Voltar pra onde?", "Para a Terra". Filho de uma égua! devo ter pensado mas sem dizê-lo, porque lá em cima somos todos comedidos em palavras.

Ele disse, o astrólogo-psicólogo, que eu não queria voltar, que estar aqui era meu inferno particular, que o inferno não estava, como queria o filósofo, nos outros, ou embaixo da terra, ou em mim, nada disso, o inferno era a própria Terra (isso seria um eco de Huxley?), pelo menos para mim era, porque veja só esse povo, não parece que para eles é o paraíso? Quanta contradição! Porque se isso é mesmo o inferno para mim, deveria estar exultante com minha partida, e no entanto... É como se não tivesse descoberto um segredo, vou-me como vim, ignorante, desprovido da informação essencial, se é que ela existe, mas no fundo creio que existe, do contrário não sofria assim, seria isso só instinto?, o animal que não quer morrer e se debate, como um peixe tirado do mar, jogado no fundo de uma jangada onde homens com arpões miram seu corpo cinza escorregadio, procurando o momento certo para...

"O que você tá fazendo aí, Vid?", pergunta-me Clara com um sorriso estranho de incompreensão, puxando-me levemente pelo braço, "Hein?", "Por que não voltou pra lá, tá tudo bem?", e na sua voz não há só inquietação, mas certa irritabilidade, se é que eu entendo algo de mulheres — se é que eu entendo do que quer que seja nesse mundo. "Você tinha companhia", respondo com um falso sorriso, e então vejo no seu rosto uma tal transformação, uma mistura tão grande de sensações que se sucedem que nem sei o que pensar, é como se milhares de pensamentos inéditos tivessem passado pela sua cabeça naquele instante, um levando ao outro, logicamente, necessariamente, e daquilo tudo tivessem brotado inúmeras conclusões, nunca antes aventadas, e tal avalanche de ideias me faz corar, mas é claro que isso ela não pode ver, então desvio os olhos, aponto para a banda com a cabeça, "Sabia que ele não resistiria, que ia tocar", mas Clara está séria, me encara como se me visse pela primeira vez, balança a cabeça, assentindo, só que está a mil anos luz dali, embora continue me observando, então não posso mais evitá-la, "Desculpa, Clarinha, mas é que tinha alguém conversando com você, e eu não sabia se devia", "Atrapalhar?", ela pergunta, e no seu tom há algo irônico e ácido. Eu reflito, demoro para responder, sim, como posso saber se estaria de fato atrapalhando ou não, mas minto, fujo, me desvio da questão (é o melhor a fazer), "Também não me senti bem por um momento, tive que ir ao banheiro".

Há uma sombra sobre seus pequenos olhos, ela diz que agora é ela quem precisa ir ao banheiro, e eu sinto que nunca mais vou vê-la, é como se aquilo fosse uma despedida definitiva, quero pegar no braço dela, impedi-la de partir e pedir desculpas, mesmo que eu não saiba por que deveria pedir desculpas, só sei que de algum modo a magoei, e não tem volta, já está lá, mais uma ferida na alma dela, mais uma na minha, decididamente ninguém sai incólume do contato com o outro, talvez seja por isso que eu não quisesse vir de novo, que a companhia dos tubarões naquele tempo antes do tempo me fosse tão aprazível, afinal ali uma abocanhada resolve tudo, para o bem ou para o mal, e a gente não fica nessa hesitação torturante que é lidar com os sentimentos, nossos e dos outros.

Não sei quando tudo se tornou tão complicado. Enquanto vejo Clara driblando sujeitos que a encaram no seu trajeto para o banheiro, enquanto observo seu perfil delicado se distanciar de mim desse jeito um tanto brusco, me lembro de uma outra época, talvez nem seja uma época, mas um local dentro de mim onde havia pura expansão. Nem sei o que isso quer dizer, para ser sincero. Como um fantasma, meu braço se levanta na direção dela, mas some sob meus olhos, espécie de vulto desejante, que não me pertence, como se só uma parte de mim quisesse segurá-la, mantê-la por perto, mas é tarde demais, e de novo vem o tempo, a sua presença longínqua. É, talvez não seja tempo, mas o espaço expandido em mim, quando se era aquela energia pura desprovida de razão, energia da envergadura do Cosmos, e tudo só podia dar certo, as coisas só dão errado na mente, nas conexões que o cérebro insiste em fazer, no esgotamento dessa atividade.

Queria trazer Clarinha para cá, para esse espaço, e dizer "é seu", tudo isso, tudo, tudo, os astros, o Sol que brilha e pulsa em mim, tudo o que você quiser, e certamente ela perceberia, ela entenderia que não há nada mais importante a se doar do que esse vazio que nos constitui, parece estranho dizer isso, mas sinto que é verdade. Não doamos o coração; doamos a alma, esse vácuo de esperança, o ponto mais luminoso de nós mesmos, mas não, ela foi ao banheiro, e eu, bem, eu não sei, sinto voltarem as náuseas, um suor frio me desce pelas têmporas, já senti isso antes (quando mesmo?), é como se uma parte de mim deslizasse para fora, primeiro só um movimento sísmico imperceptível, depois sim, vêm umas arrancadas, uns abalos, e essa parte faz um gesto de fuga súbito e violento, mas não se vai, só ameaça, e eu preciso apoiar a mão no balcão, vejo que as meninas ao meu lado me encaram, talvez pensando "ele está bem?", ou não, minha percepção já não é tão boa, a vista se embaça, sinto medo, um medo visceral que provoca ânsia de vômito, sei que vou cair, sinto que vou cair, e quando eu cair não me levanto mais, tenho certeza, é o tempo em sua última manifestação, o tempo que me puxa o tapete debaixo dos pés, e a voz, tão familiar e também tão desconhecida, diz alguma coisa, está preocupada, perguntam-me o que eu quero, o que eu preciso, desato a rir, que pergunta!, é evidente que eu não quero nada, eu me vou, vocês ficam, sempre foi assim, "Do que você precisa?", num eco minha voz responde: "Uma caneta".

10

Começa pelo cheiro. Sinto o cheiro e sei onde estou. Escuto murmúrios, e na distância movimento de vozes, atividade. Aqui dentro há uma presença, mas não vejo o que é. Minhas pálpebras pesam, ao tentar abri-las o que vislumbro são sombras. Teria morrido? A ideia me angustia, no entanto não sinto medo, anestesiaram minha alma, sou uma matéria bruta, insensível, jogada sobre a cama. Tento recriar a atenção necessária para me considerar vivo, mas isso cansa. Cansa viver, cansa morrer, não tem jeito, o ser humano não tem jeito, ou será só *este* ser humano, *ecce homo*, vai ver que é isso, e eu tentando, como sempre, na minha arrogância, tornar lei universal algo que talvez só esteja acontecendo comigo. E não é arrogância maior acreditar que só está acontecendo comigo? Tão típico esse orgulho do sofrimento individual, "minha dor é maior" etc., você não me engana mais, Vidal, vejo todos os seus gestos e todas as suas tentativas filosóficas de explicação de si mesmo, todas furadas, aliás, e não me deixo mais enganar, vá enganar a mãe, ok? E não seria isso mais uma vez orgulho, o orgulho de desmascarar cada argumento como se fosse a fantasia do ego, seria tudo orgulho, afinal? Mas que porcaria, o que é o orgulho?, mais uma palavrinha mágica, como todas as outras! Toda palavra, por mais inocente que pareça, é uma caixa de Pandora: toque nela para ver, algumas são verdadeiras bombas atômicas, é só dizer "Esquerda", "Direita", que os sujeitos sobem nos saltos, querem te matar, até se você já está morrendo, sequer percebem que estamos todos.

Não sei o que digo, sou eu mesmo que falo, alguém fala por mim? Pareço um espectador diante do palco dos meus pensamentos, que ilusão achar que eu mesmo os construo com esmero, como um engenheiro que constrói um prédio, nada disso!

Trouxeram minha caneta? Que escritor é esse que não tem uma caneta no bolso, e um papel de notas, e que se deixa desabar numa cama de hospital sem seus instrumentos de trabalho? *Shame on you!* Definitivamente, é preciso abandonar o sonho, não tenho sobre o que escrever, e não tenho tempo, "Ah, se eu tivesse tempo", é o que me digo para justificar a inércia, a covardia milenar, tão humano de minha parte, demasiado humano, mesquinho até às raias da loucura, essa recusa em ser o que se é, deve ser isso que está me matando, e eu me repito, me repito, me repito, tudo na vida é circular, queria que fosse pelo menos uma espiral, subindo, ou descendo, tanto faz, ou você não sabe que não existe em cima e embaixo, o Cosmos não tem teto nem chão, Vidal, será que é preciso explicar tudo para você entender que não há céu, nem inferno, ou que o céu, já que você insiste, pode ser para baixo, basta atravessar o planeta inteiro, passar pelo centro, sair do outro lado e já se tem um outro céu, que no entanto está embaixo de você, percebe? E onde ficou o inferno nessa trajetória?

Ora mais, o inferno é você que o carrega consigo, não tem outro lugar para ele no esquema cósmico, a evidência é quase matemática, mas o segredo está no quase. Nossa! Devem ter me dado uma droga muito potente, quando acordar vou pedir outra dose, talvez esses dois (agora vejo, de modo embaçado, que é um homem e uma mulher) possam me ajudar, tento dizer alguma coisa, mas da minha boca sai um ar moribundo, será que eles têm chiclete de menta? Idiota, você não consegue nem falar e quer mascar chiclete, não preste atenção no que eu digo, a cabeça não funciona direito, meu corpo também não, sou um destroço jogado na areia da praia, o Sol queimou tudo: velas, casco, mastro, tudo, só me resta esperar os milênios de desintegração à frente, e você, por favor, sente-se, pegue uma pipoca e um refrigerante, deixe-se hipnotizar por essa força que me conduz agora, que te conduzirá adiante, espetáculo da vida, agradeça a papai do céu.

Numa das tentativas de abrir os olhos, vi que uma das sombras é Caco. Conversa com uma mulher, sentados num banco, encostados na parede. Ela me é familiar, sei quem é, mas não consigo dizer seu nome, é como aquelas memórias que ficam na ponta da língua, você sabe, mas não sabe, está lá, mas não é possível expressar, onde a vi, quem é, a dúvida vai apertando, fico com raiva, e basta crescer a raiva que já percebo: estou voltando à vida. Afinal, não é só na vida (pela vida) que nasce a revolta? Tento me controlar, voltar ao estado anterior, mas parece que me recupero, putz, para que se recuperar, me deixa lá na praia mesmo, é mais tranquilo, não preciso de explicações, nem dar nem pedir, não preciso de nada, aquela sabedoria grega vivida de modo natural, sem julgamento, mas não, não tenho esse poder, essa força de vontade de morrer logo de uma vez. Esse será sempre o embate entre nós (não é?), você querendo que eu viva, seu escritorzinho patético, e eu submisso no meu papel de ser de papel, de objeto criado, sem saída, sem a coragem de dizer basta, virar as costas e mergulhar no vazio. E quando eu quero viver, viver de fato, experimentar unicamente o "tutano da vida", como diria Thoreau, aí você puxa o tapete, me bota numa cama de hospital, me sussurra aos ouvidos que você é maior e mais forte, quando no fundo ambos sabemos que você só é mais cruel, que você precisa ver suas criaturas na miséria para ter um pouco de prazer divino, doentio, você é um doente, essa sua necessidade sádica de ver a humanidade agonizar, um por um, bilhões e bilhões e ainda mais bilhões, como é que ainda levantam a voz para te defender e pedir perdão, como é que abrem a boca para te chamar de misericordioso — santa estupidez! —, é isso que eu não entendo, somos mesmo um rebanho estúpido de ovelhas que segue o primeiro idiota que diz ter visto a luz.

Não, eu não. Se acha que vou me curvar, engana-se; espere sentado no trono, contemplando a eternidade. Se você disser "morra", vou amar a vida; se disser "viva", vou amaldiçoá-la. Não me submeto, nessa luta você vence pelo tempo e pela paciência; não pela rendição. Se quiser, pode me levar para o fim do túnel agora mesmo, com ou sem luz, não tem a menor importância, só quero saber quem é essa mulher... Não consigo lembrar.

"Vid, cara, você tá melhor?" Ele veio até o meu lado, abro os olhos, a garota levantou-se também, ele sai chamando um nome, um eco repercute nos meus ouvidos, subitamente um suspiro expande meus pulmões, é que vejo aquele rosto, belo e preocupado, que sorri com esforço, é Clara, segurando minha mão, falando coisas que eu não escuto, e estou disposto a dizer tudo agora, mas não sei o que seria esse tudo. Não importa, Clarinha, quanta coisa eu poderia dizer, poderia falar e falar até que o Sol parasse seu movimento, de cansaço, cansaço, sim, estou cansado, e no entanto sinto essa exaltação da alma, como se ela fosse deixar o corpo, quer ir na sua direção, ela continua me olhando, mas não consigo responder.

Aos poucos tudo vai tomando forma. Como desconfiava, estou no hospital, sim, onde meu Criador quer que eu esteja, é tudo culpa Dele, tudo, tudo, cada gesto de cada ser humano, cada erro, cada topada numa pedra, cada copo de água derramado na mesa, tudo provém da decisão inicial, a causa incausada de Aristóteles (ou seria de outro?) que nos pôs aqui, se ele não tivesse inventado de inventar, esse viciado em criações esdrúxulas, não estaria aqui, querendo dizer a Clara algo muito importante, mas impedido, impotente, a voz que não sai, as mãos que não se mexem, o pensamento turvo e, no fundo, num universo paralelo, o sujeito que ri, as mãos na barriga, da submissão de sua criatura imaginária.

Eles conversam agora sem olhar para mim, será que estou tetraplégico? Que terei que viver como um vegetal? Essa ideia faz meu sangue resfriar-se nas veias, viro com força a cabeça, num gesto de repulsa, e Clara me diz para eu ficar calmo, que ainda estou sob efeito de medicamentos. Escuto isso e sinto certo alívio, daqui a pouco passa, daqui a pouco vou poder falar, e dizer, dizer a ela, dizer o quê, não sei, mas vai ser possível dizer, é o que importa, mesmo que a gente cale uma vida inteira, nos contentamos com a potencialidade das coisas e dos eventos, vivemos de sonhos, covardes incuráveis, sem coragem para tomar as rédeas, culpando um deus que não existe, que é a melhor maneira de nos eximir da responsabilidade.

Fechei os olhos e quando abri pude falar, mas o que Clara e Caco queriam saber (lembro vagamente da presença de Renata aqui também), eu não ia responder. Ela agora pedia minha autorização para fazer exames, exames que eu já fiz, em outro hospital, longe dela, longe de todo mundo, mas respondo que é só cachaça, não se preocupem, só que Caco agora não larga o pé, lembra que não é a primeira vez, desconfia de mim abertamente, envenena Clara com sua desconfiança, se eles quisessem, diz ela, fariam os exames sem minha permissão, é para o meu bem, querem que eu autorize, que mal tem nisso, uns examezinhos de nada, coisa besta, nem vai doer (riem), ela continua segurando minha mão, as covinhas nas bochechas, é difícil resistir às covinhas, ainda mais acompanhadas dos dentinhos brancos e alinhados, dessa expressão de anjo que ela tem, mas sou cruel como o Pai que está nos céus, ou curvado sobre a página, e digo não, "faço depois", relaxem, faço depois, assim que possível, o mais rápido que puder, agora só me deixem ir, quero ir para casa, tô cansado, sim, claro, me sinto melhor, só preciso que alguém me leve, eles se olham, a desconfiança atingiu o ápice, e é fundada, ninguém vive assim parando em hospitais nesse ritmo, mas é Clara quem tem que decidir, dar alta, não dar alta, ela sai do quarto.

Caco quer saber o que eu tenho, "Fala a verdade!", ah, Caco, e eu lá sei qual é a verdade, talvez eu já esteja morto, talvez nós sejamos, você e eu, seres fictícios que um imbecil inventou de criar, para depois brincar com nossos sentimentos, talvez tanta coisa junta, inclusive nada, talvez eu tenha feito uns exames, esses que vocês querem que eu faça de novo, e eles estejam dizendo que vou virar fumaça num prazo bem curto de tempo, mas devo acreditar no que diz um pedaço de papel com timbre de hospital? Isso não é o mesmo que acreditar no que dizem escritores em suas obras e profetas em gritos histéricos, os olhos voltados para o céu, em êxtase mentirosa? "Não tem verdade, velho, tô bem!"

Ele se irrita, diz que vai ligar para meus pais, para minha irmã, diz que vai descobrir o que está acontecendo, diz que não sou seu amigo, que escondo coisas dele, parece uma criancinha chorona reclamando porque lhe tiraram seu brinquedo favorito, queria ter simpatia por essa atitude que demonstra, quem sabe, o quanto Caco gosta de mim, mas estou puto com tudo isso, com vontade de dizer "Vai à merda, Caco, me deixa morrer em paz!". Essa preocupação não tem sentido nenhum, faço um esforço tremendo para sorrir, pergunto se ele está apaixonado, "Hein?", "Renata", acrescento, piscando o olho, ele sorri a contragosto, mas logo se lembra de que está com raiva, tem que representar o papel até o fim, somos atores, ele o amigo preocupado; eu o doente terminal; Clara... Clara, a mocinha, seja lá o que isso quer dizer. Então fecha a cara, me manda pro inferno, sai do quarto, escuto sua voz no corredor, num segundo ele aparece na porta, para me vigiar, e percebo que fala ao telefone, talvez de fato tenha ligado para minha mãe, pobre Caco, nem as mães, meu amigo, podem parar o mecanismo, o rolo-compressor, esse impulso direcionado ao fim, nem mesmo o amor das mães, Caco, veja só como tudo é cruel, e penso na minha mãe, no meu peito desaba, violenta, uma avalanche de tristeza ao pensar no depois; não para mim, claro, mas para ela, e só de imaginar isso, lá vêm, lá vêm as lágrimas que eu não queria que viessem, viro o rosto na direção da janela, mas a janela não está lá, não é o mesmo quarto que da outra vez, em vez dela é a parede branca, branca como as barbas do Senhor, e vendo frustrada a tentativa de ver o verde das árvores num momento tão aterrorizante, sufocando com a dor da minha mãe, que eu só imagino, amaldiçoo a espécie humana e todo aquele, seja lá quem for, que tenha posto o dedo nisso, que tenha iniciado isso, ah! se eu o encontro na rua, meto-lhe um soco no meio das fuças. Ele desviaria, claro. Mas tentar eu tentava.

Minha cabeça ficou confusa, abri devagar os olhos e me vi sentado no banco do passageiro do carro de Clara, inclinado feito uma cama, ela dirigindo, os olhos cansados na pista vazia, acho que tinha acabado de amanhecer, não sei, devo ter ficado a noite inteira no hospital. Tento brincar com ela, mas minha boca está úmida, empapada, como se eu tivesse mastigado um comprimido, "Não disse que os dois se dariam bem?", ela me olha rapidamente, sorri contida, diz que não sabe, "Por que não sabe?", "Sei lá, esse seu amigo é estranho", "Você tá sendo benévola no seu julgamento", "Antes de irem parecia que estavam brigando", "Ah", digo eu, maroto, "então a atração continua". Ela não me ouve, ou finge não me ouvir.

Alongo o pescoço, vejo o caminho adiante, reconheço o local, "Deve ser o destino", "O quê?", "Nós dois, sempre um levando o outro, ferrado, pra casa".

Ela sorri de novo o mesmo sorriso amarelo, nem responde, sinto o ar denso de desconfiança, está chateada, sei que é isso, algo mudou entre nós naquela noite, talvez por causa do meu silêncio, que relação de amizade é essa onde um dos amigos não diz abertamente, "Olha só, a verdade é que, etc.", o negócio é que eu não quero que ela comece a ter pena, prefiro essa cara enfezada, fingindo que não está enfezada, representando o papel da amiga que leva o amigo que passou mal para casa, bem como deve ser. "Como é que está o Roberto?", pergunto. "Não sei, nós nos separamos, lembra?" Ela não consegue conter a irritação, é tão franca que nem nessas circunstâncias consegue fingir, com Clara é tudo ou nada, mas eu quero desfazer esse nó, já basta meu estado, não suporto vê-la assim. Ela emenda: "Por que você sempre pergunta sobre ele?", "Porque há até pouco tempo era seu marido", "Não mais", "Por quê?", "Porque decidimos assim", "Decidimos... Você fala como se o casal fosse uma entidade reificada", "Não entendo", "Deixa pra lá, estou viajando".

"E você, o que é que tem?", ela pergunta, de supetão, a voz áspera. "Tô morrendo." Ela ri, não esperava por isso, a vida é assim, é tudo quando você menos espera. Quando você espera, não acontece. O segredo das coisas acontecerem é você tirá-las da cabeça. Seu riso foi sarcástico, não lhe cai bem. Não acredita em mim, acha que eu nunca falo sério, no dia que eu estiver me afogando e pedir ajuda na parte funda do oceano, ninguém virá me ajudar, diz minha irmã, baseada num conto, só que por aqui ninguém morre afogado, porque o tubarão chega antes, e quando você vê (ou não vê) já nem tem perna, é sempre assim, essa cidade mata de tudo que é jeito, aqui nem surfista tem vez. Ela continua: "Como estamos morrendo todos, né?", "Exato, Clarinha, exato", "Isso te faz sentir o quê?", "A morte?", "Sim", "Que pergunta difícil, teria que escrever um livro pra responder", "Por que não escreve?", penso em títulos, quase esquecendo de que ela está ali, "Diários de um moribundo", "O surfista que não morreu mordido por um tubarão" — bem, essa não dá, porque não sou surfista.

Como eu me sinto, você pergunta. E só agora que você pergunta, Clara, sinto como uma espécie de onda que me avança pelo peito, talvez porque eu estivesse pensando no mar, em tubarões, sei lá. O cérebro é esse avanço caótico de associações, essa rede sempre ativada, talvez por isso o mar agora me dê vontade de chorar, água, água salgada, mar, lágrima, você entende, eu me sinto humano, uma melancolia vai ganhando espaço em mim, e não posso abrir a boca, porque, se eu abrir, vou te contar tudo, mas é possível que faça isso chorando, em meio a soluços ridículos, e é possível que também diga outras coisas, que diga coisas sobre você e sobre como me sinto e por que pergunto sobre o idiota do seu marido o tempo todo, para ver como você reage: se empalidece, se ruboriza, será que você ainda o vê, ainda fala com ele e não admite, vamos lá, somos amigos, diga-me tudo, como se você me dissesse tudo, que piada, ninguém diz tudo a ninguém, nem os melhores amigos, e nessa nossa relação, convenhamos, só você é minha amiga; eu não, me tira dessa.

É humano que me sinto, a tristeza não é nossa maior herança, esse lago profundo e frio aqui embaixo do coração, mas não ainda na barriga, logo abaixo do quarto chacra, a cor verde do livro sobre Kundalini, e lá vai o cérebro de novo, buscando as conexões, é tudo que somos, essa máquina desenfreada, esfomeada por estímulos, nem que estejam no passado, o reviver do estímulo, a memória, ah! se eu pudesse desligar isso, mas para que a pressa, alguém vai puxar a tomada de qualquer forma, eu devia é estar indo devagar.

Agora ela às vezes me olha com um outro tipo de desconfiança, talvez eu lhe tenha dado pistas demais. Pistas *de mais*, como dizem os portugueses, onde vi isso, as associações, Augustina Bessa-Luís, talvez, ou Valter Hugo Mãe, isso é que é nome de escritor, eu não posso ser escritor, não tenho nome de, e escuto a voz dela, estamos entrando no elevador, apoio-me no seu antebraço, ela é quem abre a porta, como me sinto aéreo, chaparam-me com certeza, mas ainda tenho cavalheirismo na memória, vou me jogar sobre o sofá, ela é mais rápida, diz que dessa vez não, o sofá é dela, eu estou doente, morrendo (falou isso mesmo? falou com seriedade?), e me conduz, já é tempo, não sei o que me deram, mas não consigo mais ficar em pé, sou uma massa inerte sobre o colchão, fecho os olhos, abro os olhos, o tempo se esvai, rápido, devagar, não sei, o tempo é sorrateiro, vejo raios de Sol aprisionados na parte de baixo da cortina, fecho os olhos de novo, são grandes cochilos, acho, até que é preciso saltar da cama, a vontade de mijar é insuportável, certamente me deram soro, e remédios, e drogas psicotrópicas, deram-me de tudo, não é possível, não me sinto direito, mijo fora do sanitário, não, isso é normal, o telefone toca, persigo o som, não sei onde está, está na sala, sim, mas onde, na mesa, embaixo de papeis timbrados, o símbolo do hospital, vejo quem é, mas não sei quem é, não atendo, "bino", há trocentas chamadas não atendidas, não retorno, nem hoje nem amanhã, nem nunca talvez, quero viver sem atender ao telefone, quem precisa falar comigo, o que digo não faz sentido, sou o filho pródigo da vida, tão sem sentido quanto, e quero viver, ah! quero, agora sinto isso nas veias (certamente o resquício da droga psicodélica), quero viver, mas sem chamadas de telefone, onde está Clara, não sei, já foi, que horas seriam, não sei, o telefone toca, por que não me deixam em paz?

TERCEIRA PARTE

11

A garota está ajoelhada na minha frente, fazendo exatamente o que disse — no meu ouvido, sussurrando, indecente — que ia fazer. Eu a observo, um tanto fascinado com a juventude do rosto e a vontade que pulsa sob seus gestos desavergonhados. Há mais de uma semana estamos por aqui. O quartel-general é a casa dos meus pais. De lá fazemos excursões para eu enriquecer meu futuro livro. Meu livro... Será que ele sai antes de eu mesmo sair de cena? Viemos no carro de Caco, aquela lata-velha imunda; o meu teve um problema de última hora, tive que deixar no mecânico. Tinha tanta tralha na mala do carro de Caco que as mochilas não cabiam direito. No banco de trás era outra bagunça, papéis espalhados para todo lado, latas de cerveja vazias, um cobertor cheio de areia, um laptop todo arranhado, pandemônio do cão. Pergunto o que são aquelas páginas escritas, e Caco me diz que são os textos do irmão. "Ele escreve? Não sabia", "Não é literatura".

Na nossa primeira parada para comer alguma coisa, ao voltar, peço que espere, reúno parte daquelas folhas numa pilha e levo para o banco do passageiro. "O que você vai fazer com isso?", "Ler". Ele dá de ombros: "Boa sorte!". Apesar da ironia, percebo logo que Saulo escreve bem — mas não é literatura, de fato.

"Tem umas reflexões interessantes aqui." Ele bufa, o cigarro suspenso nos lábios, as duas mãos na direção. "Esse seu irmão é uma alma inquieta mesmo, tem uns trechos sobre Deus, e tal, você já leu?" Caco se irrita, joga o toco de cigarro fora, acende imediatamente outro, tudo isso enquanto dirige, olha para a estrada, olha para mim, começa a rir ironicamente, "Deus, Deus, Deus, ora essa! Você já leu a história do Rivière, Vid?" Ele se refere ao livro de Foucault, que não li, mas nem tenho tempo de responder, "Tô lendo agora, aí sim tem coisa pra refletir, por exemplo, o que diabos é aquele menino, ele tinha uma dose de razão na cabeça? Era louco? Rivière, nem sei por que falo nele. Pensa no Ed Gein, você não conhece o Ed Gein, mas eu fui atrás, tudo por causa do Pierre, o Rivière, e descubro que o Ed Gein, que matou sei lá quantos, comeu parte das vítimas e ainda fazia utensílios domésticos com a pele delas. Pois é, encontraram umas coisinhas interessantes na casa dele, uma cadeira feita com pele humana, crânios nos armários, cintos de vulvas, ah, você não acredita? É só pesquisar". "O que tem a ver?", "Ora o que tem a ver! Como é que fica Deus nessa história?". Não entendia o que Caco queria dizer, ainda mais porque falava com os olhos piscando, trocando o cigarro das mãos e dirigindo. Eu olhava a estrada, preocupado.

"Caco, você não vai começar aquela ladainha de que, se Deus existisse, não deixaria essas coisas acontecerem", "Não, não, não, você não tá entendendo, olha só...". Então ele inicia um discurso truncado, do qual inferi que a existência do psicopata serial killer (existem psicopatas que não são serial killers), segundo Caco, representava o desafio para as explicações sobre o Criador. "Sim, veja, o que nós costumamos dizer é que, ao contrário dos animais, nós, humanos, criados à semelhança de Deus, podemos escolher entre matar e não matar. Se matamos, somos culpados; se não, vencemos a tentação, certo?", "Certo, o livre-arbítrio", "Justamente. Mas, se o sujeito mata porque ele *não tem* livre-arbítrio, então como se pode sustentar a existência de Deus, e como dizer que somos feitos à sua imagem?", eu ia responder, mas ele continuou: "Ou Deus tem traços de psicopatia? Não me interrompa, fica caladinho aí. A mera existência desses sujeitos prova que", "Você voltou à mesma ideia, Caco", "Não voltei! Entenda: uma coisa é Deus atuando com tempestades, terremotos, erupções vulcânicas que matam milhares de uma vez só, aí dizemos, bem, *foi Deus*, percebe? E aí a gente diz, pra eximi-lo de culpa: o *mal*, tirando essas hipóteses, é o homem que produz", "Certo", "Mas, nesse caso, o mal não vem do homem!

Esses caras tinham um defeito no cérebro, era a natureza deles, mas a natureza deles é também humana, então você nem pode dizer que é maldade humana, nem que é um ato de Deus, como um tsunami", eu abro a boca, mas ele está exaltado: "A Natureza é neutra, meu caro, seja quando um leão mata a gazela na savana, seja quando um homem mata seu semelhante, o psicopata tá aí só pra lembrar isso pra gente, o que é que importa a morte de um ou de outro, se até Deus cria essas figuras, e digo mais: quando esses caras aí, esses doidos dizem que ouviram a voz de Deus, que foi Deus que mandou eles fazerem o que fizeram, tenho pra mim que enunciam a mais pura das verdades", "Eles são instrumentos da vontade de Deus", "Isso! Mas não do jeito que você está pensando, porque Deus supostamente disse 'aquele ali tem que morrer', mas porque Deus é essa força cega e mal direcionada, um campo de energia criador indiferente a tudo que brota dele, um psicopata, um santo, dá tudo no mesmo". "Na verdade", continua, "Deus tem muito de Rivière quando era criança, crucificando rãs e rindo do gesto, você não o vê assim?", "Vejo-o mais como um sujeito deitado na rede, numa praia paradisíaca, sem ligar pra nada", "E rindo dos que se afogam", "Não, simplesmente... indiferente", "Então você concorda comigo!".

Não quis argumentar. Poderia ter dito que aquela ideia, a de que tudo se equivale, não era nova, e que sua discussão pressupunha a própria existência de Deus. Mencionei esse último ponto. Não deveria ter feito isso. "Mas de onde você tirou que eu falei que Deus existe?", bradou Caco, deixando cair o cigarro no banco do carro e ao mesmo tempo pulando para não se queimar, tentando achar o toco aceso, soltando palavrões — e dirigindo, ainda por cima. Tudo o que dissera, segundo ele, era uma tentativa de desconstruir a própria ideia de uma divindade pela sua irracionalidade (como se a racionalidade fosse o critério da divindade, que absurdo!). Rebato dizendo que, apesar de não saber se Deus existe ou não, o que ele estava desconstruindo era *uma* ideia de Deus, *um* discurso sobre Deus, e não o próprio Deus, caso ele exista, porque seria incompreensível para nós, não poderíamos interpretá-lo, como vem fazendo o homem ao longo dos séculos, "Você é um cristão enrustido, vou te mandar fazer companhia ao meu irmão, te trancafiar naquele templo", "Pois, seu irmão, já que você tocou no assunto, está enfurnado num templo budista, e para os budistas não existem deuses".

"Ora, como não? Eles podem não chamar de Deus, mas o que é o Nirvana? Não é a graça, o estado associado à divindade?", "Ainda que seja, esse estado aí não incorpora nenhum dos discursos que você mencionou, seria só um estado psicológico atingido", "Sim, mas", "Um estado que abomina os discursos, aliás, porque seriam pura fantasia mental, essas ideias aí, de justiça e injustiça divinas, de superioridade humana, até a ideia de *sentido*", "Vid...", "Sobretudo a ideia de sentido! Você quer que as coisas façam sentido, Caco, e fala num Deus que aparentemente não atua de acordo com o *seu* sentido de causalidade, mas quem disse que essa entidade fantasmagórica tem que agir segundo a lógica do sentido?", "Não tem, não tem, mas", "Mas nada! Se não tem, cala a boca, e deixa o troço andar e desandar, o mundo é assim mesmo, e você vem falar da morte, grande coisa a morte! Tem alguma coisa mais natural, mais comum, mais banal nessa vida do que a morte? Enquanto a gente fala aqui, quantos milhões acabaram de morrer? A morte é esse dado ridículo, diário, comezinho, e a gente aqui falando dela... Ela não merece uma linha; o problema, meu caro Caco, o problema é a vida!".

"O que a gente faz dela, ainda mais se não acreditamos nos discursos sobre Deus? Eu digo o que você faz, você pisa nesse acelerador aí, aumenta o rádio e vê se nos mata mais rápido, um pouco antes, com glória, discutindo o indiscutível, o absurdo, essa ideia doentia de sentido, o sentido que se dane! Dane-se você, Caco, e sua necessidade — ah, você disfarça, mas não me engana —, sua necessidade de ter um deus pra chamar de seu, nem que seja pra lhe jogar pedra em cima, não é disso que as pessoas precisam? De um bode expiatório, de um ser que possa ser responsabilizado por tudo, por todo o mal, por todo o sofrimento, por todas as mazelas que acontecem na vida delas? Então pronto, tá aí seu Deus: impiedoso, indiferente, sádico, quão reconfortante é tê-lo pra blasfemar quando tudo dá errado!" Caco me olha com um sorriso escondido no canto dos lábios, depois explode de rir, batendo a mão na direção: "Esse é o Vidal que eu conheço!", e ri mais enquanto acelera. "O pior é que você não é nada original, Caco. Sade já exigia que não fossem lhe falar da inexistência de Deus, que não lhe retirassem o prazer de blasfemar contra essa ideia."

Satisfeito por ter despertado em mim a revolta que se harmoniza com a sua, ele aumenta o som, canta alto a música, *contra todos e contra ninguém*, e eu "estou só esperando o que vai acontecer", uô ô ô, *tenho pedras nos sapatos, onde os carros estão estacionados*, mas ele volta ao ataque, abaixa o som, e diz "Tu não acha normal que tenham crucificado Jesus?". Lá vem. "Acho", "Por quê?", "Quem se autointitula rei de alguma coisa está procurando confusão", "Você é um simplório, Vid, não me refiro a isso". Fico calado porque sei que ele espera que eu pergunte. Assovio cinicamente, olhando a paisagem, mas não tem como escapar: "Deus é o culpado de tudo, entende? A causa primeira, ou seja, todas as misérias que acontecem na vida, a rigor, são culpa dele, é como você dizia numa ocasião (eu dizia isso?): eu não pedi pra estar aqui; você pediu?". Podia dizer que não sabia, que se existir alma, e a alma preceder o corpo, talvez... "Então, apesar disso, apesar de ele ser o Mal original, nós não podemos nada contra ele. Nos nossos momentos de maior angústia, Deus não aparece na nossa frente para que possamos socá-lo, entende?" Teria Caco lido os textos do irmão? Teria lido, hipótese ainda mais surreal, os *meus* textos, que nem mostrei a ninguém? Tem algo assim lá. Já pensei algo semelhante. "Então aparece um sujeito — Cristo, quero dizer — dizendo que é o filho de Deus!" Ele começa a rir. "Que oportunidade tremenda, não acha?", pergunta, virando-se para mim, os olhos brilhando, escancarados. "Oportunidade?", "Sim! De *ferir* Deus! Atacando seu filho, quero dizer". Faz sentido.

E ele ri de novo: "Oportunidade única, meu caro, se eu mesmo estivesse presente, tinha posto meu prego lá". "Por que você é tão revoltado assim, Caco?", "Por que devo me submeter?", pergunta, "Se submeter a quê?", "Aos discursos dos outros, às suas verdades, às suas crenças?", "Não dá pra não se submeter e permanecer calmo?", "Calmo! Nada de bom nasce da calma, o caos é o pai de tudo, Vid! Odeio os conformistas, essas ovelhinhas ridículas, esse espírito de rebanho". Mais uma vez citando Nietzsche sem dizer que é Nietzsche, algum dia preciso esculhambar Caco por isso. Não combina rejeitar as ovelhas e ser uma ovelha de Nietzsche. Ele só tem goga, essa é a verdade, diz que poria um prego na mão de Cristo, mas não aguenta ver sangue, lembro da vez que uma amiga se cortou no restaurante, Caco ficou branco, passou mal, quase vomita, e agora fica desfiando esse besteirol. A impressão que dá é que isso tem alguma coisa a ver com a morte do pai e a partida do irmão. Ele tem que ser um contrapeso, um contraponto do irmão: se o outro aspira a santo, ele quer ser o diabo. E quem tirou o irmão de casa? Deus. Seja porque é a causa de tudo, seja porque o irmão foi procurá-Lo. "No budismo não tem deuses, Caco", "Hein?", "Nada".

Nós estamos numa calçada, eu encostado numa árvore, ela ajoelhada, e pessoas passam.

Passam, mas não ligam para nós, talvez não nos vejam, a embriaguez aqui é regra, o barulho ensurdecedor também, carro de som alto, empurra-empurra, colorido nas roupas, luzes fortes para espantar a noite, e ela movendo a cabeça pra frente e pra trás, um gesto milenar, os olhos às vezes voltados para cima, é quando a excitação é quase insuportável. Quem diria, eu que vim aqui para fazer uma pesquisa séria, descobrir as paisagens do sertão, o ambiente; sentir o calor sufocante; conhecer a fauna e a flora, tudo para construir um romance realista sobre o *Diabo Louro*.

A fauna e a flora! Que trabalheira! Venho tirando fotos que nem um japonês em Paris, a máquina pendurada no pescoço, mas não vejo surgir dessa aridez a figura do famoso cangaceiro. E, no entanto, sinto-me próximo disso tudo, da brutalidade mascarada pelo sorriso educado e tímido do pedreiro que consertava o muro da casa dos meus pais, aquele olhar lateral, malicioso, fazendo alusões a uma mulher que passava e sorrindo para mim — ele; não a mulher, que aliás não valia um xaxá. Reconheço nele essa violência represada, pronta a virar ataque, serpente enrolada no fundo de mim, esperando a ocasião de dar o bote, sem saber o que seria o bote, talvez um grito, uma agressão, uma morte, ah! como eram bons os tempos em que a morte espreitava as margens tranquilas do riacho, que agora acolhe turistas embasbacados por uma queda d'água ridícula. Talvez nem essa violência exista de fato no seu João, que, depois de ajeitar o muro, pinta-o conversando comigo, ou melhor, monologando histórias em que não há uma morte sequer, como a ficção é melhor do que a vida, já diria Bukowski, e como o personagem de Guimarães vale mais do que esse João que pinta o muro sorrindo, satisfeito sabe-se lá com o quê. "E morte, seu João? Me conte uma história de morte", e ele fica sério de repente, cala-se. Aleluia, talvez ainda haja salvação para o mundo, e seu João tenha algumas almas nas costas curvadas.

Acho que ela sorri enquanto.

Não sei bem como foi isso, mas de uma coisa tenho certeza: fui seduzido. Essa menina fez tudo, do começo ao fim. Deve ter visto que eu não era daqui — parece que isso é um atrativo por essas bandas. Foi metade da festa me encarando, e quando fui buscar uma cerveja na barraca, pronto: lá estava ela puxando assunto. Eu nem pedi nada, ela que foi me conduzindo para trás da árvore, ela que começou a me beijar, ela que se ajoelhou e. Também é isso violência? Não chegaria a tanto. Mas vigor, vida, ah sim! Esse povo é de ferro e sabe o que é vida. Sabe que a vida não está no pensamento sobre a vida. Camus e suas conclusões, a melhor maneira de *não* viver é querer saber o que é a vida. O que ela gosta é de me segurar e ver que o sangue pulsa, enche sua mão, depois sua boca, para pra olhar, sorri, olha pra mim, gulosa, a língua brincando em círculos. Parece que até eu ganho vida aqui, viro um pouco bicho, só um pouco, porque depois que sujar o rosto dela (ou não, não sei se posso ainda), vou voltar a essas ideias insistentes, escrever um livro, descobrir a fauna e a flora, dar o nome certo a um mandacaru, não confundir com outra coisa, e por aí vai.

Caco então se esbalda, sobretudo com meu pai. Passam o dia inteiro bebendo no fim de semana. Meu pai é uma rocha e só bebe cana. Começa na sexta à noite, logo depois de ter fechado o armazém, e só termina no domingo, final de tarde. Caco tenta acompanhar o ritmo, mas é difícil. A barriga do meu pai parece um casco de tartaruga, construído com esmero, ao longo de quase setenta anos, à base de cuscuz, carne-de-sol e cachaça. Mas meu pai gosta de Caco, conversa com ele tardes inteiras ou escuta as coisas que meu amigo tem para dizer, mesmo as abobrinhas.

Somos tão diferentes, meu pai e eu. Lembro de imediato a relação de Kafka com o pai, não que seja a mesma coisa, não há entre nós aqueles desentendimentos que influenciaram tanto o escritor, quem dera meu pai fosse tão rígido, é por isso que nunca escreverei algo como a *Metamorfose*. Mas meu pai, ao contrário de mim, é aquela máquina de trabalhar incansável — se não satisfeita, ao menos absolutamente conformada com a verdade da vida, que é a necessidade de trabalhar. Quatro e meia da manhã está acordado, minha mãe se levanta depois, resmungando, e vai fazer o café dele, típica rotina patriarcal nordestina. Quando estou por lá e me levanto, parece que uma tempestade passou pela mesa, meu pai come feito um cavalo no café, mas durante o dia se alimenta pouco, e nunca o encontro, já partiu para o armazém, nem é hora de abrir, mas ele é um psicopata, disse-lhe: "Você é um workaholic", ele respondeu "Vá você". Ri; ele também.

Tem um bom coração, meu pai. Não exige do filho, como o pai de Kafka. Ele e minha mãe são dois rochedos, inabaláveis, cheios de fé, embora ele diga não ter nenhuma, enquanto ela se benze dizendo que ele não fala sério.

É mais nova do que eu, a garota, tenho até medo de que seja nova demais, mas refreio esses escrúpulos, até porque não dá mais para parar. Seguro os cabelos dela todos numa mão e puxo-a para mim. Ela gosta, me olha com ar travesso, depois de tomar fôlego. E puxa minha cintura na sua direção, insiste que eu faça coisas que certamente viu em filmes pornô, quer que eu a engasgue, tem o Diabo no couro! É um tipo que me atrai: cheinha, mas com curvas. Cheinha, mas com a carne firme. Vejo a forma arredondada que sobressai da saia indecente, mais indecente ainda porque quadriculada — verde, azul-escuro e vermelha —, típico uniforme de colegial inglesa. "Qual é tua idade, hein?" Ela, sem tirar a boca, abre as duas mãos, mostrando os dez dedos, levanta-as na minha direção várias vezes — de propósito para eu não entender nada, pelos meus cálculos é algo entre dezesseis e vinte e seis.

A fauna e a flora! Quanta perda de tempo! Por acaso é preciso descrever tanto as coisas num livro? Não é isso uma estética ultrapassada? "Sem morder!", "Desculpa".

Eu que sou ultrapassado, deve ser isso. Sou velho demais, aos dez anos de idade já era velho demais. O peso das influências, é preciso destruir o velho para criar o novo, tantos chavões repetidos que nem é chavão mais repeti-los, "O quê?", "Nada, continua, tá muito bom!". Ultrapassado a ponto de me preocupar com os joelhos dela, que já devem estar doendo, embora aqui nesse trecho haja um pouco de vegetação, como se isso tudo precisasse ser suave (suave coisa nenhuma), e ela que queria que eu enfiasse até engasgar, enquanto me preocupo com seus joelhos, é demais!

Não fui feito para o mundo, universo paralelo, mas queria executar o gesto que ela pede; o que não queria era (como de fato parece que é) imitar um gesto forjado pelos filmes, o que claramente se via na conduta dela: a necessidade de mostrar ser uma garota descolada, que, apesar de viver longe dos grandes centros, assiste pornô, sabe como dar prazer, sabe o que é o prazer, conhece todos os truques. Mal sabe ela que outros dos seus gestos é que me deixam louco, mas não tenho tempo de dizer, nem quero falar, não precisa, isso tudo é vida.

Durante a semana nós íamos aos lugares conhecidos, os locais de batalhas sangrentas, eu procurando o fantasma de Lampião, achando que sentiria alguma coisa, sonhando em ver, num vulto, Maria Bonita com seu olhar plácido, o risinho no canto, como o de seu João, punhal longo brilhando na cintura, mas não, nada disso, quantas vezes me vi às voltas com essa desilusão de ser incapaz de reviver o passado. Aqueles canhões no Forte Orange, eles não me dizem nada. Queria escutá-los bombardear navios ao largo, queria sentir o cheiro de sangue no mato curto onde venho pisando esses dias, a máquina querendo captar essências que não existem mais. Nem os chapéus espalhafatosos, o cheiro de couro, as lâminas finas, as armas de fogo esquisitas, nada. Tudo está morto, não adianta descrever, isso tudo não renasce, é preciso recriar, dar novos nomes, falar das ações, esquecer o ambiente, o mandacaru, a coisa toda, só o que vale é o móvel daquilo tudo, uma luta incessante entre a lei do cangaço e a lei da civilização, duas esferas num combate ferrenho até a morte.

Já se sabe quem venceu... (venceu mesmo?). E ao mesmo tempo, mesmo sem conseguir relembrar esse passado, não está tudo dentro de nós, não vive em mim essa fúria inconcebível, vontade de matar e de morrer, vontade de me ver em risco para que a vida valha a pena? Agonizo no conforto, e o olhar de seu João me diz: "abençoado". Como a linha é tênue e subjetiva entre a bênção e a maldição. Mais valia, seu João, uma troca de tiros de dois minutos do que essas roupas, do que todo esse aparato protetor, casa, muro, grade, polícia, Estado, está tudo engasgado aqui, é como uma força invisível que vai me empurrando e me conduzindo, "vamos lá, vamos morrer tranquilamente, temos aqui lençóis brancos e muita substância anestésica, a morte será igual à vida, tranquila e tediosa".

Minha mãe anda desconfiada. Primeiro falou da minha cor, depois da minha magreza, dos meus olhos, "Não dorme mais, menino?". E eu fujo, afasto sua mão que quer tocar no meu pescoço e ver se tenho febre. Não vai ter jeito. Bicho do mato que é, farejou a coisa toda. Agora vai seguir o rastro até eu abrir a boca. Minha mãe e meu pai não são ignorantes; são só gente simples. Tiveram educação, até certo ponto, e fizeram das tripas coração para nos dar um futuro, a mim e a minha irmã. Mas eles mantêm aquelas características instintivas que eu, infelizmente, perdi. Ela sabe que alguma coisa está errada, e vai me cercando aos poucos, dia após dia, por isso invento tanto de fazer excursões nos arredores.

Caco fica puto! Por ele passava todos os dias ali, embriagando-se, indo no riacho, bebericando na pracinha e blasfemando na frente da igreja (coisa de chocar as pessoas, diz), travando conhecimento com matutinhas feiosas de dar dó. "Não tenho direito de escolher, Vid. Também sou feio", "Você é um sábio. Eu sou feio, mas continuo à procura de gatas", "Mania de artista de segunda", "Artista de segunda?", "Artista de primeira se joga na experiência, pega de tudo: mulher feia, mulher bonita, cachorro, burrico, tudo o que se move na terra", "Isso explica muita coisa sobre você", "Elitista escroto!", "É sempre bom conversar contigo, Caco", "Sou seu único amigo, Vid", "Querias", "O problema é que você se acha — sem ser", "Concordo", "Pronto, resolvido". E passávamos horas assim, falando nada com nada. Caco de fato fez algumas amizades na cidade, saiu com algumas meninas. Quando digo "saiu", quero dizer que se perderam no meio do mato e voltaram cheios de planta nos cabelos, as roupas desarrumadas. Meu pai ficava um tanto preocupado, "Cuidado, seu Caco, cuidado. Aqui essas coisas se resolvem na faca". Nessas escapadas de Caco, eu me ocupava ora lendo, ora caminhando até os limites da cidade, buscando alguma coisa indefinida. Às vezes tinha vontade de abrir o jogo com minha mãe, mas para quê? O pior seria vê-la sofrendo. Esse negócio é que nem puxar um band-aid: melhor deixar acontecer logo de uma vez, e não ficar esperando, esperando.

É na espera que está todo o sofrimento. Quem espera não está feliz com o presente.

Não quero entender nada. Isso não pode parar, eu a atravesso firme pela boca, vejo sua mão a tocar seu próprio corpo, vejo a saia a mover-se ondulante, ora uma parte da pele, ora o pano quadriculado que esconde a curva indecente e farta, a visão é violenta demais, preciso arrancar aquele pedaço de pano, parece que ainda quero viver, o sangue pulsa, escuto-o por trás das orelhas. Desvio a atenção, lembro dos trechos que li para Caco no carro, os trechos dos ensaios do irmão, é a velha estratégia de desviar a atenção para não gozar, porque gozar significa pôr fim à tensão — imagem da própria vida —, nessas horas bem que valia ter aprendido um pouco de sexo tântrico, gozar para dentro, não gozar, seja lá o que for, mas o jeito é lembrar, o que era mesmo? O que ele dizia sobre o desejo?

"Uma ideia", leio eu para Caco no carro, *que nos foi vendida, que nos é vendida, diariamente. Felicidade é o que nos dizem que é, e ela (sua definição, seu conceito, sua representação) nos desce goela abaixo. Felicidade, abstração maior, nome criado* a posteriori, *contrária à existência. Um Deus. Ídolo dos mais ambíguos, cujo nome escorrega facilmente das bocas. Felicidade não há, como nada que tem rótulo existe de fato. Mas a urgência é essa ideologia, a de ser feliz*, "Ele escreve bem, tá vendo?", "Idiota" (não sei se eu ou o irmão). Mas melhor não falar de desejo, estou prestes a explodir. "Olha isso aqui: *parece que Sócrates continua sendo o mais sábio dos filósofos, não fosse o deslize de dizer que sabia de algo (no caso, 'que não sabia de nada'). Nós não deveríamos dizer, como ele, 'só sei que nada sei' (ou algo do gênero); deveríamos dizer: 'nem sei se sei de algo'. Sim, a suspensão do juízo.*" "Grande novidade", rebate Caco, mas na sua postura começo a enxergar um passo em falso, se o texto fosse dele... Diria que está cheio de si, mas é do irmão que, "Ah, Caco! Você adora seu irmão! Se brincar o idolatra. E agora faz essa pose toda, finge que não gosta do que ele escreve". Ele puxa os papéis das minhas mãos num gesto brusco e os joga no banco de trás, um deles voa pela janela; outros tenho que tentar pegar no ar porque dançam ao sabor do vento, o carro dá uma derrapada, uma das folhas quase atinge os olhos de Caco, a viagem toda é assim, um exemplo de segurança no trânsito.

"Você é um invejoso", "Hein? Do meu irmão, o monge?", "Porque ele sim está perto de Deus", "Perto do quê?", começa a gargalhar, "Um cara que fica escrevendo, escrevendo, escrevendo, é isso estar perto de Deus?", "Pelo menos ele ainda acredita", "Aí que está, a crença é o problema, eu tenho inveja é de quem tem fé, quem diz, como Jung, *não preciso acreditar; eu sei*", "Quando que você leu Jung?", "Quando você lia a Turma da Mônica", "Faz tempo". Rimos, é sempre assim, não leva a nada, a não ser ao riso — não é isso o melhor?

Não. Está aqui o melhor. A boca dela é pura saliva, já não distingo língua, lábios, dentes, é tudo uma coisa só, perfeita, maleável, úmida, quente, não existe nada ao redor, os sons deixaram de chegar aos ouvidos, um arrepio me percorre a coluna, não quero terminar, há quanto tempo está aí, tenho pena dela, dos joelhos no chão, mas me recuso a ter pena, gozo e dor andam juntos, vejo a saia a movimentar-se como uma bandeira ao vento, vislumbro intermitentemente a cor das nádegas, um pensamento me corrói, não vai terminar aqui, essa cintura é apetitosa demais, respiro fundo, se continuar olhando para ela, vai tudo por água abaixo, deixo de viver, gozar é morrer, é se aproximar da morte, mas já não estou eu mesmo o mais próximo que se pode estar, morrer, trepar, gozar, trepar de novo, encontrar outra, repetir isso à exaustão, o movimento cíclico de tudo, até esse movimento hipnotizante, a cabeça dela que vem e vai, os olhos que me atacam famintos, os olhos marotos e ainda adolescentes (quantos anos tem?), seguro seus ombros, contenho-a, é demais, quantas vezes fez isso, com essa cara de inocente e o talento de profissional, não me deixa contê-la, empurra minha mão, quer me levar à loucura, quer me levar à morte, não posso morrer, não quero morrer, a vida vale alguma coisa, ainda que seja essa tensão inebriante e passageira, só um momento de sorte, uma ninfeta habilidosa, um rostinho sapeca sobre mim, me engolindo, ainda que seja isso (não posso dizer *só isso*), talvez isso seja tudo, pelo menos agora, não é o instante o valor supremo?, e que me importam todas as discussões desde que ela continue, que nós continuemos assim, impedindo o tempo de passar como uma ventania súbita, impedindo que a vida tome um rumo certo, quando somos nós mesmos os criadores da existência, do que vale nela, essa pulsão contida por uma tensão rígida, a fricção entre elementos díspares, a fricção que produz o fogo, o próprio fogo, eu mesmo já não sei, não sei de mais nada, há só a voz que me perpassa e a sensação que se agiganta em mim, querendo implodir, imagino seu rosto cheio de mim, sujo da vida que lhe posso jogar na pele nova, mas não, não vou fazer isso porque não posso parar, ainda que pare, não posso parar, puxo-a pela parte superior dos braços, encosto-a atrás da árvore, ela levanta a saia, eu arranco a peça de tecido liso, branca, úmida, posiciono-a, "Não tenho camisinha", digo, por desencargo de consciência, "Me come logo", ela responde, "com força".

12

Há uma vontade superior à minha, espécie de pulsão de morte que não é psíquica. Não: é o próprio corpo que morre, ele *quer* desaparecer, ele quer voltar a ser lama e vai se desintegrando aos poucos. Percebi isso assim que voltamos da cidade dos meus pais. Saulo a certa altura diz num dos seus escritos, que agora tenho nas mãos: *um graveto levado pela correnteza do rio — a ilustração perfeita da vida. Mas o graveto acha que é um homem*, ele continua — essa ideia me parece ridícula (um graveto que se crê homem, mas vamos lá) —, *que tem mãos e que com as mãos pode segurar-se numa raiz qualquer das margens, e assim pôr término ao fluxo irresistível que o carrega. Ele acha que pode fazer planos. E faz. Tenta planejar a vida, sem saber sequer o curso do rio. As belas coisas que vê nas margens, ele quer possuí-las, quer que a corrente pare para que ele se deleite com a paisagem. Pior: ele acredita piamente poder tanto manter certo sentido de permanência, pisando no solo firme, quanto prever e se precaver quanto ao que vem adiante. Mas, a menos que fosse pássaro, e que pudesse enxergar o percurso do rio das alturas, não pode ver os redemoinhos, as quedas d'água, as grutas que suspenderão o percurso, a vegetação que representará um obstáculo temporário ao avanço. A questão é de controle. O graveto que se crê homem está obcecado pela ideia de controle, como se em si detivesse algum poder de moldar o futuro. Mas que controle se pode ter quando a correnteza imperiosa nos conduz, mesmo que para nós ela seja invisível? Há dois caminhos. O primeiro, continuar mentalmente o gesto milenar de achar que podemos dominar essa força descomunal que nos arrasta, e assim viver de planos, e de expectativas, e de projetos, convictos de nosso controle sobre o destino. Em outras palavras, o de viver na mente e no seu processo ininterrupto de criação de imagens sobre o futuro desejável, sobre a curva do rio que só existe nas nossas projeções e, portanto, o de viver em constante tensão entre aquilo que é (o fluxo descontrolado) e o que supostamente deveria ser (nossas visões de futuro). O resultado é, evidentemente,* sofrimento. *O segundo caminho: deixar-se levar apreciando a paisagem. Compreendendo nossa irrelevância e o poder maior do fluxo. Hipoteticamente, sair do fluxo e finalmente vê-lo de fora — ou de cima. É essa a posição ideal. É isso que se deve buscar. E não há caminhos fora. A solução é mental, ou melhor, a solução exige o abandono da mania mental, a observação do funcionamento da mente. O ser a sair do seu entorno mecânico. Iluminação.*

A ideia de um graveto que se crê homem, nem comento, mas ele não é um escritor. É antes um pensador — talvez um candidato a místico. Preocupa-se com a vida, com seu sentido, e, é claro, com a morte. Seria alguém para se conversar. Mas o corpo não quer. Estou afundado no sofá. Sinto frio, apesar de estar todo coberto: roupas, edredom, o pacote completo. *Confortably numb*. Acho que a morte é uma coisa boa, mas isso é só um raciocínio estéril, porque não consigo enxergar nada para além da vida. E porque tenho medo da morte, não adianta esconder isso. Mas às vezes, como agora, o corpo atingiu tal estado de hibernação que até o frio é bom, que a tentativa de se aquecer é boa, que o fracasso é bom, logo, logo algo acontece, quem sabe eu não morra agora. Ou agora. Talvez... agora! Não.

Não porque o corpo não quer, mas quer — é sua ambiguidade essencial, Freud já sabia, Freud sabia tudo, Freud explica.

Na maior parte do tempo me sinto como um lobo acuado entre três paredes, diante de um atirador implacável, no local onde deveria haver uma quarta, que não tira os olhos de mim, o fuzil acompanhando meu caminhar de um lado para o outro. Vejo-me como um lobo, e não como uma ovelha, porque apesar de tudo não estou pastando tranquilamente, meus olhos soltam fogo, dentro de mim se destila um ódio sem fim, eu o observo com a mesma atenção que ele me dá, espio seus mínimos gestos, rosno mostrando os dentes, esperando que ele vacile, que por um segundo perca a atenção, olhe para o lado, nem que seja um milésimo de segundo, para que eu salte sobre ele e lhe rasgue a garganta, para que desfigure seu rosto selvagemente, para que não sobre um pedaço de pele que não esteja estilhaçada, sujando as paredes de sangue. Se ele espera de mim que me curve, que faça um gesto canino de submissão, que lhe peça comida, que lhe faça uma reverência, esperará em vão. Quando a fome for demais, e já não houver vida, jogo-me sobre ele, com ou sem fuzil. Morro. Não quero morrer, mas morro. E morro sem lhe dar o prazer de dizer: você é meu superior, você tinha razão, ó divindade benevolente! Dane-se você e seus planos! Pou! E o resto é silêncio.

Minha mãe agora se instalou no apartamento, e a sensação de estar aprisionado é ainda maior. Ela sabe, não sei como, mas sabe. Depois veio meu pai com o resto das malas, parece até que vão morar aqui. Meu pai, coitado, é uma decepção. Toda aquela força, todo aquele vigor se esvaíram. Ele podia tudo suportar, menos a ideia de que um filho partisse antes dele, e agora vive me evitando dentro de casa, não consegue nem me olhar nos olhos. Vive saindo, indo à praia ao lado, bebendo cerveja todo dia, o dia todo. Deixou um empregado de confiança cuidando dos negócios. Minha mãe chora pelos cantos, pensa que eu não vou ouvir, mas sempre escuto aquele pranto tímido, escorregadio, chuva fraquinha que atravessa os ossos. Isso aqui virou um enterro, antes mesmo do estampido, antes que eu tenha tentado morder aquele que me ameaça, antes que ao menos eu tenha registrado tudo isso.

É morrer sem apelo, com data quase marcada, mas também, não me sinto capaz de registrar o que quer que seja, é tudo muito natural, a gente nasce para morrer e no entanto, no entanto, é tão antinatural, vamos lá, nada é mais antinatural do que morrer.

Parece que todo mundo sabe, ou sou eu que sou desconfiado demais. Minha mãe, tenho certeza de que sabe — meu pai também, por tabela. Clara deve estar na origem de tudo isso. Já Caco... Não sei. Um que não sabe, com certeza, é Renzo, que vez ou outra aparece por aqui com o mesmo tom de pele vivaz de quem tem saúde para gastar até os cem anos, critica meu ar doentio, diz que estou me tornando esquelético, me puxa pelo braço e grita para minha mãe que vai me levar "pra farra".

A "farra" é o de sempre. A da vez foi sentar no bar, mesa com dez pessoas, os casais bem-sucedidos amigos de Renzo, todos marombeiros com suas mulheres esculpidas no crossfit, algumas com crianças que tentam domar rindo, sendo simpáticas até o enjoo, e eu fico aqui me perguntando quando é que se decidirão a dar uma paulada num deles, esse, por exemplo, que derramou metade do guaraná nos vizinhos porque topou no pé da mesa quando corria ao seu redor, mesmo a mãe tendo dito, com o sorriso angélico e os músculos de uma estátua grega (masculina), "Para, Fabinho, você vai se machucar!". Tenho vontade de levantar o dedo e perguntar, "eu posso?", "pode o quê?", "dar um sopapo nele pra ele parar". Já pensou, essa turma toda marombada, diante da ameaça de um escritorzinho sem talento querendo bater na prole majestosa e perfeita, na prole intocável, livre, aborrecente, em suma, nesses protótipos de bandido, ou de idiotas, seja o que for, alguma coisa ruim vai dar, eu sei porque lido com isso todos os dias, a porta para o delito é esta: pais permissivos ou indiferentes. Ou cúmplices: eles que riem da má educação, do destrambelho, do incômodo que provocam seus pequenos demônios no bar inteiro.

O assunto agora, já nem sei mais, ou talvez saiba à exaustão, enquanto as mulheres falam da cor do cocô expelido de suas crias, o assunto é apenas sussurrado quando se fala, às escondidas, de mulheres, não as suas, evidentemente, que já se tornaram fêmeas procriadoras, mas das outras, as amantes, as dos que têm e as dos que não têm (mas mentem dizendo o contrário); ou o assunto é gritado quando se limita a ser o embate entre teses sobre a superioridade do time (de futebol, claro) de um ou de outro, dos títulos ganhos, da derrota humilhante em tal ou tal jogo, da vitória da vez, enfim, um "diálogo" que é só expressão das camisas que vestem, cada qual com sua cor, às vezes até transitam para a política, mas a lógica é a mesma, é como se falassem de futebol, cada qual com seu político de estimação, com seu partido de estimação, como se uma coisa como um partido ou uma ideologia pudessem representar alguma verdade — ah, a verdade, a palavra maldita, quem disse que querem saber da verdade, mas falam como se fosse, como se cada coisa que dizem, os absurdos mais ignóbeis, os argumentos mais falaciosos fossem a própria verdade, com "V" maiúsculo, esses imbecis, dá vontade de lhes esbofetear com argumentos depois de ter estapeado os filhos com as mãos, mas me calo, quem disse que tenho forças, o mundo vai ser sempre assim, um caos conduzido por macacos que se creem homens, talvez eu mesmo não esteja isento desse gene simiesco (talvez?), e só tenha uma habilidade maior de escondê-lo com palavras bem escolhidas, construções gramaticais menos incorretas, no fundo é tudo a mesma porcaria!

E então partem para as piadas, nem percebem que a piada são eles e todos os seus gestos milenarmente repetidos, toda a atitude, toda a pose, o macaqueamento do padrão dominante, e no entanto explodem aqui e ali as brincadeiras machistas, as piadas sobre homossexuais, a acusação — tenho para mim que pura projeção em muitos casos — do outro ser "veado", é isso que faz rir, uma maneira de afirmar sua própria masculinidade, chamando os outros de gay, de frango, ou apontando para um comportamento do coleguinha que ilustraria a "veadagem" que corre no seu sangue.

Quantas gargalhadas, até eu participo, embora não esboce mais um sorriso, é que estou gargalhando por dentro, acredite, e me lembrando de Caco, ah!, Caco, que nunca sentaria numa mesa dessas, nem que lhe pagassem, Caco, que quando criança tinha um amigo, Michael, que toda a rua espezinhava a não poder mais por causa de seus trejeitos femininos, Caco, que certa vez perdeu a paciência, enfureceu-se e partiu para cima de um lote desses gozadores de plantão, tentou defender a honra do amigo, apanhou até sangrar, isso com onze anos de idade, esse sim é o verdadeiro macho, que defende o injustiçado e o excluído em vez de rir da cara dele, isso é brio e é coragem, mas, se eu contasse aqui a historieta, a primeira piada, que estaria na ponta da língua do mais veloz dos comediantes, seria desconfiar dessa defesa viril e insinuar que meu amigo Caco estaria defendendo uma causa própria, e como ririam da tirada genial, como riria esse povo tão ilustrado!

Tem um sujeitinho na mesa que salva o dia. Cunhado de uma gostosa (é o que há para hoje), típico nerd, veio de férias tomar um sol, não está acostumado a beber, começa a se embriagar e a falar de coisas que ninguém entende, "papo de quem não come ninguém" (é o que dizem), riem dele, é sempre bom ter um exemplar presente de quem se possa rir disfarçando que ele é levado a sério. E sorrateiramente o nerd vai dominando a mesa, chamam-no de Bob (seria Roberto?). Vê-se que a língua se embaralha, começa a falar de videogames, é engraçado porque agora o escutam, tem tino para profeta, fala de um jogo conhecidíssimo, "Vocês nunca ouviram falar de GTA?", ele está pasmo, perplexo, onde eles viviam?

"Na academia", eu deixo escapar, mas ninguém me escuta, e ele continua, fala que se esforça feito um condenado (entenda-se, dentro do jogo) para ganhar dinheiro nas "missões" e de repente aparece um esperto, um recém-chegado que descobre uma maneira de burlar as regras do jogo e surge com milhões, compra as melhores armas e os melhores carros, ostenta isso tudo sem ter jogado um dia sequer, mas as pessoas na mesa, que são brilhantes, começam a perceber que ele quer falar de outra coisa, "É a lógica do esperto!", grita, ele odeia, ele abomina, ele tem asco do esperto, e não é essa lógica que domina o país, país insuportável e abarrotado de espertos, devia ter pena de morte pro esperto, pelotões de fuzilamento a postos nas ruas, "Pra fuzilar quem?", perguntam, "O esperto da vez", o cara que fura a fila, o cara que pega o acostamento no engarrafamento, o cara que estaciona na vaga do idoso, ah são tantas espécies!

Seus olhos brilham, ele quer puxar o gatilho, está claro — e quem não quer?

Perguntam-lhe se ele votou no atual presidente, e sim, tinha votado sim, mas esse aí já merecia o paredão também, mal entrou já quer nomear familiares para cargos importantes, o esperto é assim, finge-se de íntegro mas é só para subir lá em cima (que o perdoassem o pleonasmo [ninguém aqui sabe o que é pleonasmo, fica tranquilo]), depois é tudo igual, esse país não tem jeito, ele continua, cada vez mais exaltado (e bêbado), é o povo inteiro, não tem escapatória, ou melhor, tem sim, o negócio é reabrir o programa nuclear, criar um arsenal de cem mil ogivas e lançar tudo pro alto, em linha reta, como o cara que cospe para cima, aí sim, quem sabe depois disso não somos colonizados por noruegueses, por dinamarqueses, qualquer coisa nórdica, nada que venha de clima quente e seja católico, o Diabo que nos livre dessa sina!

Esse sujeito (penso com meus botões) me faz lembrar de mim, eu era assim, eu um outro eu, revoltado, que pensava que devia ser do Ministério Público para punir toda essa corja; mas não, depois eu entendi, o negócio era ser juiz, "o juiz" é quem tem a caneta; mas não, não, a caneta não serve para apagar o fogo da frustração, o negócio é o porrete, eu devia era ser polícia, polícia pode bater, percebe? Você ser autorizado, por profissão, a bater — é a redenção diária, a profissão dos sonhos, e você ainda bate em culpados e inocentes, não tem importância, no fundo ninguém é inocente, todo mundo merece um sopapo, que o digam essas angélicas crianças que não param de gritar, o que importa mesmo é ter bodes expiatórios, o importante é ter na sua rua um Michael a quem chamar de veado, no fundo talvez eu não seja como o Caco, que tanto admiro, esse herói de tempos turbulentos, talvez eu seja feito o nerd do GTA e que só precise mesmo é de alguém sobre quem destilar meu ódio, não importa seu "defeito", sua tribo, sua opção sexual, melhor, melhor que você seja perfeito, talvez a violência seja mais prazerosa, essa que se exerce sobre inocentes, mas que digo, não existem inocentes.

O povo ri, porém se cansa, esse assunto de política já esgotou todo mundo, ainda mais agora que ganharam os imbecis e que seu amado líder se mostra cada vez menor do que já era, então o nerd se vê sozinho, mas nem tanto porque me junto a ele, quero saber que jogo é esse de que ele tanto fala, é o mote para que despeje sobre mim todo seu amor pelo universo paralelo, a vida perfeita, longe da sociedade, o retorno a um paraíso perdido, "E RDR2 online, você nunca ouviu falar?", "Nunca tive videogames", ele bate na testa, pega no meu braço, acho que baba um pouco, e começa a falar como se estivesse tentando me convencer a entrar numa seita, "Cara, quem quiser me encontrar e falar comigo, eu estou lá", "Lá onde?", "Em Armadilho, em Rhodes, em Strawberry — jamais em Saint Denis, jamais!".

Eu devo estar com uma cara de palhaço, porque ele ri, "Você pesca, você cavalga, você caça, você esfola animais que assa numa fogueira, você pode usar receitas diferentes, você tem um cavalo (ou vários), você o alimenta, você o afaga, você o escova, você lhe dá um nome, você cria um vínculo com ele, você tem um acampamento e um sujeito que trabalha pra você, o Cripps, você é mercador, você é colecionador, você é caçador de recompensas, você joga pôquer com o dinheiro que acumulou vendendo coisas, vendendo a caça, pegando bandidos, você colhe frutas e legumes pelo caminho, você faz amizades e cria bandos e compra armas, você vai melhorando suas armas, você vai ficando rápido no gatilho, você vai melhorando seu acampamento, você toma uísque nos saloons e arranja briga com o sujeito que te olhou de lado, você dá porrada e se defende, você esfaqueia, você usa machadinhas pra detonar inimigos silenciosamente, porque é claro, você mata, se quiser, você mata e mata, *head shot*, é o caminho, mas não todo mundo, só canalhas, só espertos, porque você pode muito bem cruzar com outros jogadores e se tornar amigo, entende, mas, se não, é guerra, ou, se quiser, você vive pacificamente, bota no modo defensivo, vai explorar o sul quente e mexicano, ou as neves do Norte, mas tem que usar roupa adequada, roupa pro frio, sim, você compra roupas, e comidas, e objetos, você usa brilhantina no cabelo, mas o efeito dela passa, você fuma cigarros e charutos, você caça tesouros, encontra barras de ouro em cavernas embaixo de cachoeiras, você curte o clima, o verde de algumas cidades, o amarelo torrado das calorentas, o branco perfeito da neve em Ambarino, cara, é a vida que você queria ter, entende, é o lugar, me encontra lá, compra o PS4, isso aqui (faz um gesto amplo com as mãos) não é vida, tsc tsc tsc", e eu quase me convenço.

"Tem mulher no jogo?", ele me olha com ar melancólico, "Não, não tem", para você ver, não existe mundo perfeito, ele ri, mas a empolgação se foi, "O que eu queria mesmo", conclui, "era uma mulher que jogasse comigo".

Não sei se rio do sujeito. Viro meu copo de cerveja, peço seu contato mas sei que não vou ligar, só faltava essa, na minha idade aprender a jogar videogame, e depois, meu mundo perfeito eu já tenho, vivi nele boa parte da vida, é claro, era tudo ficção, mas não é a ficção o melhor da vida, a vida melhorada, como diria o velho safado.

O problema é que agora nem isso, essa tinta toda me serviu para quê, a pergunta quer insidiosamente adentrar o espírito, mas não vai conseguir, estou leve demais agora, meu colega nerd conseguiu me tirar daqui, minha cabeça sonha, já não ligo para toda essa farsa, todo esse teatro cotidiano, peço uma parcial da conta, "Peraí, velho, já vai?!", e eles fazem aquela cena batida, nem vale a pena, quem já tentou sair antes de uma mesa de bar sabe como é, e todas as mesas, e todas as pessoas que bebem à mesa, e todas as atitudes de quem está num bar se embriagando são iguais, iguais até o bocejo (que sai da minha boca agora), "Sim, cansei, tô bebo, vocês enchem o saco de um cristão", digo tudo isso na cara dura, mas meu tom é de deboche, então eles riem, como é fácil agradar a plateia, então com um esforço mínimo eu saio dali, mas Renzo me acompanha ainda até a saída, "Tás bem?", que pergunta, será que ele também sabe?, "Tô ótimo", "Vai pra festa?".

A festa, a festa, é só do que se fala nessa cidade, quem não vai para essa festa não vive no mundo, "Claro que vou, e alguém pode perder isso?", "Meu irmão, não pode mesmo", e ele começa a citar minuciosamente quem ele sabe que vai, claro, a lista é só dos grupos de mulheres que conhecemos ou que supostamente gostaríamos de conhecer, "O nível é de Duda pra cima, coisa de louco!", e eu cá comigo já vi que não vou pegar ninguém, "Vitrine do cão, Renzo!", "Que nada, depois de todo mundo embriagado...".

Ah, ele fala como se não existissem as regrinhas invisíveis. Estão aí, todo mundo sabe, mas todo mundo também finge não saber. Isso agora me interessa pouco, a não ser como tema sociológico. Vou pensando nessas coisas enquanto o Uber me leva para casa, parece que minha vida é isso, um ir e vir para casa: antes sóbrio; depois bêbado. As regras que um amigo resume muito bem, mulheres como Eduarda só ficam com caras ricos ou marombados. Eu costumo rebater que, se você se aprisionar nesses conceitos, de fato, nunca vai conseguir nada que não seja medíocre em termos estéticos, mas no fundo sei que ele tem razão, basta olhar quem está com quem, o mundo não é um filme de sessão da tarde em que o nerd, por exemplo, meu amigo amante de GTA, termina com a líder de torcida do colégio (ah, mas não é mesmo!). O mundo tem essa estrutura muito rígida por trás, cheia de padrões bem definidos, e só os ingênuos não veem, e só os ingênuos continuam sonhando com mulheres capa de revista, com rostos e corpos perfeitos, todo um universo que os rejeita.

Agora veja só o Caco. O Caco está começando a estourar, já se começa a ver o refluxo, ah, o refluxo revoltante!, os rostos angélicos que se voltam para aquela cara feiosa, começo a rir sozinho imaginando a cena. Adoro o Caco, quero só ver como vai reagir, o mundo é uma comédia, eu só queria ter ânimo para rir.

"Pronto, seu Vidal", "Obrigado". Dentro de casa minha mãe costura, meu pai está dormindo, ela pergunta se eu não estou mais trabalhando, respondo — com uma nuvem cinza se acumulando entre os olhos — que estou de férias (pura verdade). Ela continua, "Até quando?", eu quero dizer até que tudo isso aqui não exista mais para mim, mas digo, ora, até quando, "Um mês, né?", e me lembro da cena que foi com meu chefe, "Como assim, Vidal, um mês?", escritórios de advocacia não admitem esses privilégios, mesmo que previstos em lei, eles querem que você chegue à beira da exaustão física e mental, só assim comprovam que você quer, um dia, ser sócio. O único problema no meu caso é que eu não quero — nem vou — ser sócio, mas meu chefe confunde o talento que tenho para escrever boas peças com a identificação de quem veste um paletó, "Não estou bem, preciso disso", "Se fosse num período mais tranquilo" (tranquilo de c* é r*, tenho vontade de dizer, educadamente, com asteriscos nos devidos lugares), "Não existem períodos tranquilos, o senhor sabe".

"Mas, Vidal, Vidal, precisamos de você, deixe pelo menos passar o caso eleitoral", "Não, preciso parar". Fico surpreso com o tom da minha voz, é como se, se ele me negasse isso, eu fosse chutar o pau da barraca, se é que ainda tem barraca, tudo já desmoronou, só ele não sabe, "Mas o que é que você tem?", suspiro, irritado e olho fixamente aqueles olhos acostumados a dominar, mas não digo nada, e faço questão de mostrar que não vou dizer nada, ficamos assim bem uns dois minutos, então ele pega um papel e uma caneta, defere o pedido, me entrega, saio sem dizer obrigado, não passo na minha sala, não me despeço de ninguém, é como se me tirassem dez toneladas dos ombros, pelo menos nisso morrer é bom.

"Meu filho", ela pega no meu braço, tem lágrimas nos olhos, só então volto a mim, na minha garganta tem um nó, talvez seja vontade de chorar, mas não vou chorar, vou mostrar como se faz isso, vou rir na cara do Criador e, cada vez que me exigirem o choro, darei uma gargalhada sinistra, meu irmão é o anjo decaído, expulso por ter se revoltado, eu sou a sua revolta, somos iguais, o Pai Eterno não merece encômios, e na hora da morte não vou ajoelhar, não vou, "O que foi, mãe?", e ela não sabe o que dizer, me abraça chorando, soluçando, "O que nós vamos fazer?", "Não vamos fazer nada, não há nada a fazer", e meus dentes rangem de ódio, não por mim, mas por que não sei se ela vai suportar essa dor, imagino-a depois, que eu me vá que importância tem, mas que uma mãe veja o filho partir antes dela, isso é o cúmulo, mais uma dessas brincadeiras sádicas da Divindade, isso sim me tira do sério.

"Mãe, quero ser cremado", ela explode em soluços ainda mais altos, "Não, você não vai, não vou deixar isso acontecer", "E quero que minhas cinzas sejam jogadas no lugar mais sujo que você encontrar na cidade", ela me afasta, assustada, "O que é isso, Vidal?", "A senhora ouviu; se vai fazer ou não, é decisão sua", e saio, deixo-a perplexa, petrificada no lugar, observando as costas daquele que não reconhece mais. No quarto abro um livro, automaticamente, mas não consigo ler, as letras dançam na minha frente, sem sentido. Fecho-o e não reconheço a capa, é como se tivesse desaprendido a ler, há uma névoa entre esse objeto estranho e meu olhar, "tanta tinta"..., "pra quê?".

Meu pai entra, "O que disse a sua mãe?", "Discutíamos disposições testamentárias", "Deixe de gracinhas, Vidal", pelo menos ainda há vigor nele, "Não é gracinha".

Ele se joga no sofá, exaurido, quer dizer alguma coisa, mas se cala, irritado, o que é muito normal, se fosse para resolver um problema tipicamente humano, se fosse para peitar um fornecedor, para enrolar um cliente, ele saberia o que dizer, inventaria, tiraria de letra, mas para isso não tem o que fazer, o velho é impotente, e é isso que o corrói, e que me corrói por tabela, "Talvez se fôssemos a outro médico", dou de ombros, "Como se trata de algo tão raro, quero dizer, talvez ficar com a opinião de um", "De dois", "De dois, que seja, é pouco, o que acha?", eu não acho nada, percebo muito bem que o que ele quer é esperança, nem que seja uma dose homeopática, "Conheço alguém que poderia me indicar".

Balanço a cabeça, afirmativo, mesmo que diga não, ele já botou a ideia na cachola, ninguém o para, "É isso, vou ligar, vou dizer pra sua mãe", diga sim, quem sabe ela chore menos, mas saia logo daqui, meu pai, que eu não gosto desse olhar, eu preferiria que o senhor blasfemasse como eu, essa coisa de baixar a cabeça não lhe cai bem, "Certo, pai". "Ah", ele lembra, antes de sair, "na próxima semana sua irmã vem pra cá". Pronto, a cena está completa, por que não trazem logo um caixão?, "Certo, pai", "Nós vamos vencer isso".

Se *isso* for a morte, é de rir, ninguém vence a morte, "Deus vai nos ajudar, tenhamos fé". Claro, claro, Ele não faz isso sempre, ajudar? Um deus que não ajudou o próprio filho! "Certo, pai, tenhamos fé."

13

As "férias" duram, e ponho férias entre aspas, na minha cabeça, porque não sei mais o que é esse tempo da minha vida, um pêndulo entre a total inércia e esses lampejos de esbórnia, quando invento de, apesar de tudo, apesar dessa magreza que avança a olhos vistos ("nossa, me passa sua dieta"), sair à noite, minha mãe reclamando, dizendo que eu não posso, que eu não devo, que vou piorar, que pelo menos espere o novo diagnóstico, aquele que vai lhe permitir voltar para seu canto de paraíso, atrás do meu pai, que se adiantou, foi logo, não suportou essa pseudodieta. Beber eu não podia, mas bebo; foder eu posso, mas pareço afastar o belo sexo com esse meu ar de candidato a enterro; fumar é temerário, mas o que me resta? Tasco todos os cigarros de Caco, que não liga mais, que não liga mais para nada, ainda mais agora, Caco explodiu, veio me buscar de motorista, quero dizer: veio só o motorista, vá lá, o carro não é chique, mas ter um motorista já é algo a se mencionar, ele é reconhecido nas ruas, sua música não para de tocar nas rádios, há uma grande gravadora que tenta fechar um contrato, mas o sujeito reluta, pensa que vai ser enganado. Dirijo-me ao seu show, na verdade ao show de outro, muito mais importante, mas que ele vai abrir, grande honra, ele sabe, mas quando o encontrei fingiu que era besteira, dá uma de modesto.

O carro entra pelos fundos do estádio, uma passagem obscura onde se percebe que os poucos transeuntes (eu inclusive) são privilegiados, têm algum contato com integrantes das bandas. O motorista me larga na frente de um portão alto, verde-escuro, indica direções, vou me localizando. Antes de entrar na área reservada, tenho que passar por um grupo de não privilegiados que se aperta na frente da entrada principal, olhando de soslaio para esse sujeitinho que está entrando agora por uma porta reservada, protegido por dois seguranças que olham suas credenciais para logo depois tratá-lo como um príncipe, príncipe Vidal, "por aqui, senhor", e lá vou eu, ainda desacostumado com tanta mordomia.

No pátio interno me espanto com a mudança de nível estético das mulheres, é impressionante. Onde há privilégios e dinheiro, há mulheres lindas, que elas me perdoem o preconceito, mas acrescento mais um, o de que elas — essas que agora vejo em quantidade absurda — não estão nem aí para preconceitos, ou para visões machistas de mundo, é claro, estão do lado certo da balança, me diga lá, minha cara Renata, se você também tivesse nascido assim estonteante — como essa ruiva do leste europeu com bronzeado brasileiro —, se você não ia aproveitar e lançar-se ao mundo abrindo portões de palácios com sua tez branca-leite e seu ar inacessível; não responda que não, sabemos ambos que a condição é tudo (ou quase) e que quando reclamamos muito de uma situação é só porque não estamos do lado certo da equação, seja ela qual for, eis a minha tese, de cunho suspeito (admito), pura e simples, mas não a divulgo porque hoje em dia é tão difícil discutir, os discursos estão formados, basta uma fagulha e vai tudo pelos ares, ninguém raciocina mais, é só a tentativa de impor, em bloco, seu discurso, e seu discurso, seja ele qual for, não é questionável, já virou dogma, religião, ideologia e todo mundo sabe, não se discute religião-futebol-política.

"Vidal!", lá vem meu amigo, copo de alguma coisa na mão, vejo que está nervoso, a próxima banda a tocar é a sua, falo rapidamente com os integrantes, conheço todos, Caco começa a me contar que atrasou tudo ("normal"), mas que ele começou logo a tomar "umas coisinhas", e eu que ingênuo pensara que falava do álcool, vejo-o abrir a palma da mão e me oferecer comprimidos, que recuso, não gosto dessas paradas sintéticas, ele alça os ombros, vai ali rapidinho, me traz uma cerveja.

Umas garotas se aproximam, conhecem o baixista, mas querem mesmo é conhecer o guitarrista. Os olhos de Caco piscam, parece que vão entrar num frenesi, mas não, ele se controla, fica sério, sério demais, rígido até, Caco não está acostumado com esse nível de aproximação, mas ele quer rir, eu o noto, e essa hesitação torna a situação cômica, pelo menos cômica para mim, as meninas não notam nada, estão escutando, atentas, qualquer coisa que ele venha a dizer, uma delas se concentrou no baixista, nem precisa dizer que aparentemente eu não tenho cara de músico, porque a mim ninguém endereça a palavra.

Caco me puxa para junto dele, me apresenta, elas fingem que querem saber, mas logo se voltam para ele, com tanta insistência que o coitado não sabe o que dizer, lhes oferece comprimidos que umas aceitam, mas que a mais espetacular (sem sombra de dúvidas) rejeita sorrindo, e Caco joga logo umas duas na boca, engole sua dose de não sei o que ainda (jamais saberei, na verdade), e balança a cabeça como se concordasse com uma afirmação — inexistente — de uma das interlocutoras. É escroto, eu me divirto, fico pensando em escrever uma cena assim no meu livro, e Caco é salvo pelo gongo, o show que ia demorar lhe salva a pele, uma banda foi cancelada, é a vez dele, ele diz que volta, "não saiam daí", e mal ele sai, todas tiram os aparelhos celulares do bolso e não olham mais para nada até o momento em que a banda começa, aí há uma reviravolta: elas vão para a frente do palco, o lugar é delas e de mais uma centena de iguais, são as que serão filmadas quando sair a versão televisiva do show, nem precisa dizer que antes de ir do local onde estávamos até a frente do palco elas pararam dez minutos e fizeram a maquiagem, e agora cantam na frente da banda, os olhos lacrimosos, emocionadas como ninguém acharia que fossem capazes de ficar.

O show é show. Caco está inspirado, quantas razões não tem para. Ele faz improvisos nos solos, que são bem superiores ao que comporta o tipo de música que vem fazendo, mas ninguém nota isso porque ele os termina rápido. Se dependesse dele, se perderia nos solos como faz em shows em que a banda não precisa ostentar esse lado tão pop, que seja: são os compromissos naturais de quem quer ter sucesso, o quanto isso não ocorre na literatura, é o que mais vejo, essa mania de escrever ficções sobre personagens históricos emblemáticos, esse apelo de venda do qual me afasto logo desconfiado, quem quer fazer literatura não faz isso; ou faz, sabe-se lá, quem sou eu para dizer, nunca escrevi um livro, não tenho a manha, o que faço é balbuciar e repetir os pensamentos que se sucedem, minha escrita é do âmbito da psicografia, mas nem tenho certeza de que é um outro que fala por mim ou se eu sou outros e eles falam ao mesmo tempo, Caco, Clara, Renzo, Renata, Carlito, Duda, Rebeca, Armando, essa corja de fantasmas que não me deixam, vivem em mim mesmo se deixassem de viver.

Pelo menos Caco se diverte ou parece se divertir. Ele está animado e ri (o safado), isso é tão raro que até eu estou me sentindo esquisito (tenho uns arrepios e umas vertigens), fico feliz por ele, o cara merece, isso tudo parece o início de algo grande, esse algo grande com o qual todo artista sonha, sobretudo os performáticos assim, e talvez Caco saia desse lodo, desse mangue pútrido, para alçar voos maiores, eu até diria "se Deus quiser", mas a verdade é que Deus é volúvel, quase nunca quer o que queremos, de repente dá na telha Dele de fazer o que bem quer (seja feita a Vossa vontade, não é isso?), que não sobra nem casca de banana para Caco, quanto mais glória, tem-se que admitir que o Criador dos céus e da terra não é bem um exemplo de coerência, a não ser que a coerência esteja no fato de nunca realizar aquilo que é imaginado por seus rebentos e, ao contrário, dar de graça e subitamente o que nunca imaginamos, decididamente a teoria da visualização é a maior furada: se você quer alguma coisa, faça de tudo para *nunca* imaginá-la.

Caco está estranho. Instável. Eu o notei pela primeira vez assim que ele voltou, aclamado pela multidão, e agora pelos que estão aqui, nesse espaço reservado, vejo as mãos invisíveis que o afagam ao passar, um engravatado lhe dá um abraço, parece que o conhece há vinte anos, aperta sua mão, mostra-o como um troféu (lembro logo de *Have a cigar*, de Pink Floyd), Caco sorri, visivelmente incomodado, tenta escapar àquele aperto — tenho para mim que desse aperto ele não escapará nunca. Quando se aproxima, sua instabilidade se torna ainda mais patente, não sei se são as drogas, é como se estivesse feliz e triste, triste e feliz, numa crise bipolar, pergunta como estou, e chego a acreditar ter visto lágrimas em seus olhos, põe a mão no meu ombro, vai dizer alguma coisa, mas as garotas chegam exatamente naquele instante, vêm elogiar o show, seus olhos brilham.

Caco se refaz, balança aqueles pensamentos (quais?), tenta tornar-se agradável, nada é mais penoso do que Caco numa representação dessas, é como se de repente o mundo tivesse passado a exigir muito dele, toda aquela atenção, a reverência gratuita, o assédio, e olhe que isso tudo é muito suave ainda, essa projeção é local, no máximo regional, ainda assim a estrutura sofreu um abalo, mas meu amigo parece não entender, sorri e fica sério, se exalta e se controla, levou uma bolada na cabeça, e seu cérebro parece que se deslocou um centímetro para o lado, eu ainda o vejo, vejo a angústia bem instalada no trono de sua alma, mas alguma coisa ali se revolta, ele quer ser simpático, está fascinado pela espetacular dentre elas, loirinha, miúda, com todos os requisitos, até mesmo a psicologia feminina mais apurada, que ela claramente está aplicando, e que Caco não percebe, isso que é incrível, meu amigo tão inteligente parece não notar que ele mesmo mudou de patamar, que nunca na vida dele se reuniram assim como moscas ao seu redor mulheres que sempre estiveram acima do seu nível, e que ele deveria ficar contente e escolher uma delas, pronto, resolvido.

Não, nada resolvido, Caco quer a espetacular, que no começo estava disposta a se entregar, mas que agora percebe, assim como eu, que Caco não notou seu ingresso na outra esfera, que ele mesmo detém poder, esse atributo inefável, esse afrodisíaco que se deve saber usar. A menina espetacular chegou fascinada por ele (pelo poder, quero dizer) e agora tem que lidar com um retardado que não o reconhece em si mesmo.

Eu o puxaria de lado para explicar essas coisas, mas as grandes representações da noite começam, e são imperdíveis, pelo menos nessa cidade, que não costuma ser o ponto de passagem para nada nesse nível, então vamos para nosso local privilegiado na frente do palco, é realmente privilegiado, nem tocamos uns nos outros, tem espaço, sentimos a baba do vocalista cair sobre a testa, as mulheres lambem-na para saber o gosto, a menina espetacular canta todas as músicas, com Caco ao seu lado, sério, eu diria até enciumado, porque, se a menina não encontrou nele aquela resistência que a faria ficar de quatro, há no palco quem a possa prover disso, se ao menos uma daquelas estrelas fosse depois do show para onde estávamos antes! Uma das suas amigas, desistindo de Caco que não a escolheu, troca agora ideias esparsas comigo.

Penso que poderia me colocar numa posição que talvez lhe fosse um pouco mais atraente, "sou escritor, sabe?", mas o exercício da falsidade tem se tornado uma tortura, ainda que no final seja para conseguir afagos fisicamente gratificantes, e ao mesmo tempo (penso), grande coisa isso de ser escritor, não tem nada de animalesco nisso, o que conta é essa exposição, o cantor que faz a multidão delirar, a imagem, a mídia que a reproduz, os milhões gastos sem preocupação, as entrevistas, e lá vou eu com "Eu sou um escritor, sabe?", "É, você escreveu algo que eu conheça?", "Bem, na verdade, já escrevi muito, mas nunca publiquei nada" (vejo seu semblante mergulhar na lama do tédio), "Acredito que escritor é quem escreve; não quem publica, sabe?, publicar é algo que virá naturalmente", ou não, quanta desculpa esfarrapada!, se ao menos você fosse talentoso, se você tivesse um milhão de seguidores, aí sim, seria levado a sério por essas figuras que não deveria levar a sério, mas leva porque elas são simplesmente... apetitosas demais, como essa, com o cabelinho curto de menino, um olharzinho maroto de quem tem muita experiência, mesmo que ela nunca vá falar sobre isso, mas desisto, não vou falar de escrita, não vou falar de nada, o "não" já o vivenciei em pensamento, não preciso de mais do que isso; a covardia, como se vê, ataca até quem não tem mais nada a perder.

No intervalo entre um show e outro sempre nos reunimos naquele mesmo lugar, nosso camarote a céu aberto. Caco dessa vez vem irritado na minha direção, "ordinária", ele resmunga, e inicia, uma vez que as mulheres não estão por perto, sua ladainha, como se eu fosse o muro das lamentações, "Chegou toda acesa, Caco pra lá, Caco pra cá, e agora fica se derretendo por causa de um Bono Vox da vida", tenho vontade de lhe dizer que, ainda que fosse um Bono Vox (não era) que estivesse tocando, aquele resfriamento nada tinha a ver com a aparição de uma concorrência que não desceria naquele camarote, mas como dizer essas coisas aos amigos, é capaz de eles ficarem magoados, então a gente diz coisas do tipo "Esquece essa menina, ela tá se achando muito", quando gostaríamos mesmo era de lhe dar um "pedala, Robinho" violento, "Acorda, você é famoso agora! Não é você quem tem que rastejar". Admito que a lógica é simplista, mas não deixa de ser *a* lógica do mundo.

"Caco, olha essas meninas", ele está com um olhar raivoso, aparentemente procurando a presa que lhe escapa quanto mais ele se ensimesma, "Tô olhando", "Quando que mulheres desse nível te deram bola?". Ele parece não compreender, dou-lhe um soco na costela, "Que foi, meu irmão?", "Você tá deixando passar uma oportunidade porque se fixou na mulher mais chata". Ele ri, finalmente, pega bebidas que estão passando, "Você tem sempre razão, Vid", e seus olhos se enchem de lágrimas — agora as vejo perfeitamente.

"Sabe, vou sentir sua falta." Ele engasga, não consegue continuar por um minuto, olha para os lados, tentando disfarçar, eu mesmo tenho alguma coisa na garganta, viro minha dose, "A verdade é que", ele se interrompe, não consegue continuar, os olhos se impõem e piscam, piscam, piscam, eu quero lhe dar força, mas tenho eu força?, também quero chorar, isso tudo eu abomino, mas esse cara aí, desmoronando na minha frente, é minha redenção, é o mundo se apresentando com algum sentido, algum, um pouquinho assim, e quero falar, mas não vou, não vou, só consigo dizer uma coisa rápida, "Não pensa nisso, velho", se acrescentar mais uma sílaba, eu mesmo não me aguento, e as meninas voltam, e Caco tenta se recompor, faz alarde, "Esse cara que vocês estão vendo aqui", pega no meu ombro, "vocês nunca vão conhecer alguém melhor na vida de vocês, isso eu garanto", e ele se vai, vira-se para não desabar na frente delas, vai buscar mais bebida para o grupo, que não entende nada da cena, elas de fato se entreolham curiosas, encaram-me, eu faço que não sei do que ele está falando, mas quando Caco volta entendeu tudo o que precisa fazer.

Enlaça outra menina com o braço (para espanto da menina espetacular, que o observa surpresa), começa a lhe falar no ouvido, parece um Renzo, renascido das cinzas, e dali a pouco está aos amassos, rindo, leve, ah, como o choro liberta, pena que eu raramente consiga, vejo a loirinha séria, não sabe o que fazer agora, nem Bono nem Caco. É claro, poderia escolher entre as centenas de admiradores que se arriscam ali a lhe dirigir a palavra, mas quem são esses energúmenos, em que banda tocam, o que eles têm a lhe oferecer que pague, que compense essa beleza tão desejada? Quando a ficante de Caco vai ao banheiro, a loirinha se torna simpática novamente, como estava antes do show, sorri, pergunta-lhe coisas sem importância, fico só observando qual vai ser a reação dele... Mas Caco está instável: às vezes acho que vai resistir, que vai se impor, que vai perguntar, pelo menos, algo sobre a ficante que foi no banheiro, só para remexer o punhal na ferida; às vezes vejo-o querendo sorrir de volta, querendo render-se de novo. Ele caminha sobre o fio da navalha, o caro Somerset.

A menina que passou carregada, bêbada, lembrou-me Débora, minha colega advogada, "se precisa conversar, e tal", e é aquela coisa: não há nada mais eficaz para lembrar a solidão do que horas passadas no meio de muita gente. Esses lugares são o palco de um grande ritual de acasalamento, e, se o acasalamento não ocorre no final, o ritual é frustrado. Teorias eu tenho muitas e as uso para justificar uma coisa ou outra, como a mensagem inocente que lhe mandei na ocasião, "Tás onde?", que ela respondeu até rápido, "Em casa", mas depois disso eu não soube mais o que dizer, preciso lembrar de que só tenho uma suspeita de que há ali alguma coisa para mim, Débora é muito circunspecta, então fico em silêncio, não por estratégia (podia ser uma), mas porque me vi na contingência de não saber o que dizer, e afinal, o que é que eu estava fazendo mesmo, não sabia, mas ela responde, "E vc?", "Num show", "*No* show?", "Sim, um amigo meu abriu", ela manda uns emojis que indicam o quanto ela gosta dessas bandas, "Mas tô de saco cheio", acrescento. "Pq?", "Longo demais pra explicar rss", ela demora a retomar: "Pq não sai daí, intaum?", eu rio com outro emoji, "Voltar pra casa? acho que é pior", o tempo de resposta começa a ficar mais longo, é evidente que ela reflete sobre as intenções dessa inocente conversa, como eu teria sido um bom diplomata, às vezes acho que leio pensamentos.

"Vc quer vir tomar algo aqui?", ela pergunta, mas se arrepende talvez da própria intrepidez e acrescenta, "Antes de voltar pra casa", "Não vou incomodar?", "Se estou convidando!". Poderia ter saído melhor essa conversa, penso. Chamo Caco de lado para lhe explicar a situação, ele me abraça (está trêbado), "É isso aí, meu velho, não desistir nunca, você é um guerreiro", me confidencia, "É uma gatinha, não é?", "Quem?", eu pergunto, ele me responde com um nome que não compreendo direito, de modo que ainda no Uber estou refletindo se a menina era a ficante ou a loirinha estrategicamente rejeitada. A dúvida cresce quando me lembro da última cena, antes de eu partir: Caco se dirige à ficante, que está de costas no balcão, pedindo gelo, mas, antes que ele chegue nela, dá uma leve alisada (com a palma aberta da mão) nas costas da loirinha — e essa, virando-se, o gratifica com um sorriso estonteante. Caco virou Renzo, penso, divertido — "que tristeza".

O apartamento de Débora impressiona para uma advogada que não atingiu ainda vinte e sete anos (segundo seu Facebook). É espaçoso, com poucos móveis, sofisticado, um projeto de arquitetura minimalista que faz você se sentir no futuro, se o futuro fosse uma realidade, não vejo nada disso com muita clareza porque as luzes são baixas, estão aqui e ali, nos cantos, meio amareladas, isso cria um clima romântico, embora seja só o ambiente, nada de romântico aconteceu entre nós (ainda, fala uma voz em mim).

Ela, com um vestido colorido, caseiro, largo, se limita a me observar surpresa (faz dias que não a vejo) enquanto diz, pisando em ovos, "Você não parece bem", quando o que queria dizer é "Você parece que vai morrer", e eu sorrio enquanto vou entrando desconfiado no ambiente, pensando "Que é mesmo que eu tô fazendo aqui?", o cara tá nas últimas e continua agindo como se não fosse nada, nesse automatismo que tanto condeno, e um gato cinza me faz sobressaltar de susto, veio sorrateiro e silencioso como só os gatos sabem ser e se meteu entre meus pés, vai fazendo um oito a caminhar entre minhas pernas, seu nome é Snow, diz ela, e eu demoro a compreender, não sei se porque estou bêbado (estou) ou se porque não faz sentindo um gato cinza ser chamado de Snow, mas é simpático e engraçado, eu me abaixo para alisá-lo, e o bicho foge (mau sinal).

"Quer sentar onde?", ela pergunta, e pelo seu olhar vejo que as opções são a varanda ou a sala, "Vou ficar nesse sofá aqui, já foi muito ar livre pra uma noite só", ela sorri e nos sentamos, eu numa ponta, ela na outra, e tem o espaço de uma pessoa vazio entre nós (outro mau sinal), mas eu continuo achando que é o mesmo jogo de sempre, que estou ali para um propósito muito claro, basta seguir a cartilha, uma cartilha que nesse caso é ainda mais rígida e cheia de armadilhas que é preciso evitar, uma mulher como Débora exige ações comedidas, sutis até, e sobretudo nada apressadas, mas sinto que depois dessa noite, depois da cena emotiva com Caco, vai ser difícil fingir, atuar, que seja, a gente tenta, é o que nos resta fazer.

"Você quer beber alguma coisa?", ela pergunta, "Depende", "Do quê?", "Você vai me acompanhar?", pergunto, e ela sorri, diz que não está com vontade, "Mas não tem problema, se quiser, pode beber, eu não me incomodo", "Ah, mas não é a mesma coisa beber sozinho".

Sorrio e acrescento "Mas não quero que beba por minha causa, estou bem, bebendo ou não", e ela investiga meu semblante, deixa passar alguns segundos e diz "Tudo bem, vou pegar um vinho, acompanho você com uma taça", "É só o que eu peço", digo com meu melhor sorriso, e ela vai na cozinha buscar, quando lhe pergunto em voz alta (no papel de cavalheiro) se ela quer que eu abra, mas ela volta com um olhar matreiro, "Não precisa, essa eu abri ontem. Desculpa, mas está bom", "Claro que está". Ela nos serve, põe a garrafa na mesinha de centro com design arrojado e brindamos, "E como foi esse show, queria ter ido mas deixei pra comprar o ingresso muito tarde, não tinha mais", eu faço uma cara de que foi mais ou menos e aproveito a deixa para contar, com doses de comicidade e exagero, os eventos da noite, fazendo uma caricatura de Caco, expondo minhas teorias sobre seu comportamento atual, mencionando o combate silencioso entre ele, a loirinha e a ficante, e tudo isso a faz rir francamente, ela me interrompe para que eu explique um detalhe ou outro, mostra interesse, quer que eu descreva como é Caco, falo dos tiques dele, exagero sua feiura (foi mal, amigo, mas é por uma boa causa), ela cai na gargalha, "Não acredito nisso, você está exagerando", "Coisa de escritor", "Como assim?", ela não sabe que eu escrevo, pronto, encontrei a oportunidade de falar disso com alguém, de tornar minha persona interessante, enigmática, intelectual, e ela entra na onda, faz-me perguntas, que eu respondo com toda aquela empolgação de um embriagado, pareço um escritor profissional, falo sério dos meus temas como se estivesse sendo entrevistado por uma repórter.

O tempo voa, mas não sou idiota de ficar só falando. "Posso nos servir de novo?", pergunto, "Claro", e me levanto, pego a garrafa, encho nossas taças até a metade e quando sento de novo no sofá, eliminei a vaga invisível, estou do lado dela, alongo meu braço sobre a parte de cima do móvel, tudo isso como se não fosse nada, na maior naturalidade, e agora parece que a enlaço de longe, bastaria descer esse braço que pus no alto do sofá para lhe tocar a orelha direita, alisar o cabelo, executar quaisquer desses gestos preliminares, mas ainda não é tempo. Ela me observa, não deixou escapar nada disso e nos seus lábios há um sorrisinho, que ainda não sei do que se trata, que pode ser um convite ou só um alerta, apago tudo isso com a virada de mesa, "Pô, já falei demais, o que é que você faz quando não está vencendo causas impossíveis no escritório, a gente convive há tanto tempo, mas não sei praticamente nada a seu respeito", e aproveito que ela vai falar para olhar diretamente para os lábios dela, uma estratégia básica para anunciar o desejo (dizem).

Ela fala lentamente, às vezes olha para cima como se estivesse pensando no que vai dizer em seguida, e vai assim, hipnoticamente transitando de um assunto a outro, mas sempre que me encara seus olhinhos são sérios, afiados, tentam algum projeto ardiloso de dissecação. Sou todo ouvidos, embora prefira a sinuosidade do seu discurso do que seu conteúdo, o jogo aqui é de sensações, não de compreensão intelectual, balanço a cabeça, concordo quase sempre, mas quando discordo me limito a dizer que "há divergências", e ela adora falar, é advogada na vida privada, fico pensando, cá comigo, isso é uma baaaaita mulher! Se ao menos... Não, melhor não pensar nisso, deixa eu aproveitar esse espetáculo particular, essa luz baixa, essa brisa que entra pela varanda, esse passear pausado e seguro das palavras, tudo aqui é confortável, sinto um bem-estar que começa aqui entre os olhos, meu corpo relaxa, sem querer. A uma coisa engraçada que ela diz, toco-lhe automaticamente no ombro, e em seguida meus dedos estão brincando com os cabelos da sua têmpora enquanto olho para esse lugar, algum lugar ali perto da orelha, e ela para de falar.

Esse silêncio é decisivo. Débora não diz nada, deixa-me continuar o movimento daquela mão esquerda nos seus cabelos, não faz um gesto, o olhar continua sério, não diz nada, só observa. Ela poderia afastar minha mão, mas não afasta, parece um teste, quer ver até onde vou. E agora o silêncio se expandiu por um tempo difícil de definir. O que eu queria mesmo era que ela deitasse a cabeça sobre essa mão que a afaga, mas ela não faz nada disso, continua imóvel me olhando, e não sei se são aqueles lábios molhados de vinho ou o fato de suas pernas se destacarem naquele sofá, cruzada uma por cima da outra, seu vigor, não sei se é tudo isso, mas estou excitado, queria puxar sua mão para colocá-la sobre mim, para que ela soubesse de imediato o que me faz sentir, imagino-me levantando aquele vestido, arrancando o que houver por baixo e consumando o ato ali, naquele sofá, com sua cabeça sobre o braço do móvel, me olhando ou não (não importa), isso é possível, muito possível.

Ela não reage, e minha maneira de começar tudo isso é agora segurando sua nuca com a mesma mão que a alisava, ela solta ar pelas narinas, intensamente, não é um suspiro, mas uma espécie de emoção contida, eu avanço, puxo-a para mim, vou em direção à boca, mas no meio do caminho sou contido, sua mão está sobre meu peito, num gesto de *pare*, um gesto que evidentemente me leva à loucura — ah, como as mulheres são mais inteligentes do que nós nessa arte —, não insisto, mas não recuo, encaro-a com um questionamento no olhar, ela me empurra mais um pouco para trás, minha pergunta muda se torna expressiva, ela balança negativamente a cabeça, "Não, Vidal", e eu queria perguntar por quê, mas não se pergunta por quê, talvez não se queira ouvir a resposta. Agora recuo mesmo, tiro o braço dali, tento me recompor, sorrio para dizer que não tem problema e volto meio espaço no sofá.

Os próximos minutos são os mais longos que eu já vivi. Ela toma um gole do seu vinho, enquanto me observa. Esse olhar silencioso não me agride, não me incomoda. Lembro-me de recusas semelhantes e de minhas reações. Lembro que costumo sorrir, usar uma voz carinhosa, perguntar um "por que" que não exige resposta, enquanto vou dando pequenos beijos em outros lugares, no pescoço, na orelha, enquanto meus dedos continuam a afagar os cabelos, lembro que instintivamente insisto, tentando derrubar as barreiras aos poucos, sem hesitar, em avanços cada vez mais ousados. Lembro que essa estratégia costuma dar certo, não sei a razão, deve ser algo animal, um ritual que tem suas fases e que, se fosse para ser rejeitado, nem me abriam a porta do apartamento.

Mas apesar disso tudo, o seu olhar me desmonta, e não estou a encará-la, sinto-o quente sobre minha face esquerda, e por causa dele, não sei, há uma tempestade se formando dentro de mim, preciso me livrar dela, preciso falar, todas as artimanhas, todas as estratégias, todo esse jogo ruiu, é como se uma segunda pele tivesse sido arrancada de mim ali, naquele sofá, com Débora a me encarar nesse silêncio estranho, como se ela fosse um agente cósmico que espera de mim as palavras que eu não quero pronunciar, que eu não pronunciei, que eu não vou...

"Estou morrendo, Débora".

Falei.

Falei pela primeira vez, para alguém que mal conheço. Acho que muitas pessoas sabem, amigos próximos, mas nem para eles, nem para o psicólogo, nem para os meus pais havia falado. O engraçado é que ela me olha, e seu olhar é um reconhecimento, um agradecimento, é como se ela esperasse isso de mim. Então avança sobre o espaço que nos separa, pega minha mão, puxa minha cabeça para seu peito, deixa-me chorar sobre si, afaga meus cabelos. Que mulher!, penso depois. Depois que os soluços se foram, depois que a tempestade passou por cima de nós, depois de ter nos purgado de toda a dor. Que mulher, se ao menos...

"Vou embora, Débora".

Ela balança negativamente a cabeça, diz que tem um quarto para mim, um quarto de hóspedes, que eu não vou voltar para casa hoje. E eu digo "ok".

14

Minha mãe anda muito mal. Não sabe o que fazer comigo. Então quando chego assim, no começo da manhã, sem ter telefonado, sem ter mandado uma mensagem dizendo onde estava, sua irritação é extrema. Ainda mais porque minha irmã (como eu bem sabia, "como você bem sabia, Vidal") tinha chegado no dia anterior e só tinha vindo para me ver. Filho desnaturado, ela diz que eu quero matá-la, é isso que eu quero, e se eu tivesse sofrido uma outra crise no meio da rua, e se não tivesse ninguém para me levar para o hospital, e se, e se, e se, a vontade que ela tem é a de me bater, o que é muito normal entre seres que se amam, mas, como ela não consegue, desaba no choro. Chora por muito mais do que esse episódio; chora pela verdade que não consegue sequer enunciar em voz alta — eu mesmo só consegui depois de muito tempo.

Minha irmã surge descabelada no meio da sala, com os olhos inchados de sono, acordada pelo barulho, vem me abraçar com o sorriso no rosto, sem lágrimas, a gente anda precisando dessa serenidade e dessa força por aqui, "maninho", ela diz no seu abraço, depois vai falar com nossa mãe, "Vamos fazer um café, ou um chá, certo, mãezita?", e leva-a consigo, afagando seu ombro. Eu fico. Observo o tanto de coisas que há espalhadas pelo apartamento, coisas da minha mãe, agora coisas da minha irmã, roupas, bolsas, sapatos, não cabe tanta gente assim aqui, invadiram-me o espaço. Gosto da Flavinha, fico feliz em vê-la, mas queria mesmo era que ninguém estivesse aqui, vai entender.

Fico imaginando quanto tempo isso vai durar, essa invasão, e sei que não posso expulsá-las, nem conseguiria. Minha irmã é como meu pai, não vou conseguir demovê-la de nenhum propósito que tenha na cabeça, quando volta da cozinha (deixou a mãe lá preparando alguma coisa além do chá) quer saber ponto por ponto, nos mínimos detalhes, o que eu tenho, como começou, quais foram os diagnósticos, tudo, absolutamente tudo, que eu vou contando porque não tem outra saída, e mesmo sabendo que ela já sabe de tudo, não importa, ela quer ouvir de mim, não deles, não dá para confiar nos pais quando estão abalados como estão. "Quanto tempo?", "Alguns meses, nem um ano sequer". Ela reflete, morde os beiços, minha irmã nasceu para solucionar problemas, é sua obsessão. Boa sorte com esse aí.

Mas sua presença aqui até que facilita as coisas, ela serve de intermediário entre minha mãe e eu. Dá a esta certa segurança sobre meu estado, enquanto do meu lado, é cúmplice das minhas saídas, "Desde que você me diga aonde vai, pra eu saber, em caso de, você sabe", eu sei, e dela não escondo nada, sempre fomos muito unidos.

Apesar de eu reclamar, também é fato que minha irmã consegue arejar o ambiente, ela inventa coisas para fazer e consegue ora me envolver, ora envolver minha mãe nas suas empreitadas, por vezes um filme (ela conseguiu colocar a Netflix na televisão, quando eu só usava o iPad), às vezes com um projeto de arrumação específico ("vamos organizar esses seus livros por autor"), às vezes com um jogo, xadrez (ela é horrível no xadrez) ou War, em que nós dois lutamos pela conquista do mundo, já que minha mãe não gosta desse tipo de coisa. Ela inventa e inventa, fico surpreso por ver que suas ideias não acabam nunca, às vezes nos arrasta para um passeio por lugares aonde não vamos desde a infância, terminamos tomando sorvete numa praça ou entrando num museu que eu nem lembrava que existia, e vai fazendo tudo isso com tanta naturalidade que parece que nada está acontecendo, é capaz até de pôr o sorriso no rosto da minha mãe, que se brincar anda mais doentio que o meu.

Quando me perguntou por que nosso pai tinha voltado para o interior, e eu lhe disse que era porque não aguentava aquela situação, ela riu, chamou-o de "fracote", com aquele bom humor que eu sei que é verdadeiro e acrítico, é alguém que não consigo entender, mas por quem tenho grande admiração. Ela foi nova para o Sul, criou uma vida do nada, tem uma habilidade surreal no ramo dela (empresarial), é como se nada a pudesse abalar. Penso que, se isso estivesse acontecendo com ela, estaria do mesmo jeito, sem tirar uma vírgula, às vezes acho que carrega consigo traços de psicopatia, já lhe disse isso várias vezes, mas ela ri de mim, "Hoje estamos vivos, amanhã quem sabe, que diferença faz, meu irmão?", ela costumava indagar, antes mesmo que sua indagação viesse a cair como uma luva para ser utilizada na situação atual. Meus pais reclamam, com aquele velho ranço tradicional, sobre um possível namorado. Ora, namorado! Como ela precisasse de um. Tem casos: um aqui, outro ali, vejo no seu Instagram, e não precisa ser um gênio para enxergar que ela não é objeto da conquista de ninguém, que, se tem alguém com ela, foi porque ela foi lá e pegou, simples assim, "A fila anda, maninho", quanto desprendimento, decididamente as pessoas são muito diferentes.

Eu tive que abrir o jogo com meu chefe e contar, pedindo-lhe a discrição que eu sei que ele não tem, que minha situação no escritório é a mais incerta possível. Falei-lhe da doença, de suas consequências e do fatal diagnóstico, de modo a dissuadi-lo de qualquer pretensão de me fazer voltar, mas no fundo desejando que ele tentasse só para lhe jogar na cara um "não" que ele jamais esqueceria. Não o fez, representou bem o figurino, ofereceu toda a ajuda possível, disse que aguardaria, toda aquela ladainha que uma situação assim exige de atores sociais competentes o suficiente para agirem dentro do papel que lhes é determinado. Quanta sociologia! Para mim foi um alívio dantesco, quase agradeço ao Cosmos pela chance de morrer, a simples ideia de que não abriria mais um processo na minha vida me deu tamanha alegria que desci para tomar um banho na piscina do prédio, pegar um pouco de sol, olhar o céu de um azul sem nuvens, fico pensando aqui que, se não tivesse enveredado por essa profissão, talvez me sentisse leve assim todos os dias, quem pode dizer?

Agora essas férias sem fim me deram a chance de me voltar para algumas leituras, sei que não tenho tempo, mas é aquela coisa, a gente se apega ao que mais nos prendeu aqui. Eu voltei à adolescência, cuidado por irmã e mãe, sinto-me um pouco como Hans Castorp em sua montanha suíça, não quero mais descer, é tão normal não ter que descer, viver aqui nas alturas, longe das obrigações, só tem essa coisinha chata no final, que é, digamos, o vislumbre do fim. Vou pensando essas coisas enquanto releio trechos do *Lobo da estepe*, enquanto me debruço sobre o discurso final de Mersault na cela de sua prisão, enquanto revejo a morte de Baleia, e não há tempo diante de mim, estou numa esfera paralela, esse lugar confortável que a literatura sempre me ofereceu como refúgio, levanto os olhos da página e observo, absorto, os livros que separei e que estão um em cima do outro na mesa do quarto de estudos, *Vidas secas*, *O velho e o mar*, *Grande sertão: veredas*, *Memórias póstumas*, *A paixão segundo G.H*, *O som e a fúria*, *1984*, e outros que estão ali, escanteados, mas que sempre representaram uma determinada sensação para mim, uma sensação que me prendeu definitivamente aos livros, *O encontro marcado*, *O conde de Monte Cristo*, *Quando eu tinha cinco anos eu me matei*, esse livro que ninguém conhece, pego-o, é meu pequeno tesouro de incompreensão, levanto a cabeça, giro a cadeira, estou cercado, no entanto essa prisão eu mesmo a construí, eu me sinto bem nela, gosto do seu cheiro, gosto de sua textura, penso, como Borges, que o paraíso deve ser uma espécie de biblioteca.

Mas até os momentos mais sublimes se esvaem. Somos instantes, não é? E não sei por qual associação incrível me lembro de Clara, sinto saudades de Clara, queria que estivesse ali, queria falar-lhe dessas obras, dizer por que são grandes obras, discutir com ela, ler alguns trechos. Queria seu silêncio ao meu lado, seu semblante atento para minha voz, eu recitaria poemas de Drummond ou de Vinicius, mas o que é isso, seria eu um romântico, pergunto-me, rindo aqui dentro da minha cabeça sonhadora, não, melhor ligar. Ligo. Ela não atende.

Então ponho o celular em cima da mesa e espero um pouco, olhando-o, "talvez ela me retorne", mas, à medida que o tempo passa, minha exaltação vai se atenuando como se eu estivesse afundando na lama, os livros deixam de fazer sentido (ler para quê?), tudo parece inútil, como perdi tempo com essas leituras, devia era ter lutado por alguém como Clara. Não, também não é isso, já passei por isso: nós lutamos, conquistamos e depois, bem, depois tudo se esvai novamente, é impossível reter o que quer que seja nessa vida, Cronos devora tudo, a carne assim como os vínculos, nem as lembranças ficam, é preciso fazer um esforço concentrado para reavê-las, do contrário tudo desmorona, tudo se evapora, e a saída, a única saída que encontramos, é dirigir o olhar para outra esperança, essa idealização que eu acabo de construir sobre ela e que por sua vez vai sumindo com o celular irritantemente mudo na minha frente, penso em talvez (quanta volubilidade) ligar para Débora, mas aí já é demais, eu não sou assim, não é qualquer uma; é ela, Clara, e, se não for ela, não é mais ninguém. Que seja ninguém então, "Vamos num barzinho", me interrompe Flávia. "Por que não?"

Eu a acompanho a um bar no Antigo que eu indiquei. Cervejas artesanais, boa comida, Flavinha adora. Mas estou distante. Tenho caminhado só, ela nem sabe, por estas ruas de paralelepípedos e estas casas antigas, no meio da massa ("olha a massa, olha a massa"), cercado de ruído e de cores, com gente que ri e grita, com essa histeria que é o retrato da vida para os que realmente vivem, enquanto ando, ouvidos bem abertos mas com a atenção em outro lugar, se é que é um "lugar". Às vezes, quando estou só (Caco anda ocupado com a carreira, Renzo é "Zona Sul"), sento-me nesses bares que têm as cadeiras na rua, tomo três cervejas grandes e observo o movimento ininterrupto dessas figuras, na maioria jovens, que passam, que vão a algum lugar, que se abraçam e se beijam, que se puxam e se empurram, gargalhadas altas, algumas dançam caminhando, ao som da música, ao longe escuto as batidas do maracatu. Aqui perto é outro ritmo, no som estridente do bar do lado, forró às vezes, sertanejo quase sempre, e todas essas coisas parecem distantes, é como se eu já tivesse abandonado o planeta, "Você está calado, maninho; não gosto de te ver assim".

"Foi mal, estou só lembrando de outras vezes em que estive aqui", "Ah, é, e com *quem* você esteve aqui?" — insinua que meu silêncio é uma mulher.

"Às vezes acompanhado, às vezes não", ela faz que sim com a cabeça, elogia a *witbier* que eu escolhi, fala de lugares onde mora que eu vou adorar, ela diz *vou*, não sei se para me animar ou se é um ato falho, a sua psicopatia em andamento, mas a deixo falar, convenço-a de que ela me convence de alguma coisa, da importância, por exemplo, de manter firme o espírito, de não me deixar levar por sensações negativas, enfim, ela faz o possível, e eu faço o possível para que ela ache que seu gesto compassivo funciona.

Quando venho só, trago um caderno de notas, mas nem sempre é fácil escrever.

Eu nunca vou ser escritor. Penso nas histórias que comecei e nunca terminei, penso na hesitação quando avento a possibilidade de publicar, digo para mim mesmo (a desculpa esfarrapada) que Kafka pediu para que destruíssem sua obra — quanta idiotice! —, eu me comparar com Kafka, é uma espécie de compensação arrogante para o fato de que, ao contrário dele, não consigo escrever, a tentativa de aproximação ilusória de um verdadeiro artista, aquela comparação que a gente faz para se sentir um pouco menos mal.

Não consigo deixar de lado essa ideia de que escrever é inútil. Sei bem que só o inútil é essencial (quem disso isso, Aristóteles?), mas, como tudo nesse mundo é utilidade, de que me serve o gesto ou a ostentação de minha inutilidade? A posição em que me sinto, de escanteado por uma lógica que me incomoda, me afasta demais das pessoas, então para que alargar esse fosso, escrever, *ser escritor*, me afastar ainda mais, porque uma coisa é fato, se eu me afundo nisso, se transformo essa escrita hesitante num projeto de existência, adeus, humanidade! Adeus, amigos! Adeus tudo aquilo que os robozinhos consideram importante.

"Você acha que devemos matar os amigos, maninha?", ela me olha sem espanto algum, me conhece muito bem, está acostumada com essas perguntas que vêm do nada, ou melhor, que vêm como conclusões de uma elucubração que fiz sozinho, em silêncio, mas que curiosamente ela parece conhecer, "É a história de Buda mais uma vez", diz, "Que história de Buda?", "Aquela que você me contou tantas vezes, *se encontrares um Buda no meio do caminho, mata-o*", eu rio, a história não é minha; é de Saulo. O sentido dela é o de que a experiência é sempre pessoal, que devemos tirar do caminho todo ensinamento ou dogma para realmente aprender alguma coisa. "Não estava pensando bem nisso", digo, "Não?", e ela continua: "De qualquer forma, sim, é preciso matar os amigos, se...", "Se?", "...Se você está se afogando e eles não largam seu corpo". Minha irmã não para de me surpreender.

Isso me lembra Saulo, em particular um dos seus textos. Tenho anotado aqui, em algum lugar. O irmão de Caco diz, num texto que ele intitulou de *Cogito às avessas*: *A tentativa de* ser *está fadada ao fracasso. O ser já* é, *não pode se transformar em algo que não é. O ser é completo em sua totalidade, íntegro, essencial. Quando se busca ser algo além de si mesmo — um ser +* X *—, está-se abandonando o próprio ser, está-se fugindo da completude para a incompletude, da certeza para a dúvida, do que é essencial e verdadeiro para o que é mentiroso e ilusório. Sai-se do ser para debater com a mente, nas esferas do pensamento. E querer* ser *ou querer* ter *dá no mesmo. Quando se quer ter, imagina-se um ser que possui coisas, pessoas, status. Um ser diferente de si mesmo. Imagina-se, nas fronteiras exteriores e superficiais ao ser, na mente, um estado diferente, em que supostamente ser outrem — que é mais, que tem mais — significa felicidade e satisfação completas. Mas a própria saída de si cria a dualidade, a constatação, não conscientemente compreendida, de que há, por um lado, o ser que se deixou e, por outro, o ser imaginado, aquilo que se* deve ser. *E o que deve ser nasce de um julgamento, não do que verdadeiramente somos, mas do que a mente, já em processo involuntário de funcionamento, diz que somos — e consequentemente julga o que deveríamos ser. Tal análise brota de todos os condicionamentos anteriores, do passado, dos preconceitos, das ideias e doutrinas que se fixaram nela. Em outras palavras, nasce de dados que não são seguros, que não são reais.* Quando se julga, já não se é. *Põe-se o pé fora da realidade, projeta-se para longe, pautado em sonhos forjados pela imaginação. Quando se sai, quando se deixa transbordar de si mesmo — do ser — para o mundo, para o pensamento, para a mente, já se perdeu o contato com a verdadeira essência. Sair do ser é não ser. Penso, logo não existo.*

Esse texto de Saulo eu considero impecável, porque ele toca no ponto: é o pensar que me tira de mim, que de alguma forma me transforma em algo que eu não sou, que provoca o sofrimento. Eu, por exemplo, aqui tendo pena de mim mesmo, julgando minha vida, condenando-me pela incapacidade de escrever. Nada disso, nada desse sofrimento nasceria em mim se eu pelo menos conseguisse me conter, quero dizer, *não pensar* em mais nada — ah, o conselho mais impossível do Universo: "não pense nisso", "esquece", etc.

"Seu problema, maninho, é que você pensa demais", diz minha irmã, só para reafirmar, novamente, seus poderes telepáticos. Eu já não me surpreendo, ela toma sua IPA com um sorriso nos lábios, aparentemente paquerando um sujeito sentado nas proximidades do estrado que serve de palco, quando nos fins de semana tocam um pouco de rock por aqui. E eu me lembro subitamente do comentário do Lobo Larsen sobre Morte Larsen numa obra de Jack London, *ele é mais feliz do que eu porque deixa a vida em paz, vive muito ocupado em viver para que pense na vida. Meu erro foi ter aberto uns livros.* Ter aberto alguns, não foi esse também o *meu* erro? Como é que alguém que culpa os livros pela sua maneira de ser pode tentar convencer os outros de que se deve ler o que ele próprio escreve, isso eu não sei. Se quisesse ser absolutamente honesto, teria que dizer "não me leiam", aliás, "não leiam nada", porque isso não leva a nada, a literatura é um engodo, uma distração da vida, teria sido essa a razão por que Kafka quis queimar sua obra, é muita contradição, uma cabeça só não dá conta disso.

Minha irmã foi ao banheiro, e na volta o sujeito perto do palco a aborda, crente de ter sido ele a provocar aquela situação, e vejo então que ela entra no jogo. Os homens — quantas vezes ela não me disse isso — devem continuar pensando que estão no comando, não é razoável destruir a sensação de virilidade deles, mas quem provocou tudo isso foi ela, está claro, com seus olhares, com um sorriso discreto, o convite dirigido ao macho para que este faça o *seu* convite, para que realize a sua abordagem e ainda pense que foi ele quem deu início ao processo. Só rindo mesmo, nós, homens, não temos controle de nada, o primeiro passo quem dá é a mulher, mas esse primeiro passo é de uma sutileza propriamente feminina, ele corresponde a um aval, a um sinal verde muito discreto, e, se você não enxerga esse sinal, é muito provável que se choque contra um muro de concreto.

No meu celular tem uma chamada não atendida de Clara. Há dois dias, quando fui na Cultura comprar mais dos meus entorpecentes pessoais, vi-a na praça a almoçar com Antônio, ah!, visão do inferno, confesso que num primeiro momento não acreditei, mas em olhadelas repetidas confirmo a informação, não tem jeito, desisto de compreender as pessoas, talvez seja essa carência endêmica que o mundo virtual, cheio de relacionamentos exemplares, só faz acentuar em nós, talvez seja uma doença afetiva, sabe-se lá, não compreendo, tanto que Clara me encheu os ouvidos contra as traições do marido, tanto que se culpou de ser uma idiota (palavras dela) por não enxergar, e pronto, tá ali, provavelmente sendo engabelada pela ladainha escorregadia de um tipo bem conhecido no universo masculino, é tanta fraqueza que eu sinto náusea, que me bate uma vontade homicida sem objeto definido, podia ser qualquer um, podia ser a humanidade inteira, a vontade mesmo é de num impulso acabar com tudo isso, aniquilar a espécie, uma espécie dessas não merece viver, para onde quer que você olhe está tudo errado, e ainda assim tudo continua, a roda gira, o mundo vai caminhando como se nada estivesse acontecendo, mas vamos lá, um pouco de paciência, para mim o prazo está quase no fim, eu não devia reclamar tanto.

Não os vi se beijarem, estão até bastante sérios, mas há dentro de mim um outro que ama a tortura, que mexe com minhas entranhas, que diz "e há alguma razão para sequer estarem sentados juntos, a conversar, se não for para tudo isso terminar numa cama, entre quatro paredes?", ah, Clarinha, como você é burra, isso mesmo, burra!, fico me repetindo e consigo desafogar esse aperto esquisito, é um redemoinho, não sei onde vou parar, traço um percurso específico para não dar de frente com eles, mas, quando pego a escada rolante para descer, tenho a sensação de que ela me viu, seu pescoço se enrijece, seus olhos estão fixos na minha direção, atentos, alertas, e a única coisa que eu consigo fazer é balançar a cabeça, mas tão suavemente que nem sei se de fato ela (minha cabeça) se mexeu.

A decepção me deixou petrificado, se essa escada rolante descesse até o inferno, eu iria junto, sem mover um dedo.

Então essa ligação não atendida de Clara, eu a observo como se estivesse naquele momento da escada rolante, do shopping, da praça de alimentação, de Clara e Antônio, a esfera onde se sucedem coisas incompreensíveis e onde fantasmas representam comédias patéticas, a que é preciso assistir porque temos olhos, porque estamos no meio deles, o que eu queria mesmo era um botão para desligar essa coisa toda, mas me lembro de novo: alguém o desligará para mim, é impressionante que ainda se sofra assim, quando no fundo a vida já acabou. Que diferença faz o comportamento de Clara, os seus laços sentimentais, a sua indiferença por mim, se em poucos meses eu... O que importa tudo isso?

E, sem que eu queira, importa. Há em mim o autômato para quem as coisas importam porque usualmente importam para outros, é que não há só desejo mimético, como queria Girard, há sofrimento mimético também, tudo é imitação, até nossas dores mais profundas são pura repetição, não têm nada de original, decididamente não somos nada originais, está aí uma verdade que você só descobre perto da morte, porque perto da morte você talvez perceba que, opa!, parece que você também morre, como os outros, a história dos reis e peões que voltam para a mesma caixinha do xadrez, só assim para se cair em si, mas não adianta, não adianta porque o autômato, como toda essa experiência me mostra, não morreu, existe sempre um lado em nós que percebe, e outro que é obtuso, continua a agir sem perceber, talvez seja necessário ter esse lado estúpido em si, já pensou alguém que vê o tempo inteiro a verdade, esse seria um louco ou uma divindade, como dizem daqueles que fogem ao contato humano, mas, se não se é assim, inevitavelmente continuamos humanos, ou seja, esse ser que se equilibra entre dois mundos, entre duas tensões permanentes, numa posição insustentável entre a ilusão e lampejos de verdade.

De fato, eu penso demais. Hoje não trouxe meu caderno porque vim com Flávia. Fiz mal, lá está ela enlouquecendo o sujeito, recusando-lhe um beijo para aumentar seu desejo, talvez lhe dê hoje só o telefone; ou não, da minha irmã se pode esperar tudo, inclusive que venha aqui me dizer para eu pegar um Uber e voltar para casa sozinho. Eu não ligaria, vez por outra ela olha na minha direção e sorrio, aprovando-a, o que nos resta fazer nesse mundo, de fato, senão nos jogar assim no prazer, a última barricada contra os ataques de um mundo desprovido de sentido? Eu vou para o lado de fora fumar um dos cigarros de Caco que ainda tenho comigo. A rua é a mesma, uma paisagem fixa, como um papel de parede surrealmente real. O movimento é o mesmo, tem o mesmo ritmo de sempre, até essas pessoas parece que as venho observando desde tempos imemoriais.

A fumaça do cigarro consola, talvez porque ao fumar eu restabeleça um ritmo que o pensamento normalmente interrompe com sua prolixidade irritante. Sinto que quando tudo terminar, vai ser assim, esse ritmo, essa pastosa imagem das coisas, não é a náusea de Sartre, não é o absurdo de Camus; é outra coisa, um pulsar primevo, aquilo de normal e invisível que há por trás da existência, e que não provoca preocupação alguma. Eu aguardo... Minha irmã irrompe, me desperta do sonho, já pagou a conta, "Vamos embora". Parece irritada, tento convencê-la de que pode ficar, ela percebe minha preocupação, "Não viaja, maninho. Quero ir", "E sua... paquera?", "Quantos anos você tem?", ela ri francamente, "Paquera?", "Seu *boy*", digo, rindo, "Não vai rolar", ela diz enquanto sai do bar, "Quem sabe outro dia". Foi o que eu pensei, apenas trocaram telefones. Minha irmã sabe o que faz.

15

"Aconteceu assim", ele começa. Tento prestar atenção, mas é muito surreal que ele esteja aqui.

"Eu entrei no bando dele, aí você sabe, tem algumas coisas que a gente pode fazer. Ele decidiu que a gente devia levar a um mercador uns produtos que demorou certamente muito tempo pra juntar. Claro, todo mundo do bando ganharia alguma coisa com a venda, então vamos todos, ele, eu e mais dois, num percurso que leva vinte minutos pra terminar. Ele conduz a carroça, eu tô do lado dele, os outros dois vêm cada um no seu cavalo, fazendo a escolta. Quem tá no papel de mercador nessas situações acha ótimo ter um bando completo pra levar os produtos até o ponto de venda, porque é uma garantia, entende, de que vai chegar tranquilo pra vendê-los, e se alguém atacar no meio do caminho, terá amigos pra defender a operação, então é uma questão de confiança, tá ligado? Mas quando já fizemos o percurso quase todo (cerca de vinte minutos, como eu disse), e que estamos quase chegando ao local, aliás cheio de gente trocando tiros, um dos malandros da escolta sai de repente do bando, vejo sua cor mudando, e ali mesmo, à queima-roupa, de cima do seu cavalo, ele dispara contra o condutor, o chefe do bando, percebe?, na tentativa de roubar a carroça. Eu que estou do lado do condutor, entendendo a malandragem, tô com a espingarda na mão e imediatamente revido: pou! *Headshot* no traidor. A partir daí, é o caos! Porque o chefe do bando renasce, assim como o cara que nos traiu, e agora, não entendo como, mas ele é ajudado por outro sujeito que surgiu do nada."

A empolgação dele é evidente. "Provavelmente eram amigos do online que estavam se comunicando no *headset* e planejaram aquilo ali, entende? Rapaz... eu nunca senti tanta raiva num jogo de videogame", e ele ri lembrando da aventura.

"Começa uma guerra entre nosso bando e esses caras que querem roubar nossa carroça e vender eles mesmos a mercadoria — muita mercadoria — que o chefe do bando passou um tempão juntando. É que você não entende, não está acostumado com essas coisas. Sabe, a fronteira entre realidade e ficção é muito delicada" — nisso ele tem razão. "Primeiro você não imagina o tempo de vida (da nossa vida mesmo) que a gente perde pra juntar e manufaturar aqueles produtos todos que tentávamos vender. No *RDR* não há momento mais tenso do que esse em que vamos vender as mercadorias, porque qualquer jogador do online que cruzar nosso caminho pode tentar roubá-las e, o pior, muitas vezes consegue, sobretudo se estiverem em bando, por isso falei que é muito bom quando você mesmo, que quer vender os produtos, está em bando. Então quando você se depara com um sujeito do seu bando que resolve fazer uma coisa dessas... cara... é Judas traindo Cristo, percebe?"

Tenho que admitir que o nerd é articulado. "E o que aconteceu depois?", pergunto, porque vejo que sua empolgação começa a arrefecer e que sua atenção, deslocada, começa a se perder nesse lugar. "Entregamos a maior parte dos produtos", reanima-se, "mas os félas ainda conseguiram roubar uma parte menor. Foi engraçado depois", ele ri, lembrando-se, "um deles entrou numa loja, e todos nós do bando ficamos esperando do lado de fora, só esperando por ele. Quando saiu, já viu, né! Não deixamos os caras em paz um minuto sequer: eles nasciam, nós os matávamos, nasciam, morriam, foi uma perseguição implacável, até que eles desistiram e saíram da sessão", "E o jogo não pune esses comportamentos?", "Nah, o jogo é realista demais pra isso, ele quer retratar o mais fielmente possível a vida no faroeste, você que tem que se precaver, juntar-se a bandos, ter boas armas, treinar pontaria, senão passa raiva". Ele reflete: "Eu só teria tido mais raiva nessa situação se os produtos fossem meus", "Como assim, não eram seus?", "Não; eram do líder, ele que teve a trabalheira de juntar, nós íamos ganhar com a venda porque estávamos indo entregar com ele".

Balanço a cabeça, mostrando que entendi, mas continuo sem entender como ele pode estar ali.

Bob — porque é dele que se trata — e esse lugar, juntos, são uma associação das mais bizarras. Estamos na festa mais aguardada e exclusiva do ano, a festa da qual não pararam de falar Renzo e Rebeca. Não é qualquer um que entra aqui, quem conseguiu meu ingresso foi Caco, que agora tem todos os contatos do mundo; os outros compraram há muito tempo sua entrada. Não vi Caco ainda. Em condições normais, ele não viria para um lugar desses nem que lhe pagassem, tenho a impressão de que vem porque é obrigado por algum contrato, mas é só uma suposição. Esse lugar... como o descrever? É uma bolha no meio do mangue, mais um universo paralelo, criaram-no ao sul da cidade, há gramados à beira-mar e hotéis de cinco estrelas por todo lado. Há ciclovias tão bem desenhadas no chão, tão bem-sinalizadas, que você se sente na Europa (só posso imaginar que a Europa seja assim).

Há também um silêncio inquietante. À luz do dia, tudo isso não condiz com a miséria dos arredores, mas você esquece os arredores quando está aqui, é como transpor a linha imaginária que separa ricos de pobres. Essa inquietação, aliás, que você sente durante o dia é compensada pela sensação — não sei se ilusória — de que ali ninguém vai te assaltar, de que, se isso vier a acontecer, alguma polícia privada, que se mantém vigilante em uma sala de comando por trás daquelas câmeras, irá subitamente surgir em carros futurísticos e pegar no ato o eventual e temerário assaltante. Isso tudo de dia, mas agora é noite, estamos numa mansão como eu nunca vi na vida, numa área verde tão extensa que vai da enorme casa grande (branca, iluminada por refletores azuis que vêm não se sabe de que ponto do solo) até a beira-mar, passando por uma piscina gigante (também toda iluminada, com quiosques de bebida ao redor), imponente, ao centro. As pessoas, a maioria delas, vestem roupas leves e brancas (fetiche da elite achar-se imaculada, considerar-se "pura"), e formam pequenos grupos a conversar com suas taças de champagne. Há por toda parte seguranças vestidos de preto, com fones de ouvido discretos nas orelhas. A música eletrônica é uma constante, o brilho de tudo é de machucar os olhos, mas, se você por acaso entra na casa, que coisa incrível: não escuta mais nada (deve ter um sistema contra o som), os olhos descansam, o ambiente é calmo, há garçonetes elegantes que parecem só servir bebidas e tira-gostos dos quais você nunca ouviu falar, é uma espécie de sonho, uma ideia, a vaga sensação de que a espécie humana deveria viver de outra maneira. Eu, cá comigo, fico pensando que tudo isso bem pode acabar numa orgia romana, há sofás aqui tão largos, e de um couro tão branco que só devem servir mesmo para serem maculados por fluidos corporais.

E no meio disso tudo está Bob, o nerd. Não faz sentido nenhum, e, se eu contasse a alguém, não acreditariam.

Mas ele estava aqui sim, não foi uma ilusão da minha cabeça perturbada. Foi trazido, ou arrastado, evidentemente, e agora já não o vejo mais. Estou num grupo com Renzo, Duda e outras figuras que não conheço. Rebeca ainda não chegou, Caco eu não encontro, nem sei se está aqui ou se virá, o cara é imprevisível. Eu poderia descrever o que são essas conversas que escuto aqui e ali, mas qual seria o interesse disso? Provavelmente não vou escutar nada de mais interessante do que a conclusão de Bob sobre as fronteiras tênues entre realidade e ficção, essas fronteiras que estão agora mesmo em atuação, eu isolado aqui, nessa esfera paralela que não é de prazer, e Renzo sorrindo como um pinto no lixo, não dá para estar mais satisfeito do que ele, é como se a movimentação de todo esse brilho para ele fosse algo palpável, seu corpo se agita, o prazer é algo concreto que funciona em simbiose com essa interação, ele ri, ele abraça conhecidas, passa a mão inocentemente nas suas costas, dá grandes apertos de mão, todo mundo está contente, todos ostentam no rosto essa alegria exultante dos que conseguiram, dos que chegaram lá, dos que estão no topo do mundo, só faltava mesmo, penso eu, o caviar e os discursos sobre eliminar as massas populares, essa escória que azeda, sempre que pode, todo o saber-viver de espíritos superiores.

Rebeca chega, mal fala com Renzo, devem estar num ponto baixo da curva de seu peculiar relacionamento, ela puxa Duda de lado, e qualquer movimento que Duda faz provoca aquele esvoaçar do vestidinho branco dela, solto, leve, sua cintura apertada num apetrecho de couro (é isto um cinto?), os pés mal encobertos por uma espécie de sandália trançada, também de couro, um troço bem romano (a tese da orgia me vem à cabeça vez por outra, não consigo evitar), é sandália, mas é alta como uma bota, nem precisa dizer que aquilo tudo é a perfeição sem tirar nem pôr, e quantas vezes vieram fotógrafos pedindo para tirar fotos dela com outras mulheres do mesmo nível ou com bonitões sarados, já perdi a conta, se abrisse seu Instagram agora, certamente já encontraria lá uma dessas fotos, seguida da inevitável frase de autoajuda, e com duzentas mil curtidas depois dos primeiros quinze minutos da hora de postagem.

Também Duda sorri. Seu sorriso — estonteante, claro — parece nascer de um gesto de apertar um botão. O botão, nesse caso, é alguém tocar-lhe o ombro, como eu mesmo fiz, para falar com ela, "Maria Eduarda", e ela se vira, o mecanismo posto em execução, os dentes logo brilhando, a simpatia em pessoa, onde antes havia pelo menos uma dúvida, um ar sério de estátua grega, e ela nos acolhe, acolhe a qualquer um, com essa face irretocável, com esses lábios de um rosa claro indecoroso porque supostamente ingênuo, infantil, e parece que de fato o mundo deveria ser um lugar melhor, e que de fato nós somos privilegiados, é tão frágil a nossa estabilidade, Duda consegue num gesto simples fazer acreditar no paraíso, mas depois você vê que foi só uma impressão passageira, intensa, é certo, mas tão passageira quanto um raio de sol que atravessa por um segundo nuvens densas de chuva, pronto, foi-se, ela volta para a carapuça até o próximo contato, o próximo "Maria Eduarda", a próxima foto em grupo ou acompanhada por uma garota tão linda quanto ela — que digo eu?

Estou na quarta dose de um uísque que é tão bom que nem gosto de uísque tem. Renzo me disse "Você pode não gostar, mas beba, porque esse aqui você nunca mais bebe na vida", falou-me até o preço da garrafa, mas não acreditei nele. Caco chegou nessa minha quarta dose, ele já vem chapado, dá para perceber, noto-o, "Claro, como você quer que eu aguente isso, Vid?", e cumprimenta meio carrancudo essas pessoas do grupo. Rebeca toca-o no ombro e, quando ele se vira, dá-lhe um abraço efusivo tão inesperado que eu me engasgo com o uísque, Maria Eduarda bate nas minhas costas com a palma da mãozinha aberta e ri, não sei se de mim ou se do que acabo de ver. O próprio Caco se assusta, leva alguns segundos para entender que se trata de Rebeca, e ela mantém a mão segurando o seu braço, como se fossem grandes amigos, enquanto vejo os olhos invisíveis que ela tem nas têmporas e na nuca darem uma volta no ambiente, ostentando aquela amizade ilustre, e de fato é ilustre, Caco estourou de vez, não há quem não o conheça por aqui, e nacionalmente sua fama começa a se consolidar.

Ele quase ri, mas em vez disso, como se um pensamento o tivesse atingido, fica sério, olha Rebeca da cabeça aos pés, trava os dentes, balança a cabeça lentamente na sua direção e, embora tenha o braço aprisionado por uma de suas mãos, olha ao redor sem ouvir o que ela diz, mas Rebeca não quer saber de nada disso. Sua interação quer se mostrar genuína. Eu me recupero do meu ligeiro mal-estar agradecendo a Duda, ela não tem tempo de dizer "de nada", porque já há novos fotógrafos que decidiram tirar uma foto dela junto a Caco (Caco receberá vários desses convites ao longo da noite, submetendo-se a todos com uma cara cada vez mais fechada), ele vai na direção dela, há um certo rubor nas suas faces, Rebeca tem dificuldade de soltá-lo, a princípio tentou entrar na foto, mas os fotógrafos a excluíram, "Eles dois, eles dois!", é um troço bem simbólico, os organizadores querendo passar a ideia de que nessa festa, como prometido, só haveria representantes ilustres da beleza, do sucesso, da fama, enfim, Caco tira sua primeira foto da noite, os dois se separam rapidamente, nem simpatia há entre eles, "Que alguém me afaste dessa mulher", ele me confidencia, mas não sei se está a falar de Rebeca ou de Duda. Ele me toma o copo de uísque da mão, dá um gole longo, "Vid, não sai de perto de mim", "Por quê?", pergunto, "A chance de eu fazer besteira nesse lugar...", "Você não vai fazer coisa nenhuma", "Hum, é que você não tem ideia das coisas que eu sinto rodeado dessa gente". Provoco-o: "É *sua* gente agora", e ele me fuzila com os olhos, "Onde pegamos mais bebida?", pergunta, e eu o levo para um dos quiosques na beira da piscina.

Caco quer saber como estou (pessoas interrompem nossa conversa de cinco em cinco minutos para pedir uma foto com ele), pergunta isso meio constrangido, já me acostumei com esse olhar, com esse incômodo, até nos familiares, e eu respondo que tirando a parte física ("de fato, você está beirando o esquelético"), continuo igual, só às vezes me lembro que. "É estranho, sabe aquela coisa, quando perguntam *e se você fosse morrer amanhã, o que faria?*, bem, não tem resposta pra isso, mesmo que você saiba, de fato, que, enfim, nem essa condição contribui pra que surja uma resposta. Eu achei que compreenderia alguma coisa, velho, mas não, a proximidade da morte não o torna um privilegiado, você não faz uma grande descoberta por causa disso, você não atinge um estado de graça, nada."

Ele fica em silêncio, finge olhar para outro lugar, "Isso na verdade só aumenta a percepção", continuo, "de que não há sentido em nada, é como se o vazio se expandisse em você", "Você devia escrever sobre essas coisas, Vid", "Pra quê?". Caco balança a cabeça, nem ele sabe, quer começar a discutir seus velhos temas, Deus etc., mas eu o interrompo, "Velho, esquece isso, tem algo mais banal do que a morte?", ele sorri, "Toda essa sua revolta contra Deus, ela não cabe aqui, a morte é tão natural quanto a vida, isso não deveria incomodar ninguém; se tenho algo do que reclamar, é do sofrimento, percebe? Pra que tudo isso, com que finalidade se é pra você sumir assim, de repente?", Caco zomba: "Os caminhos do Senhor são misteriosos", "Isso sim é revoltante, caso haja Deus: é você ter que aceitar os *seus* caminhos, mas por acaso pedimos pra vir? Não: o caminho nos é imposto", "Quando eu digo coisas parecidas, Vid, você responde que sem a vida você não poderia nem fazer essas perguntas, que a vida é uma condição pra todo o resto", "Eu sei, não esqueço do que digo, mas a questão é *que tipo* de vida, afinal, eu preferia ser uma mísera de uma planta!".

Caco ri, "Uma planta não sofre assim, ela vive, pura e simplesmente, e, se deu na telha de um ser cósmico me transformar em homem, a culpa pelo meu sofrimento é toda desse ser, tudo o que me acontece é o resultado de uma vontade inicial — a de criar essa loucura toda — e, portanto, tudo é responsabilidade do Criador", "E o livre-arbítrio?", ele pergunta (sei que gosta quando eu começo a falar dessas coisas), "Que livre-arbítrio! Nós não decidimos sequer sobre *existir*, como poderíamos ter livre-arbítrio?", "Assim você exime toda a humanidade de suas responsabilidades", "Claro que eximo! Somos imperfeitos por culpa de quem?", Caco vibra, "Confesso que nunca entenderei Descartes, aquela história de que a ideia de perfeição na nossa mente não pode provir de um ser imperfeito, e logo a ideia de perfeição é a prova da existência de Deus, que ladainha! A real é que, se somos imperfeitos, é porque fomos criados por um ser imperfeito, ou porque esse ser não existe. Como pode a perfeição criar imperfeição, eu pergunto; a criação imperfeita só pode provir de seres imperfeitos", "Já não estou entendendo mais nada", ele ri.

Caio na risada também, "Deus não vale meus últimos minutos", "Não, não vale, vamos beber".

Chega a milésima garota a pedir uma foto com Caco e, quando ela agradece, dá-lhe um beijo que, por acidente (ela quer fazê-lo crer), vai direto na boca, afasta-se, finge constrangimento, Caco hesita um segundo, olha-a com um ar sorridente, mas continua a conversar comigo e a garota se vai, "O que foi isso?", pergunto, "O novo normal", "E por que você não...", "Porque agora, por mais absurdo que pareça, quem escolhe sou eu", rimos, "É muito estranho, Vid, é muuiiiito estranho", "É pelo menos uma boa estranheza", "Não estou reclamando, mas", "Mas?", "Cara, esse mundo tá fodido", desabafa, "você não tem ideia das coisas que eu tenho vivido, às vezes chega a bater um desespero", "Desespero?", "É, eu sei, não tenho razões pra reclamar, certo; mesmo assim, é como se a única coisa que tivesse mudado fosse a natureza da minha invisibilidade", "Hein?", "É sério, antes ninguém me via porque eu era um anônimo; agora não me veem porque querem enxergar outra coisa, sabe, como se quisessem possuir aquilo que eu represento no imaginário delas", "Profundo", "Vai te foder, Vid, é sério, continuamos invisíveis", "Pelo menos é uma invisibilidade mais interessante", "Por quê? Porque *consumo* mais gente?", "Ao mesmo tempo que é consumido, sim", "Não sei", "Pelo menos você *conhece* mais gente, amplia sua possibilidade de ter um real contato", "Eu acho que...", Caco não consegue concluir, fomos interrompidos por Bob, bêbado que nem um gambá, "Bob, não me vem com outra cena de *Red Dead*", Caco quer saber do que se trata aquilo, eu o apresento a Bob, conto sobre sua paixão por videogames ("por videogames não, por alguns jogos"), e, antes que me dê conta, Bob já está contando a história do começo da noite a Caco, que não para de rir ouvindo-a, não sei se por causa da história ou se porque esse Bob é mesmo uma figura, ainda mais nesse estado alcoólico.

Não me sinto muito bem, foram muitas doses desse uísque que eu não podia deixar de beber, no quiosque peço copos de água mineral para ver se atenuo essa bebedeira. Maria Eduarda me pergunta de supetão se vi Rebeca, "Não", ela fica por perto, procurando a amiga, olhando para os lados, tem um copo de vodca com algum refrigerante na mão, é raro, Duda não costuma beber, acho que na persona que criou para si isso é um mau hábito, ou talvez precise sempre manter a pose, o álcool representa um risco, eu poderia puxar assunto e dizer "O que está achando da festa?", mas não, não me curvo mais, não reverencio mais, não babo mais, e, cada vez que me vem um pensamento desses, fecho com força a mandíbula, travo todos os dentes, respiro fundo, enfim, concentro-me no que é importante, nessa arbitrariedade do mundo, nessa discrepância descomunal, a criação de seres tão díspares quanto Maria Eduarda e o comum dos mortais (eu), "dane-se".

Caco retorna de dentro da casa onde tinha ido buscar uma bebida, Bob está com ele, "Vid", ele vê Maria Eduarda, "Oi", "Vid, você não vai acreditar no que eu achei, vem cá, vem cá", eu o sigo, passamos pelo hall imenso (o ruído exterior é aniquilado de imediato), tomamos um corredor, "O que foi que tu veio fazer por essas bandas?", pergunto, "Estava procurando um outro banheiro, bora, anda", e no final do corredor, à esquerda, há uma rampa coberta por alcatifa azul-escura. Descemos, tem uma entrada com duas portas de madeira que se abrem para dentro, e lá, como um pequeno tesouro escondido debaixo da terra, um auditório, "Esses ricos não têm limites!", fileiras de cadeiras acolchoadas dos dois lados, uns cem lugares talvez, e na frente uma espécie de palco, na verdade um estrado baixo, "Você viu o que temos ali?", ele pergunta (eu ainda não tinha visto): um piano.

Um piano com uma enorme cauda preta, de uma elegância que só o dinheiro compra. "Bob", diz Caco, e já se nota uma ascendência natural de um sobre o outro, "vai buscar umas doses pra gente, a festa vai começar agora", e Bob sai sem nem discutir.

Eu queria ter talento para narrar certas coisas. O cinema é uma covardia, quando comparado à literatura. Você coloca uma música numa cena e não precisa mais falar nada, porque a música se ocupa da emoção, ela a provoca, ela a facilita, é preciso ser genial para emocionar sem precisar de música. A trilha sonora se tornou o maior engodo do cinema, o elemento invisível que nos conduz sem que o espectador sequer note a farsa.

Na literatura, putz! Para mim não há tempo, mas eu queria escrever um livro que fosse acompanhado de áudio (talvez eu devesse ter me envolvido com a sétima arte, e não com a escrita), um livro em que, ao mencionar uma canção que os personagens estão escutando, o leitor pudesse também escutá-la, um livro que viesse acompanhado de uma mídia de áudio, e que orientasse o leitor a vivenciar as mesmas emoções dos personagens (nessa cena, escute essa música, nessa outra, aquela etc.). Caco nem esperou que Bob voltasse com as bebidas. Correu para o piano, começou a tocar, ordenou que eu pusesse uma cadeira ali perto e que arrastasse uma pequena mesa de vidro para perto, um lugar para que colocássemos as bebidas. Fazia tempo que ele não tocava piano, mas, para um músico como Caco, era como andar de bicicleta, "Vamo nessa, vocalista" — o vocalista sou eu.

Ele inicia com aquela introdução de *Down em mim*, na versão de Barão Vermelho, e eu venho com a voz rouca, tentando imitar Cazuza, *te rebocaaaar do bar*. Bob retorna com vários copos de uísque, senta-se na beirada do palco, canta conosco, *e me lembrar sorrindo que o banheiro é a igreja de todos os bêbados, eu ando tão down, down, down!* O que Caco precisava era que alguém o acompanhasse no solo de guitarra, mas não tem importância, o solo a gente imagina, ou Bob o imita de um jeito escroto, fazendo caretas. E daí vamos para *Mother*, de Lennon, fazer esses agudos vai acabar comigo, mas e daí, já tô mais pra lá do que pra cá, vejo que tem mais gente por aqui, não tinha percebido, mas Duda nos seguiu e com ela vêm mais uns gatos pingados (de onde vieram? impossível dizer), a galera vai se espalhando no ambiente, não usam as cadeiras do auditório: uns se sentam ao redor do piano, outros sentam nos encostos das cadeiras, há quem abrace Caco enquanto ele toca, há quem cante mais ou menos mal, me acompanhando, *good bye, good bye... mother don't go, daddy come home*, a gente emenda com uma canção que uma menina pede (eu nunca vou esquecer essa pessoa miudinha de voz tão poderosa), e que Caco sabe tocar (tem alguma que ele não sabe?), *he can only hold her*, parecia a própria Amy cantando.

A coisa esquenta, o som ganha força, choca-se contra os limites do auditório, volta retumbante, que acústica!, a garota canta e dança, é sensual de um jeito que ninguém podia imaginar, ri dos aplausos que recebe, Caco parte para *Ballad of a thin man*, de Dylan, estamos em boa companhia, todos aprovam a escolha, temos aqui os excluídos, os que não aguentam mais tanto sertanejo, tanta música baiana e tanta eletrônica, eu canto como se tivesse deixado de existir, *because something is happening in here, but you don't know what it is*, escuto minha voz fora mim, Dylan tem essa batida que dá vontade de morrer logo, *be such a freak!*, "Bora, Vid!", ele se move, sinuoso, os olhos fechados, alguém arrumou um jeito de fazer de alguns bancos uma bateria improvisada, e aquela gente que se acumula, cada vez mais gente, vai ganhando vida própria, Duda está sentada do meu lado, no chão (que cena surreal), as pernas alongadas, uma por cima da outra, segura sua bebida perto dos lábios, ri de casais que dançam na frente do palco, *you positive that something is happening*, no intervalo pergunto se ela tem um pedido, aviso a Caco: "*Boa sorte!*", "*Boa sorte it is*", grita Caco.

Duda faz Vanessa da Mata, eu canto a parte de Ben Harper, essa noite não pode terminar, essas noites em que o tempo para, em que a ideia de tempo parece absurda, *há um desencontro, veja por esse ponto, há tantas pessoas especiais*, quem imaginaria que Duda tivesse essa vozinha, e que tivesse a coragem de cantar assim, *every thing you want to give... falling, falling, bom encontro é de dois*. Há quem peça músicas de Caco, mas ele se faz de surdo, o repertório é nosso, é nossa adolescência regada a álcool e rock, o mergulho não para, uma canção atrás da outra, só aquilo que nos arrepia, Caco toca *I'm on fire* de um jeito que parece acompanhado de uma orquestra, decididamente, por que não aprendi piano?, na emoção de cantar isso vem impressa uma nostalgia de não poder captar a essência dessas notas, a verdade que elas mascaram, mas não se trata de intelecto, melhor que seja assim, *I have a bad desire*, Springsteen é demais!, Caco é demais!, do que mesmo eu reclamava mais cedo?, já nem importa, é isso, o momento, somos instantes, talvez eu mesmo seja o cara, e daí que não escrevi nada?, quem terá cantado assim?, não melhor ou pior, mas assim, rasgando-se por dentro na *House of the Risin' Sun*, Dylan de novo, sempre Dylan, até quando torna as canções dos outros melhores, eu começo baixinho, naquela voz enfadada, sou o rei da imitação, ninguém poderá jamais entender, a vida é essa incompreensão, que seja, desde que seja expulsa assim, primeiro suave (imagino o violão por trás do piano), depois crescendo, a revolta que vai se afirmando, o orgulho, a potência de se ver revoltado, a hipnose coletiva, as vozes que me acompanham, o olhar de Duda, *that house in New Orleans*, "É isso aí, Vid!", há quem grite, há quem aplauda quando sequer terminamos, o tempo se equilibrando numa nota, *I'm going back to live my live*, há um zunido nos meus ouvidos, não dou a mínima, que diferença ser aqui o fim ou em outro lugar, no palco se apinha a multidão dos inconformados, meus irmãos, estou quase dizendo (como todo bêbado diz), "eu amo vocês!".

Peço que alguém me substitua, a lista é grande, todos querem acompanhar Caco, "Aonde é que tu vai, irmão?", "Mijar, pode?", ele me mostra o dedo, alguém sentou na minha cadeira, vou cambaleando para onde acho que há um banheiro, ali nas laterais. Agora suo frio, sei o que está acontecendo, mas rio feito criança, o cérebro deve ter sido afetado, que seja, vamos lá, estou pronto, Deus tem contas a prestar, quero só ouvir, abro a primeira porta, a que está antes das divisões entre masculino e feminino, não sei bem o que estou indo fazer, se tirar água do joelho, se vomitar, se dormir com a cabeça na privada, aceito tudo, hoje já justifiquei minha existência, mas mal abro a porta dou de cara com Duda, que saía.

Tomamos um susto, rimos, há uma hesitação, tento passar pela direita, ela me barra sem querer o caminho; faço a mesma coisa pela esquerda e de novo, lá está ela. Penso num milésimo de segundos em me pôr de lado e fazer um gesto para que ela escolha por onde quer passar, estamos a um palmo um do outro, a imagem dela está desfocada, vejo algo que está além daqueles olhinhos, seu cheiro está todo em mim, como uma energia que tivesse tomado posse. Pelo vestido branco que a luz intensa daquela saleta destaca, vejo suas curvas, não sei quanto tempo isso durou, não sei bem o que fiz, lembro o que quis fazer, teria me inclinado sobre ela? Seria aquilo um sorriso de salvação, teríamos nos aproximado mais do que é possível nesse mundo entulhado de regras inflexíveis, teria eu tocado aqueles lábios cor de rosa, lembro de um sorriso sutil e do vulto branco avançar de repente, e depois...

Depois não lembro mais de nada. Estou no quarto branco de novo. Acordo antes de ter gozado do melhor daquele sonho. Teria sido um sonho? Estão aqui minha irmã e minha mãe, imagens embaçadas num canto, conversando com uma figura de bata branca, eu reconheço essa voz, e esse cheiro, escuto a máquina a trabalhar, o bip do meu coração, essa brancura excessiva, seria Clarinha?, isso não pode continuar, o tempo já brincou demais comigo.

"Ele está acordando. Filho, consegue me ouvir?" Consigo (penso, sem dizer). "Ainda", respondo. Estou na fronteira entre o real e o imaginário.

QUARTA PARTE

16

O terapeuta está chocado. Não porque contei a ele o que está acontecendo, mas porque só o contei agora. Ele me via emagrecendo, talvez pensasse que era uma dieta, é difícil perceber essas coisas quando um dia por semana você está na presença do outro. O que ele não consegue entender (vejo-o no seu olhar) é que um paciente, que está ali justamente para dizer as coisas que lhe sucedem, tenha escondido esse tempo todo o fato mais importante de sua existência, o de que ela está prestes a se findar.

Creio que essa minha incapacidade de comunicação vai martelar durante um tempo a sua cabeça, talvez provoque nele um exame de consciência, afinal, que tipo de psicólogo não consegue criar a confiança necessária com seu paciente a ponto de este não poder ou não conseguir dizer tudo o que se passa com ele? Isso deve ter feito com que pensasse: — meu psicólogo — quantas coisas, então, foram escondidas, quanta informação não repassada, quanto trauma não relatado? Ele pode não ter pensado tudo isso, mas apostaria minha vida (hoje o preço dela está em baixa) que pensou, tudo num lapso de segundo, como um raio, vi a nuvem densa passando sobre seus olhos, a maneira como se reposicionou na cadeira, incomodado, seu ar de espanto quando lhe disse há quanto tempo sabia estar doente, era como ouvi-lo claramente dizer "por que você não me contou isso?", mas não, ficou calado, respirou fundo, e eu, pela primeira vez, tive alguma admiração por ele.

Já esperava a pergunta de sempre ("Como você está se sentindo em relação a isso?"), mas ele manteve o silêncio. "Essa que o senhor viu do lado de fora é minha irmã. Veio me trazer", "Ela está aqui... de férias?", "Não propriamente, está aqui por minha causa", "E sua mãe, também continua aqui?" (eu lhe tinha dito que minha mãe estava comigo, mas mentira sobre a causa de sua vinda), "Sim", "Ótimo, é bom que você os tenha por perto".

Platitudes, penso eu, não é sobre isso que ele quer falar, de repente me sinto como se fosse o psicólogo, e ele o paciente.

Não teve outro jeito, tive que lhe contar tudo desde o princípio, até chegar em episódios mais recentes, o piano na festa, Duda na frente do banheiro, "Duda é aquela garota que você...", "Sim, aquele erro da natureza", ele ri (o primeiro riso da sessão, vamos bem), "E então, o que aconteceu entre vocês?", "Entre Duda e mim?", "Sim", ora mais, o que ele quer saber, o que me importa o que aconteceu entre ela e mim, a admiração que senti por ele em um segundo se esvai. "Não sei, acordei no hospital, tive outra crise", "Não falou com ela depois?", não falei, nem vou falar, penso comigo, "Não, doutor".

Ele ostenta um ar enigmático, típico de quem está pregando uma peça, "Não tem vontade de descobrir?", insiste, "Se eu não me lembro de nada, doutor, o que vai me adiantar descobrir, aliás, descobrir o quê, se eu *fiquei* com Duda?", "Por exemplo, sim", eu não entendo onde ele quer chegar, "Você me falou muito dessa garota nas nossas sessões, é como uma obsessão sua", ele diz, e continua: "Só acho estranho que não queira nem saber se...", vejo agora qual é a estratégia, até que ele não é idiota. Eu me calo, quem cala consente, "Não tem importância", concluo, e ele parece extremamente satisfeito, adquiriu até um ar imperial, ergueu o tronco sobre sua confortável poltrona, quis saber do dia seguinte e lhe falei de Clara, "Ah".

Agora tenho sua atenção, narro os dias seguintes, fiquei quase dez no hospital, fraco, tomando várias medicações, perdendo a consciência às vezes, e Clara (porque dessa vez estive no hospital onde trabalha) todos os dias vinha passar um tempo comigo nos seus intervalos, "Como foi tê-la por perto tantos dias seguidos?", o que ele quer é ouvir de mim uma confissão, ele precisa disso, é seu ponto de honra, ainda mais depois desse segredo guardado por tanto tempo, mas como posso dizer "foi ótimo"? Porque não foi bem "ótimo", minha saúde não está nada boa, a presença de Clara era antes o consolo, um grande consolo, acho que, apesar de eu lhe ter contado, ainda não caiu a ficha para ele que estou morrendo.

"É sempre bom tê-la por perto, apesar de tudo", "Por quê?", ele insiste, "O senhor sabe por quê", "Eu tenho minhas ideias a respeito, mas gostaria que você expressasse seus sentimentos" (quase o escuto dizer "pelo menos isso"), "Porque gosto dela", "Só isso?". Eu sorrio, talvez de nervoso, "O que o senhor quer que eu diga?", "Não é assim que funciona, Vidal", irrito-me, "Eu sei como funciona, o senhor quer que eu diga as coisas, não quer dizê-las por mim, mas tudo isso é inútil, porque meu tempo está se esgotando, talvez seja melhor, nessas circunstâncias, que o senhor quebre as regras de sua profissão e fale ao menos uma vez como um ser humano normal, que me diga o que pensa".

Falei com irritação, sei que meu rosto está vermelho, sinto que o sangue me subiu à cabeça. Ele, por sua vez, está plenamente satisfeito, deve ter marcado um ponto, de acordo com sua tabela de comportamentos desejáveis do cliente, "De fato, minha função não é lhe dar conselhos ou dizer o que eu acho, mas vamos lá", ele coça a barbicha, refletindo, "Quando você fala dessa garota, quero dizer, de Clara, toda a sua postura muda, seu semblante muda, parece que de repente você fica mais leve, você sabe, o corpo fala", "Hum", "Nem vou mencionar o fato de que ela é um tema constante de nossas conversas", "Sim, doutor, sem rodeios, eu sei o que sinto por ela, não é disso que se trata; trata-se de eu não precisar expressar isso pro senhor, o senhor já sabe, por que quer que eu o diga em alto e bom som?", "Não é isso o que eu quero, e não importa o que eu quero", "Hum", "Minha indagação é: por quanto tempo você acha que vale a pena guardar isso consigo, ainda mais agora?".

Pronto, ele chegou onde queria, bem que eu desconfiava, e só me resta rir, "Por que está rindo?". Tenho que continuar contando meus dias no hospital.

Clara vinha, ficava em pé ao lado da cama por uns minutos, me examinava cumprindo seu papel de profissional da saúde, perguntava o que eu estava sentindo, tudo muito sério, depois se permitia sorrir, puxava o sofá para perto e então os amigos propriamente começavam a conversar, diluía-se de imediato a relação médico-paciente, voltávamos a ser aquela interação de sempre, uma harmonia conhecida se instalava, nossa conversa fluía naquele ritmo natural, há tanto tempo nos conhecemos... Não percebo o tempo passar quando Clara está comigo, é como se eu me jogasse numa cama e a pusesse do meu lado, e que nós ficássemos olhando para o teto. De repente há em você mesmo um amparo. Ela não está fora; está dentro de mim. Sua voz ecoa *dentro* de mim, é esquisito, como se fosse uma parte de mim, como se não existisse como existem todos os outros e, curiosamente, parece que ela sente o mesmo. Não nos irritamos um com o outro, parece que a palavra mais esquisita, a colocação mais esdrúxula é compartilhada, é compreendida pelo outro, não há espaço para quiproquós e mal-entendidos. Essa espécie de simbiose, esse fenômeno estranho e ao mesmo tempo reconfortante tem o poder de me apagar diante dela, eu sumo e, no entanto, nunca estive tão presente, "Ah, doutor, é tão difícil de explicar".

"Você está indo muito bem", não, não estou, e ele não entende. O que ele quer é que eu *me livre* dessa confissão, que eu despeje em cima de Clara tudo isso. Meu terapeuta é um romântico. Eu compreendo, a gente vê nos filmes, a gente lê nos livros, a gente fica emputecido quando o protagonista deixa passar a ocasião de se declarar, de dizer o que sente pela menina, Mas o fato é que a ficção é mais real do que a vida, talvez Bob seja um sábio, no final das contas. "O que o senhor quer que eu lhe diga, que a amo?"; continuo: "O senhor não entende o quanto isso é clichê?". É penoso mas todas as palavras, todos os discursos estão tomados, foram patenteados, a sua repetição não passa de convenção decrépita, até o famoso "não há palavras para dizer o que eu sinto" já não faz sentido, embora seja a melhor frase para expressar o que sinto por Clara, mas não vou fazer isso, não vou fazê-la crer que o que sinto é tão banal que você encontra a mesma frase num biscoito da sorte chinês.

"Ah, se fosse só isso, doutor!" Será que ele não percebe, isso está *em mim*, não nela, "Como você pode saber?", ora como!, não faz três meses estava casada, feliz, falava-me com um ar de quem é dona do mundo, "O senhor por acaso acha que os sentimentos, os afetos mudam de objeto assim, num passe de mágica?", talvez se eu tivesse tempo, se essa ferida dela, com o tempo, cicatrizasse, quem sabe, mas tempo... Tempo eu não tenho, então por que a sobrecarregaria com essas coisas que são minhas e só minhas?, "Você parece desconsiderar que as mulheres têm um sexto sentido e que ela talvez já saiba como você se sente", "Se sabe, está na mesma posição que eu, pra que se envolver comigo logo agora, ainda mais depois do trauma por que passou?", não, doutor, não faz sentido, a vida é assim, nem tudo é feito pra acontecer, correto?, se ao menos eu tivesse tempo, ah, isso é doloroso, isso sim, você vislumbrar a proximidade do sonho e não poder, não poder porque há uma força imperiosa que já determinou seu prazo de validade, você estar tão perto (quero dizer, *sentir* que está tão perto) e saber que não chega, que a margem, ainda que próxima, é inalcançável, isso, doutor, é de partir o coração, se é que ainda tenho o que partir aqui dentro.

"Não tenho mais tempo; só tenho tinta."

Ele aproveita para perguntar se tenho escrito, "Alguns rascunhos", "É uma boa terapia", o idiota!, terapia, terapia, terapia é isso aqui; não a escrita. A escrita é exorcismo, mas não quero discutir com ele, aliás, já tivemos essa conversa, estou cansado, nenhuma disputa faz sentido, falo de livros que tenho na estante, falo que de repente tenho diversos desejos de leitura, "Como assim?". Por exemplo, tenho um livro sobre a história de Roma que nunca abri, só comprei porque era bonitão, capa dura, páginas daquele material de livros de arte, mas não é nada disso o que eu queria dizer, é como se eu tivesse perdido a oportunidade de entrar em contato com Roma, com aquela época, com aqueles costumes, é como se toda uma vida fosse impossível de viver, ainda que na imaginação, mas não é só: acontece com outros livros, com outros temas, é o tempo que me cerca e me acua contra a parede, o tempo com sua arma apontada para o animal encurralado, esperando que eu me aquiete, e já não sou uma fera descontrolada, começo a baixar as orelhas, não mostro mais os dentes, e apesar de tudo, "Apesar de tudo?", "Quero morder, entende?... Ainda tenho dentes".

Podia morder, é essa ideia de possibilidade que me corrói, tenho dentes, mas esse que aponta uma arma pra mim, ele é mais veloz, ele é mais poderoso — é implacável.

Acho que foi a primeira vez que chorei no psicólogo. Pelo menos isso ele conseguiu de mim. "Até a próxima semana?", diz-me estendendo a mão. Até onde der, penso, mas não falo. Sinto que é a última vez que o vejo, e vem-me uma onda que eu só posso diagnosticar como saudade. Pode-se ter saudade daquilo que está na nossa frente, saudades do presente? Acho que sim. Sinto a mesma coisa com Clara, às vezes. É naqueles momentos em que nos desconectamos de alguma forma, quando ela está prestes a voltar ao trabalho, então algo se rompe, a superfície da realidade trinca, e tudo o que eu queria era dizer, "volta", em vez de lhe dizer, como digo, "vai", "passo aqui depois", e fico só no quarto branco.

"Tudo bem?", pergunta minha irmã no carro. Ela nota o quanto estou cansado de responder isso e se cala por um tempo. Depois se lembra, "Ligaram pra você. Renzo e um tal de... Expedito? Não entendi bem o que disse o Renzo", "Carlito, não?", "Talvez. Querem te visitar". Eu faço careta, mas ela continua: "Disse que eles podiam passar à tarde" (putz, Flavinha!), "são seus amigos, se importam com você", "Não foi você que disse que era preciso matá-los?", provoco, "Se você estivesse se afogando, eu falei", "E não estou?".

Eles aparecem perto das três, Carlito seguindo Renzo. Estão vestidos quase do mesmo jeito, percebo-o porque há irritação na postura de Renzo, é como se ele não aguentasse mais aquela idolatria silenciosa, mas Carlito nem nota, eles se sentam na varanda, minha mãe lhes traz uma cerveja, Renzo fala constrangido com minha irmã, no passado ele dava em cima dela, mas agora, com o irmão morrendo, nem consegue olhá-la nos olhos. Carlito é quem, sem mais nem menos, abre as asinhas, fica todo serelepe, o que é muito normal, afinal Renzo já fez suas tentativas nesse terreno, imagina só se ele conseguisse o que Renzo não conseguiu. Minha irmã, é claro, acha graça, até pegaria Renzo pela canalhice que tem seu charme para o sexo oposto (mesmo que parte do sexo oposto afirme, com ar indignado e frase retumbantes, que não), mas Carlito, esse projeto de Renzo fadado ao fracasso, só rindo.

Eles querem que eu saia, "tomar uma pra espairecer", mas veem, pelo meu aspecto físico, que talvez essa não seja uma boa ideia. Só que Renzo é teimoso, na cabeça dele tudo se resolve com cerveja e sexo, de preferência numa progressão que vai de uma ao outro, e Carlito segue a cartilha, de modo ainda mais radical, como sempre ocorre com seguidores fanáticos que querem superar seus mestres. Eu resisto, digo que estou cansado, mas essas naturezas são assim, quanto mais você recusa, mais elas querem vencer sua resistência, talvez por isso se deem tão bem com as mulheres, as mulheres querem a mais pura e inequívoca demonstração da vontade; a hesitação, a insegurança, a timidez, tudo isso te leva para o buraco nessa arte ardilosa que é a conquista, Renzo o sabe, e sabendo-o transpõe seus métodos para todos os aspectos de sua vida. O que ele não percebe é que não sou uma de suas mulheres, quantas vezes não o levei ao cúmulo do desespero negando uma mera saída para tomar uma cerva na esquina, mas agora me falta força para entrar num conflito, penso comigo mesmo que é melhor tomar logo essa cerveja e voltar para casa, morrer em paz, pelo menos os alivio da culpa que certamente sentirão quando eu me for, "a gente devia ter saído mais com ele" etc., isso tudo é inevitável.

No bar, um lugar normalmente agitado, mas que a essa hora ainda não encheu, a gente vai bebendo uma atrás da outra, o ritual que nos é próprio, talvez o mais recorrente entre nós, e a conversa vai mudando de tópico sem se aprofundar, só que na sala tem o elefante, o elefante que só Renzo e eu sabemos existir, Carlito não tem essa capacidade. Renzo luta contra essa ideia, é fácil ver essas coisas nele. Se Caco tem zonas misteriosas, sobre as quais não consigo jogar um holofote, Renzo é transparente. Diga-se o que se disser sobre ele, não se pode dizer que é dissimulado, é talvez umas das pessoas mais francas que eu já conheci, de modo que, ao nos incitar a entrar em contato com as mulheres da mesa ao lado, ele me deixa ver claramente qual é a sua teoria, o *carpe diem* de sempre, o "viver até o último minuto", porque, ele diria, não há nada além disso.

É Fernando Pessoa num nível rasteiro, *dá-me mais vinho porque a vida é nada*. No fundo sou grato por isso, mas o que Renzo quer que eu sinta, agora me sinto incapaz de sentir. Essa vibração que nasce da possibilidade de conquista, esse sangue que se acelera com o sorriso feminino, esse anseio prazeroso, tudo isso que há neles no momento da abordagem que fizeram à mesa do lado, sou incapaz de sentir. Eles agem, eles sorriem, eles são simpáticos e engraçados, pedem bebidas para as meninas, enfim, seguem a cartilha, e eu, eu os vejo através de uma película embaçada, como se fosse um filme, criou-se uma distância entre nós que, é claro, só eu consigo enxergar. As garotas são simpáticas, sentamos na mesa delas, não são daqui, estão fazendo turismo, a condição ideal, o descompromisso, o sexo fácil, o prazer dissociado de qualquer complicação, é o que penso e o que sei que passou pela cabeça de Renzo, porque subitamente ele ficou ainda mais animado, o problema é só o de sempre, são duas mulheres, e nenhuma das duas quer saber de Carlito.

E não porque uma delas tem interesse em mim, não: ambas querem Renzo, só não sabem ainda qual delas vai ser levada pra cama, quantas vezes eu não vi isso acontecer, vem-me a curiosidade de sempre, só que agora não me provoca angústia, a de saber como é viver assim, quero dizer, como é ter no rosto, no corpo, esse sinal bendito, essa coisa que faz as mulheres se jogarem aos seus pés, que transforma o mundo num banquete que você pode devorar com a maior facilidade, sempre foi assim para Renzo. E ele me incita a dialogar, quer que o "dois pra dois" seja ele e a menina que o atrai, eu e a outra (Carlito que fique chupando dedo), mas não vou entrar no jogo dele (é preciso matar os amigos).

Talvez seja por causa dessa facilidade que Renzo parece não ter qualquer consideração pelas mulheres, ele vai "traçando" uma atrás da outra, nunca (ou raramente) se relaciona, não endeusa ninguém, trata-as como objeto mesmo (não adianta tapar o Sol com a peneira), e ainda assim (talvez por isso), elas se jogam aos seus pés. Rebeca é o maior exemplo.

Tudo isso são relações de poder, penso, e logo em seguida penso também: onde está a minha tristeza por estar definhando? Como consigo ainda refletir sobre questões teóricas? É que não tenho controle, a tristeza vem quando lembro; as reflexões vêm quando me deparo com situações como essa — a mente é soberana, ela faz o que quer, ela pensa o que quer, nós não decidimos nada, eu não decido "vou pensar sobre isso"; o pensamento simplesmente vem. Nós não pensamos — somos pensados (alguém já disse isso?).

"Não é, Vid?", "Claro que é", respondo. É um poder que emana dele e que tem algo de biológico, uma espécie de força vital que ilustra, talvez, essa capacidade animal de reproduzir o que há de melhor na espécie, é a voz das gerações futuras, como diria o velho Schops, a voz do sangue que faz pulsar o sangue delas, e esse poder, quando exercido, se exerce em face de outros, menores (quando são maiores a situação se inverte). Em tal desequilíbrio vence sempre o mais forte, como agora, essas duas não são lá mulheres maravilhosas no conceito renziano (eu o conheço bem, o conceito renziano), e portanto já se renderam. É tão evidente que perde a graça, Renzo poderia levar uma dessas à loucura, se quisesse, porque, uma vez despertada essa ânsia por se render, por ser dominada, nada mais lhe põe fim senão o gozo, não há a menor dúvida, o engraçado de tudo é vê-las agir como se elas mesmas tivessem um poder semelhante, afinal precisam agir assim, quanto mais se entregam "de graça", mais difícil é manter o desejo do outro, mas essa ação de fingir ser o que não se é (estou falando que nem o Saulo!) é uma ação patética, como a conduta de Carlito que, em relação a elas, se encontra na mesma posição que elas em relação a Renzo.

"Seu amigo não fala muito, né?", diz (referindo-se a mim) a que aparentemente vai ficar só, e talvez seu gesto seja a estratégia necessária para afastar Carlito, "Ele é um pequeno gênio", diz Renzo, sorrindo, "deve estar escrevendo um livro na cabeça dele enquanto nós discutimos temas banais". As consequências de uma cerveja após a outra são inexoráveis. Eu me deixo arrastar para um forró que Renzo insiste em apresentar às meninas, "o melhor do Nordeste", ele faz o papel de guia turístico, as mulheres adoram, é o sonho da turista solteira, ter um guia como Renzo, com a perspectiva de, bem, lá vamos nós, Carlito se esforça que nem um condenado para conseguir alguma coisa com a outra, leva-a para a pista de dança (eles sabem dançar, esses meus amigos), faz piadas, oferece-lhe bebidas e petiscos que ele afirma com segurança só existirem ali, de fato, é preciso reconhecer que só existem ali, assim como os petiscos do boteco do lado só existem no boteco do lado, todas as coisas são únicas, os universais são uma ilusão criada com a finalidade de facilitar o discurso, e eu vou de uma associação de ideias a outra enquanto observo meus amigos "atuando".

Renzo não perdeu tempo, já está nos amassos com a que escolheu, daqui a pouco é muito provável que suma, saberemos dele amanhã, quando nos contará sobre suas piruetas sexuais. Renzo adotou toda a concepção do sexo como performance, ele quer ser lembrado como o cara que enlouquece a mulher na cama (quem não quer?), vender a imagem de que com ele o sexo será sempre assim apaixonante, quando sabemos muito bem que basta um relacionamento um pouco mais prolongado para transformar a montanha-russa num carrinho de golfe, tudo se gasta nesse mundo, tudo perde interesse, todas as fortes emoções viram marola, é impressionante, como gostaríamos de ter em nós essa paixão intensa como um princípio de vida, mas o que importa a nossa vontade?, nada, lá vem a garota, afastou-se de Carlito, vem na minha direção, puxa conversa, vejo que está irritada (sabe-se lá o que disse ou fez Carlito), eu puxo uma conversa básica só para tirá-la dessa vibe negativa.

Ela sorri e me convida para dançar, falo do risco que isso representa para seus pés, mas insiste, então não recuso, tenho bom coração (penso, para me justificar), mas não se deve fazer essas coisas por compaixão, não dá certo, eu sei disso, talvez eu só queira entrar no céu, será que essa dança concedida a contragosto a uma mulher que não me atrai atenuará a gravidade dos meus pecados?, me pergunto, com aquela dose de escárnio peculiar a Caco. Não aguento dançar muito, invento uma desculpa para pararmos, vamos buscar uma bebida, os olhos dela (qual é o seu nome?) brilham estranhamente enquanto suga a caipirinha no canudinho e me olha de baixo para cima. Sinto sua carência me invadir como uma onda de sutil melancolia, sorrio sem querer, ela põe o copo no balcão e sem sobreaviso vem me beijar. Retribuo aquele beijo sem ânimo, mas nem isso ela percebe, tamanha é sua vontade de, já não sei, já não sei o que querem os seres humanos, eu diria de "esquecer-se", de por alguns instantes entregar-se ao prazer, ter no prazer a escapatória suprema, o único problema é que essa lógica vale para os vivos, para os que acreditam que há para onde fugir, quando eu, eu sei que não há para onde fugir.

Meu corpo, por outro lado, não sabe muito bem o que quer, ela se aperta contra mim, me excita com uma mão matreira, sou atacado pela pulsão irresistível, levo-a para um lugar mais afastado, nas proximidades do banheiro, e num momento propício arrasto-a para uma das cabines masculinas. Ela não se opõe, a ideia a excita, percebo-o ao enfiar a mão na sua calça, onde a encontro toda molhada, e continuamos nesses amassos descontrolados, com vozes ao redor, gente que entra (faço um gesto para que fique em silêncio), vamos abaixando nossas calças, não é nada confortável esse lugar, mas o desejo não faz exigências, se ao menos ele se mantivesse constante, o que ocorre é que do nada, sem que eu sequer pudesse imaginar a possibilidade, o desejo se esvai, alguma coisa acontece, eu, enquanto ainda apertava uma de suas nádegas com força, olhando-a por cima do ombro, sinto como se aquela mulher tivesse subitamente se transformado num mero pedaço de carne, sem significação nenhuma, como se toda aquela euforia fosse um puro absurdo, e já não consigo mais, a mão que ela mantinha segura sobre mim movimentando-a para cima e para baixo, eu a afasto, morto de vergonha, meu rosto em brasa, não sei onde me esconder, "O que foi?", ela pergunta, os olhos ainda lúbricos, a boca molhada, o sexo palpitante, e não consigo responder, olho pro chão, só me faltava essa, penso, um grande sentimento de injustiça me invade, chame-o de autopiedade, não importa, mas parece que o Universo inteiro se volta contra mim, é a gota d'água, quero blasfemar contra esse princípio cósmico que decide até sobre as reações do meu corpo, "Desculpa, não vai rolar", e a decepção no olhar dela é pior do que tudo.

Mas ela se recompõe, fica séria, diz que não tem problema, embora seu semblante não corrobore essa versão, fico com a sensação de que ela toma para si aquela falha, de que acha não ser atraente, ou pensa de alguma forma que a enganei, "se não queria, por que a levei até ali?", e de fato, nesse sentido tem toda razão, mas a verdade é que não sei mais o que é vontade em mim, o que é desejo ou o que é puramente desespero. Poderia lhe dizer "estou doente, é isso, por isso que etc.", mas não sei se essa ideia convence a mim mesmo, talvez fosse mais sincero dizer que me equivoquei mesmo, que não queria ter saído, bebido, dançado e, ao final, aquilo tudo, que no fundo não queria aquele sexo fugaz, num banheiro imundo, mas admitir isso é implodir o padrão comportamental masculino, afinal todo homem tem que estar pronto, pronto a qualquer instante, pronto para qualquer eventual oportunidade que surja de, bem, talvez seja todo esse discurso e minha submissão a ele que esteja na raiz dessa vergonha sem nome que sinto tendo seu olhar sobre mim, e dela não emana qualquer compaixão, como poderia?, sequer a conheço, esse sentimento não é cabível aqui, são os riscos do sexo casual.

Espero que não tenha ninguém no banheiro para fazê-la sair sem ser vista. Dá mais ou menos certo porque do lado de fora, na saída, dois caras cruzam conosco, um deles claramente surpreendido me olha como se eu fosse um herói (o idiota!), e eu baixo a cabeça, conduzo-a até perto dos meus amigos, que não nos veem chegar, e dali vou embora sem avisar a ninguém. Essa noite eu dispensava de cabo a rabo, mas agora, fazer o quê?, a vida vai testando sua paciência, quando você acha que já sofreu de tudo, tem sempre espaço para um pouco mais. Deus, diria Caco, é um torturador nato, ele vai executando seu ofício em doses homeopáticas, um dedo ali, outro aqui, um pedaço da orelha, um olho furado, tudo milimetricamente calculado, o cuidado é para que o torturado não morra, do contrário como vai obter a confissão? Penso cá comigo, sentado no banco traseiro do Uber, o que seria essa confissão no caso de Deus, a de que lhe somos inferiores, a de que nos submetemos à sua vontade, como cordeirinhos que vão para o abate, qual seria essa confissão que o Pai divino quer extrair de nós com esse seu prazer sádico pelo sofrimento de suas criaturas?

Caco é quem adora essas discussões, ele diria que o que Deus parece querer é ser derrotado pelo homem, ou seja, que haja mais Kiríllovs no mundo, pessoas que não recusem por tanto tempo a conclusão inevitável, a de que só se pode vencer a vida renegando-a, a de que é melhor meter-se um tiro na testa do que admitir que uma força maior imponha cruelmente suas vontades arbitrárias, "Se Deus existe", diria Caco, "é impotente ou indiferente". Em ambos os casos deverá prestar contas por sua criação, entendo agora a revolta dele... Talvez não esteja mais suportando tudo o que me tem acontecido, é demais para uma cabeça só, Deus precisa prestar conta de suas motivações, "Ah, mas", costumo rebater quando discuto com Caco, "muito do sofrimento é causado pelo homem", e Caco sorri: "E quem criou o homem? E quem o criou imperfeito?", na visão dele só há um pecado original, o gesto irresponsável que deu início a tudo isso. A causa original, se ela foi intencional, todo o sofrimento se origina dela. O que é o homem em meio a tamanhas forças cósmicas? Um joguete, um brinquedo, um animal indefeso nas mãos de uma criança cruel. É engraçado, mas talvez nem crueldade seja. Às vezes é difícil contra-argumentar. Chego em casa e, quando Flávia me pergunta por que volto tão cedo, respondo com uma grosseria inabitual que nunca mais aceite visitas de amigos meus sem me consultar antes. Antes de bater a porta do quarto, escuto minha mãe gritando da cozinha, "O que deu nesse menino?".

17

Fomos, meu pai e eu, tomar um café nos galpões do Antigo, que agora não são mais galpões, e sim lanchonetes, restaurantes, cafés, o capital chegou por ali de vez, e onde é que não chega?, está tudo impecável, nós nos sentamos de frente para a massa d'água, o braço de mar que invade a cidade, meu pai está sereno, relembra alguns objetos que vimos nas feirinhas de rua, aventa a possibilidade de mandar artesanato lá do interior para ser vendido aqui, afinal, a margem de lucro, pelos preços que ele viu, é interessante, definitivamente, está sereno, ou pelo menos melhor do que estava da outra vez, isso me deixa feliz.

Ele voltou há dez dias, a ideia desse retorno me incomodou, não porque não o quisesse ver, mas porque meu apartamento se tornaria um inferno. Conversando com Flávia, ela achou a solução: pôs os dois, minha mãe e meu pai, num bom hotel nas proximidades, e dentro de casa só ficamos ela e eu, assim podíamos nos encontrar todos para tomar um café juntos, ou almoçar, mas depois não ficávamos apinhados, num aperto de presídio, querendo nos matar diariamente. Essa ideia de ficar em casa, aliás, foi objeto de grande controvérsia, já que os médicos (Clara, inclusive) achavam melhor me internar, podia ter crises a qualquer momento, o ideal seria ter todo o suporte de uma estrutura hospitalar, e minha mãe, que era paranoica quanto a questões de saúde, tentou me convencer a todo custo de que isso seria melhor para mim, mas bati o pé, morrer a gente morre, mas nas nossas condições, já chega de imposição alheia, tudo tem limites, meu pai concordou comigo, orgulhou-se do caráter estoico do meu argumento (ele que é assim por natureza), talvez tenha reconhecido um pouco de si no filho, e agora sorve seu café com os lábios, fazendo ruídos, enquanto tem os olhos fixos na água e aguarda a tapioca que, como eu lhe disse, era melhor do que a da cidade dele, pura mentira da minha parte, só uma maneira de despertar um instinto competitivo no velho.

Nos últimos tempos tenho me recusado a sair, uma grande necessidade de silêncio se instalou em mim. Tenho aversão pelo agito gratuito das pessoas, faz-me lembrar que há uma realidade por trás da face risonha do mundo, uma realidade que estou prestes a tocar, se já não toquei, e que depõe contra os gestos desse mesmo mundo, ou melhor, que me faz perceber sua inutilidade, seu vazio. O fato é que me agrada mais, nesse momento, ver esse outro rebanho caminhando pelas ruas, as crianças levadas pelas mãos; o turista que examina pequenas esculturas de barro coloridas; o cão vadio que pede comida nas mesas dos bares; os dois exemplares da polícia militar, com seus cavalos enormes, que trafegam eretos e atentos, prestes a impor a ordem se esta se desfizer por alguma razão; os carrinhos de comida nordestina e seus vendedores sorridentes, fazendo apologia de seus produtos; o grupo de ciclistas que passa, todo aparamentado de acessórios de segurança.

Não é que tudo isso faça mais sentido do que qualquer outra coisa no Universo, simplesmente me traz uma paz que a embriaguez e a agitação de uma balada não trazem, e meus amigos, bem, tudo o que eles querem é isso — mais uma vez, é preciso matar os amigos; ou não, talvez só precise deixá-los viver o mais distante possível de mim, salvo raras exceções, e me lembro de Caco. Caco que não vejo talvez há dois meses, o cara explodiu, é sucesso absoluto, está ganhando dinheiro, vive em programas de televisão que ele abomina, não o digo como crítica, é seu trabalho agora, virou um produto do sistema, tem que se apresentar como tal, mas vejo bem, ainda que de longe, que isso não lhe agrada, que tudo isso está muito distante do prazer que sente ao improvisar um solo de guitarra, ele mesmo me diz coisas muito próximas dessa reflexão quando me liga, e liga muito, quase uma vez a cada dois dias. Caco não era assim, nós nos encontrávamos, o quê?, umas duas vezes por semana, e nunca nos falávamos por telefone, mas agora que não nos vemos mais é essa recorrência, e não sei se isso é por causa do meu estado ou se é porque ele se sente só, talvez por ambas as razões, não sei por que, mas ele me preocupa, não me parece que esteja bem; drogado sempre está, com certeza, mas que drogas vem usando, não sei mais.

"Por que não vamos pra lá?", pergunta meu pai, e esse "lá" é sua cidade, ele acha que seria melhor para mim.

Embora não o diga claramente, vislumbro no fundo do seu pensamento uma esperança irracional, a de que o ambiente rural me curaria. O que ele não percebe (nem vou lhe dizer para não o magoar) é que aquela cidade é *sua* cidade, não a minha, e que apesar de tudo me sinto melhor aqui, mas a desculpa que dou é imbatível, "Aqui estamos perto do hospital", e ele só pode balançar a cabeça, triste, havia se esquecido desse pequeno detalhe. Faço de tudo para não o entristecer porque, mesmo sem que o saiba, meu pai é uma fortaleza, e preciso dessa força, deixá-lo triste por alguma razão é o pior para mim, vejo seus olhos marejados e sinto um aperto, ele pigarreia porque se falar subitamente talvez desabe, então tento a todo custo salvar a situação, "Também não quero trocar a minha tapioca maravilhosa por aquela imitação barata da sua cidade", e ele ri, nem queria rir, mas ri, e sua mão dá um ligeiro tapa por cima da minha, o único tipo de elogio de que é capaz, mas para mim é suficiente, meu pai não é um homem de grandes palavras, é um sujeito simples, bruto, não chega a ser ignorante, mas os limites estreitos de sua vida, como são os da vida do povo mais humilde, levaram-no a essa condição, que hoje eu admiro, não há dúvidas, porque representa um atalho em meio ao aspecto caótico da existência. Meu pai atravessa a existência como uma flecha afiada, atendo-se ao necessário, gozando dos pequenos prazeres. Sua mente não se enreda em argumentos, discussões, expectativas, e essa simplicidade que tanto me afastara dele — eu que sou mais intelecto do que qualquer outra coisa —, e que antes enxergava até como brutalidade, hoje vejo que não é nada disso, meu pai é quem tem razão, e ele nunca precisou refletir por trinta anos sobre isso para ser assim, a vida o colocou na posição ideal para ser assim, que privilégio!, e quão equivocado é quem pensa que privilégios só há financeiros, daria tudo para ser como ele, estou quem sabe me tornando um sentimental, ou talvez seja como queriam os gregos, a gente só pode julgar a vida — se ela foi boa ou ruim — ao final da vida, em retrospecto. É isso que venho fazendo, julgando a vida?

Meu pai está rindo e mastigando, "É isso aqui que é melhor do que a tapioca do Tonho?", pergunta, e ri mais ainda, balançando negativamente a cabeça, e eu cá comigo sei que não é, e quem dirá se ele não acha que essa aqui é melhor, mas também não está brincando comigo? Ele me ajuda a levantar, estou cada vez mais fraco, ando com passos pesados, é como se a qualquer momento fosse perder o equilíbrio. Toma meu braço e vamos caminhando automaticamente em direção ao carro, "Ainda não vimos aquela rua ali, talvez tenha algo diferente", provoco, e ele aceita, "Vamos lá então", um pouco mais de colorido, esse povo que é o meu, sinto-o nas entranhas mesmo que minha mente o tenha negado por tanto tempo, definitivamente estou me tornando sentimental, e nostálgico também, dessa nostalgia que nos ataca quando vamos abandonar os nossos. Esforço-me para não mostrar o que sinto para meu pai, porque, quando ele entra num comércio, seja um de rua, seja um supermercado, seja um shopping center, o comerciante que dormitava nele se remexe lá no fundo, ele começa a falar de preços, ele exemplifica o absurdo das cobranças, a porcentagem das margens de lucro, ele fala da qualidade inferior ou superior de determinados objetos, ele diz que faria melhor num caso ou no outro, ele tece até considerações estéticas sobre um objeto em particular, e aproveita para mencionar um artista amigo seu, homem simples do interior que nem ele, que produz peças mais belas, mais artisticamente trabalhadas, e enaltece toda a produção artística interiorana, e inexoravelmente fala de Luís Gonzaga, de como aquela música falava ao coração sem as "frescuras" do poeta da cidade, sem a "enrolação", sem as palavras difíceis, e eu poderia rebater que uma coisa não exclui a outra, mas deixa pra lá, se uma coisa não exclui a outra é porque temos todos razão, ninguém está completamente errado, e me lembro de canções de Gonzagão que já me puseram lágrimas nos olhos.

Meu pai continua, e seu monólogo é agradável, penso na obviedade das coisas que nós negamos, penso que deveria tê-lo escutado mais, tê-lo deixado discursar sem combatê-lo porque tudo isso é a necessidade que tem de ser compreendido e aceito pelo filho que tomou outro rumo, que escolheu outra vida, oposta à sua, talvez essa decisão lhe alfinete sutilmente a alma, e o que tem isso de diferente das minhas réplicas racionais e inteligentes, dos meus argumentos que sustento como se minha existência dependesse deles, como se minha aceitação dependesse da aceitação dos outros quanto à minha inteligência, o fato concreto é que estamos todos sós, e que não conseguimos destruir as barreiras que nos separam, a linguagem é só uma emanação dessa solidão, é um pedido de socorro, meu pai está pedindo socorro, e só agora o noto, ele não consegue parar de falar, é arriscado demais parar de falar, as palavras são a barricada que a alma põe entre o ser e a alteridade, não servem para comunicar; servem para dividir, para afastar, e, sem que eu note o que estou fazendo, ponho o braço por cima do ombro do meu pai e aliso seus cabelos brancos.

Ele sorri, acho que nunca vi um sorriso assim — acho que meu pai nunca sorriu de verdade.

Outro dia, indo para a zona norte, resolvi passar no mosteiro de Saulo. Ele me recebeu com o mesmo sorriso beático, perguntou-me sobre o irmão, ele está tão isolado que não tem notícias. Dessa vez não fomos à praia, ele me convidou para tomar chá numa das dependências do templo, há ali colunas vermelhas, peças de tapeçaria colorida, é um universo budista transposto do oriente para o ocidente, e isso me provoca uma sensação esquisita, tento expressar essa ideia dizendo-lhe que acho muito estranho vincular a ideia de deus a formas tão culturalmente estreitas, é como negar acesso a quem não está acostumado com elas, e Saulo sorri, diz-me primeiro que no budismo não há deus, propriamente, e segundo que essas formas que me impressionam para ele são irrelevantes: se estivesse numa igreja daria no mesmo, porque o que é importante não tem forma, ou melhor, sua forma não está culturalmente condicionada, e de supetão lhe pergunto (talvez tenha ido ali por causa disso) se ele sabe que estou morrendo, ao que me responde, sem surpresa alguma nem espanto, que não sabia, mas que minha situação não é em nada diferente da dos outros, que ele mesmo está morrendo (sorri), e esse discurso é um tanto escandaloso para mim.

Talvez por questões de ego me sinta um "diferente", alguém que de fato sabe que está morrendo, mas parece que ele lê meu pensamento, acrescenta que há anos agora ele tem se exercitado em aceitar a própria morte, a finitude da vida, e que, uma vez aceita a ideia, abre-se para o ser uma perspectiva completamente nova, em que a existência pode ser encarada sem medo, porque a existência em si não deixa de se assemelhar ao silêncio da morte, à natureza da morte, as pessoas simplesmente não enxergam porque confundem a existência com o pensamento, "Lembro de um texto seu que fala disso", "Um texto meu?", pergunta, curioso, "Sim, tinha uns textos seus naquela lata velha que Caco chamava de carro".

Ele sorri, parece lembrar-se, diz-me que os seus textos eram só um movimento inicial da mente, uma ilustração da inquietação que o levou até ali, mas que eram irrelevantes porque eles mesmos se produziam pela mente (*na* mente), e a mente é o inimigo a vencer: "Toda aquela elucubração, aqueles questionamentos, Vidal, são a própria mente em atuação; se você lhes dá ouvidos, por mais convincentes que sejam para a razão, nunca entenderá o que é a existência, o puro existir", "O puro existir?", "Sim, a existência não são as palavras, os pensamentos, o discurso da mente, tudo isso precisa ser abandonado para que se comece a perceber a natureza da existência", "Mas pra me explicar isso você não está se utilizando dessa linguagem que critica?", pergunto, "Estou porque você não me entenderia se eu usasse a verdadeira linguagem", "Que é?", "Silêncio, é claro".

E ele me convida a vir outro dia para meditar com ele, ensinará algumas técnicas, não sei se venho, mas é agradável falar com Saulo, ele me fez esquecer o que me atormenta há meses. Nesse mesmo dia, depois de ter encontrado o texto de Saulo a que me referi na conversa com ele (os textos dele ficaram todos comigo, "roubei-os" do carro de Caco), fiz à noite uma leitura dele e de outros para Clara, no seu apartamento (temos nos encontrado com frequência), olha só o que ele diz, Clarinha, *a distinção entre pensamento e existência. A prova da existência, para Descartes, é o pensamento. Sua ocorrência. Embora me engane sobre as coisas quando penso, penso assim mesmo, e o "ato" de pensar é a prova de que existo. Nessa visão, há confusão entre pensamento e existência, como se a existência se resumisse, se restringisse ao pensamento, como se o pensar fosse a característica humana essencial, que nos define enquanto homens. Não digo que o filósofo disse exatamente isso, mas é quase como se tivesse dito. Enfim... não é meu propósito discutir Descartes. O fato é que se pode existir sem pensar. Correto? Quando se medita, por exemplo. Quando a finalidade se torna, justamente,* não pensar. *Mergulhar em si mesmo para sentir a própria existência. Tão somente ser, abandonando a mente e suas reflexões. O que se percebe então? Que é possível existir sem qualquer condicionamento. Como uma planta, de modo absolutamente pacífico, sem apego a nada, sem escravidão de qualquer espécie, afinal, quando há pensamento, há* apego, *prisão, coação. O pensar tem essa característica de nos deixar atrelado a ele — ou a eles (milhares, milhões), como realmente costuma ser. O mergulho nos tira momentaneamente das impressões, das ideias, dos valores, das expectativas do mundo. Mas quando surge um outro, com ele surge todo o mundo novamente — com suas impressões, ideias, valores e expectativas. Deixam-se as profundezas; volta-se à superfície. Alguém poderia dizer que na superfície está o verdadeiro mundo, que nela residem os indivíduos, que nenhum ser humano é uma ilha, que o homem é um ser social, que seres humanos são responsáveis por seres humanos, e tantos outros discursos criados no mundo para seu próprio convencimento. Ocorre que na superfície tudo é dúvida, e caos, e dor. Quando os orientais chamam isso de "roda da vida", há um sentido bem visual nisso. Você gira e gira e gira entre pensamentos e ideias, entre sonhos inventados a toda velocidade — sem que sequer haja tempo para realizá-los —, entre projetos de vida, desejos reiterados, vontade de consumo, paisagens deslumbrantes, mulheres inacessíveis, tudo a girar freneticamente, sempre em círculos, na prisão que o mundo construiu para si, para nós, para mim. Mas qual seria a alternativa?* A pergunta, em si mesma, não é sua. É do mundo. *O mundo está tão enredado no seu próprio carrossel que nada enxerga além dele. Para o mundo, só há a roda, e efetivamente a pergunta pertence ao mundo, embora ecoe em você. Porque, para ser verdadeiramente sua, primeiro você deveria saber quem você é. Quando se mergulha, quando se está naquela profundidade pacífica e autossuficiente, não há perguntas. Porque não há dúvidas, óbvio. Aí, mais uma vez, o mundo bate à porta, com suas eternas inquietações: "e você vai viver assim, nesse silêncio estéril?". Então você, ainda fascinado pela suposta concretude do mundo, se rende a ele. E retorna à "realidade": "Bom dia, tudo bem com você?"; "Tudo, e com você?".*

"Profundo", diz Clara sorrindo, e esse sorriso eu já conheço, ela está sorrindo do meu interesse pelos textos de Saulo e pela empolgação que me ataca quando os discuto com ela.

É curioso, Clara não precisa dessas reflexões, como acho que eu preciso. Há nessa amplidão toda feminina que é sua alma, pelo menos como a vejo, todo esse conhecimento condensado, posto, é como se meu exercício de interpretação fosse para ela uma brincadeira de criança, quase escuto sua voz a me dizer que ninguém precisa disso para viver bem, para ter uma vida plena, e ela não precisa expressar essa ideia, essa ideia está no sorriso, e é um sorriso superior; não um sorriso de superioridade, Clara não despreza o que eu digo, o seu sorriso é de superioridade genuína, nossa! Nessas horas me bate uma vontade quase irresistível de agarrá-la pela cintura, trazê-la para mim, ela que está de pé ao meu lado, servindo-me o resto do suco que fez em minha homenagem (palavras dela), mas me contenho, deixo escapar um mero "você é muito linda, sabia?", e imediatamente percebo que me deixei levar, que aquilo veio sem querer, fico embaraçado, tomo meu suco rapidamente, ela fica vermelha, mas há prazer no seu rosto, seus olhos sorriem, as covinhas aparecem.

Lembro disso tudo no exato instante em que meu pai está abrindo a porta do carro e me ajudando a entrar, "Cuidado aí", diz-me.

Voltamos no tempo, ele deve estar se lembrando de quando eu era criança, o tempo deve mesmo ser circular. Depois, no futuro, será minha irmã a cuidar deles — tudo o que vai volta — só eu que não volto mais, a não ser que haja reencarnação, quem sabe, tudo é possível nesse mundo, até mesmo o impossível. Nós regressamos em silêncio, observo essa gente saudável correndo no cais, eu devia ter sido saudável, ter me exercitado, ter treinado uma arte marcial, sei lá, quem sabe não estaria assim, é a velha tentativa de achar um culpado, porque, se culpado houvesse, tudo faria sentido, o encadeamento de causas seria claro, mas na maior parte do tempo não enxergamos as causas, então vem o ímpeto blasfematório, a mania de Caco, se eu durasse mais um pouco talvez se tornasse minha mania também.

Ainda no apartamento de Clara, ela diz que Caco havia alugado uma casa na praia, "uma mansão, segundo ele", e nos quer todos lá, vai ser um fim de semana de farra, ninguém precisa levar nada, está tudo pago, que coisa, será que sobrevivo para ver Caco bancando uma festa dessas?, "Por que não bancaria?", ela pergunta, e eu rio, lembrando da lata velha que era seu carro e da bagunça que era dentro, não é nada a cara de Caco bancar um fim de semana assim, "E ele disse quem vai?", pergunto, "Nós", "Nós?", "Sim, você, eu, ele e outros amigos, ele disse", "Não sei se é uma boa ideia, já não aguento mais isso, ando cansado, Clarinha", "Sim, mas não vamos levar você pro meio da multidão, podemos ficar mais na casa, ir à praia", "Então você já decidiu que vai?", "Vou se você for", ela diz, enfática, "Não conheço seus amigos pra ir sem você... Nem iria se conhecesse...".

Ela fica em silêncio um instante, o olhar fixo no chão, "É impressão minha ou você vai de enfermeira particular minha?", "Claro que não, embora isso seja bom pra você, não?, ter alguém que possa te ajudar caso algo aconteça", "Não quero te impor isso, não quero que você vá pra um lugar assim pra ficar cuidando de mim". Ela ri, "Seu idiota, você não entende nada", "Então me explique", "Eu quero ir se você for, não estou fazendo isso por pena, não é pra você 'espairecer'", e seu olhar é tão vivo que não dá para duvidar das palavras dela, "Vou pensar", digo, contendo-me, porque na verdade queria dizer sim logo agora, ela me examina com um jeito familiar, parece que nos conhecemos há muito tempo (quanto clichê), há mais tempo do que esse tempo terreno, mais uma vez é como se fôssemos notas tocadas num mesma sinfonia, não há nota falsa, mas a música, ainda que bela, é triste, é melancólica, e incrivelmente, por trás dessa melancolia, há uma alegria indefinível.

"Preparei tapiocas pra vocês", diz minha mãe quando entramos em casa. Meu pai e eu nos olhamos, risonhos, "Tapioca?", eu pergunto, "Faz tempo que não como tapioca", meu pai diz, e me dá uma cotovelada de cumplicidade, "Quero ver você dizer a ela que essa tapioca que nós acabamos de comer é melhor do que a dela", ele sussurra, "Quero ver você dizer que é pior do que a do seu Tonho", e Flávia nos interrompe, vindo do corredor, pergunta-nos como foi o passeio, nos sentamos todos à mesa, dali a instantes minha mãe traz um prato com várias tapiocas em cima, "Vou buscar o café", retorna à cozinha, volta com o bule, Flávia foi buscar xícaras e talheres, elogiamos o cheiro daquilo tudo, minha mãe não fica satisfeita até ser elogiada, "Não sei se a massa ficou um pouco dura", ela diz, mas é para ouvir que a massa está perfeita. Nós comemos (mesmo sem fome, no meu caso e no do meu pai), peço para que amanhã venha logo cedo no apartamento e faça um cuscuz, estou com saudades do cuscuz que ela faz, e meu pai diz que podia ser com carne-de-sol desfiada, "No café da manhã?", se surpreende Flávia, "E tem hora pra comer carne?", ele rebate, e começam uma de suas eternas discussões, mas sem qualquer ânimo conflituoso, minha irmã a dizer que meu pai, se depender dele, toma cachaça no café da manhã, para acompanhar sua carne-de-sol com cuscuz, e ele confirma que faria isso sim, não vê problema algum.

Minha mãe ri, olhando para mim, parece uma cena da nossa adolescência, minha e de Flávia, e ela entra no debate, "Faria? você já não faz?".

E nessa toada a hora avança, nem percebemos. Não lembramos, também, qual razão nos reuniu ali, o que fez com que eles saíssem lá do fim do mundo, e Flávia da sua metrópole, para que estivéssemos todos lanchando tapioca num final de tarde, a felicidade tem dessas coisas, ela é bruta, espontânea, ela menospreza razões e justificativas, é claro que eu, que não fui talhado para ser feliz, lembro muito bem, ainda que em meio ao diálogo, porque estamos todos ali, mas me calo. A felicidade deles me é sagrada, talvez só seja possível ser genuinamente feliz flertando com a infelicidade, tudo está perdido mesmo, que razão teríamos para nos desesperar, são os pensamentos que me passam pela cabeça enquanto eles riem.

18

E não é que viemos mesmo? Caco bancou tudo. Estão aqui, nessa casa enorme (um tanto isolada na sua imponência), em meio às palmeiras, mas a menos de um quilômetro dos bares que ficam à beira-mar, do point dos surfistas e, aliás, a uns cinquenta metros do mar, que vemos da varanda (no térreo ou no primeiro andar), logo após a estrada de barro que passa na nossa frente. A banda quase inteira está aqui, além de gatos pingados que eu não conheço e algumas meninas que você não sabe se são namoradas de uns ou de outros, parecem fãs que se convidaram por conta própria, e Clara, Rebeca, Duda, Carlito, Violeta, minha irmã (que se recusou a me deixar vir sem ela), até Renzo, digo "até Renzo" porque Caco e ele não são lá os melhores amigos, o que confirma minha hipótese de que em grande medida essa invenção tem muito a ver com o meu estado e com a vontade de Caco de reunir ao meu redor todos os amigos, mesmo que não sejam propriamente *seus* amigos, é preciso reconhecer o seu gesto.

Viemos passar cinco dias de um feriado prolongado, meus pais só aceitaram porque tenho em Flávia e Clara a garantia de cuidados atenciosos; se não fosse isso, acho que nem eu topava, já aventam a hipótese de me comprar uma cadeira de rodas, tanto que tem sido difícil eu me locomover normalmente. Vi nos olhos dele o choque produzido por essa percepção, a de que não consigo mais me mover sem alguma ajuda, e também a da minha perda de peso. Caco, se eu tivesse que adivinhar seu pensamento, achou que aquilo tinha sido uma má ideia, mas, ao ver que eu trazia minha "enfermeira", sentiu-se um pouco aliviado, mesmo que não tenha conseguido dizer uma palavra sequer ao me abraçar.

Todos tentam agir como se estivessem alegres, como se nada estivesse acontecendo de errado, e aos poucos terminam se acostumando e esquecem, ainda bem, já basta o meu pensamento para lembrar, não preciso que o olhar dos outros o faça a todo instante.

Caco tinha reservado um dos melhores quartos para mim no primeiro andar, mas mudamos isso logo na chegada, imagina só subir aquelas escadas todos os dias, a casa era mesmo enorme, confortável, moderna, e Caco contratara duas mulheres para cuidar da limpeza e da cozinha, o que achei um tanto desnecessário (terminou não sendo) porque era fácil comer fora ou pedir comida na praia vizinha, que há alguns anos se transformara num verdadeiro polo turístico, com grandes hotéis à beira-mar, milhares de pousadas e todas as facilidades de um balneário conectado com o mundo, até Mcdonalds tinha.

Mas o elogiei por termos ficado ali, um pouco mais distante, praia de surfistas, menos agitação e, é claro, se se quisesse, era possível chegar do outro lado numa viagem de vinte minutos de carro pela estrada de barro. Caco talvez estivesse se tornando um sujeito maduro, sensato, pensei, mas logo, logo veria que a embriaguez continuava sendo para ele seu estado normal, que ele insistia em manter do início ao fim do dia, sem interrupções. Seu café da manhã era sempre acompanhado de uma cerveja, e as drogas mais pesadas ele deixava para quando caía a noite e todos inventavam de ir a uma rave na praia, ou a um show qualquer, sempre havia shows nesse período do ano, na cidade vizinha.

Digo “todos”, mas eu não fui a nenhum desses shows, apesar da insistência irritante de Caco e Renzo que só em circunstâncias como essas poderiam se unir num propósito comum. Insisti para que Clara também fosse com eles, mas ela nem queria ouvir falar disso, dizia que não tinha a mínima vontade de ir para a badalação (palavras suas), que viera para curtir a praia, as comidas da praia, a cerveja, o Sol e, depois disso, o descanso ao final do dia, de preferência numa rede, que logo instalamos na varanda de baixo. Minha irmã logo percebeu (e fiz questão de fazê-la notar, sutilmente, claro) que a vinda dela tinha se revelado desnecessária, afinal eu não precisava que ela e Clara ficassem ao meu lado o tempo todo; uma bastava, então a convenci de que deveria encarar o fim de semana como um momento de folga da minha pessoa, "Vai lá com eles, eu sei que você quer", e depois de se assegurar que eu não estava dizendo aquilo por educação, depois de ver com que serenidade Clara se dispunha a ficar comigo, aceitou, curtiu o feriadão como se fossem férias bem merecidas.

Pela manhã a casa era uma baderna. Eu acordava cedo, mas os outros, ressacados da noite anterior, iam se levantando mais tarde, aos poucos, e quando dava onze horas aquilo ali era um amontoado de gente e vozes e gargalhadas, o povo espalhado pelos cantos, no sofá, no chão, no balcão da cozinha, comentando as aventuras da noite, comendo sanduíches de queijo com presunto (nossa dieta), brincando com a cozinheira e com a faxineira. Botavam o som nas alturas, embora a televisão estivesse ligada, e começavam as brigas, "Desliga essa porcaria!", "Desliga *essa* porcaria!", e Caco descia as escadas puxando uma garota pela mão (uma diferente a cada dia), seus cabelos sempre desarrumados, os olhos piscando, o ar de quem sobreviveu a uma catástrofe, e jogavam coisas em cima dele, latas vazias da noite anterior, tiravam sarro da sua cara, ele tinha que se impor blasfemando e soltando palavrões contra todo mundo, no final abria sua habitual cerveja, e o sinal estava dado, alguém o acompanhava, e o cheiro da bebida se espalhava pelo ambiente antes mesmo do meio-dia.

É interessante o quanto esse movimento é espontâneo, embora tudo seja caótico e barulhento. As coisas vão tomando um rumo, de repente alguém vai tomar banho, um, dois, três, a cozinha se esvazia, pequenos grupos saem para a praia, as mulheres estão prontas com seus biquinis e suas cangas, há perfume no ar, o silêncio se adensa enquanto todos esses elementos díspares vão se afunilando num comportamento de manada, a ordem é estabelecida, a casa volta a ser silenciosa, mas não tem mais ninguém nela, todos já saíram, todos se metem ao Sol, o Sol que não tem decepcionado, o calor é intenso, e a luz quase nos cega, é preciso entrar num daqueles bares à beira-mar, foi o que fiz todos os dias, por volta das onze, sempre com Clara, às vezes com outros amigos, nós gostamos de ficar nessa praia de surfistas, mas muitos vão para a cidade, onde todos os vendedores acham que você é gringo, oferecem passeios de jangada para ver os peixes, oferecem cadeiras por preços absurdos, não te deixam em paz um segundo sequer, não sei como se pode preferir isso a esse barzinho com teto de palha, com mesas razoavelmente distantes umas das outras, com poucas pessoas na areia (aqui não se toma banho), enfim, cada um cada um.

Nós, Clara e eu, tomamos um sol ali na frente, por quinze minutos ou meia hora, e depois voltamos para o bar. É hora do banquete: comemos praticamente tudo o que tem aqui, o sururu, a ostra, os caldinhos de peixe, o camarão ao alho e óleo, tudo. O caranguejo é Clara quem destroça com uma habilidade que me espanta, onde ela aprendeu isso, "Com umas tias cachaceiras", diz, rindo, e não há nada (exceto por uma parte bem conhecida) que ela não coma no bicho e que não me obrigue a comer, tenta me ensinar como fazer aquilo, mas eu finjo (e ela sabe) que não consigo porque assim não tenho trabalho nenhum, "Você é um mimado, Vid", tem razão, mas não tenho mais tempo para mudar, então...

Todo esse banquete é só a entrada, o que desejamos, no fundo, é a cioba frita, perfeita, sem muito óleo, sequinha, branquinha, acompanhada de uma batata frita sebosa e de verduras que já é uma tradição (ou uma sábia precaução) ninguém comer. Nem preciso dizer que as cervejas vão pousando na mesa, uma depois da outra, ininterruptamente, sobretudo quando Renzo, Caco e Carlito resolvem sentar um minuto, os outros pouco interagem com a gente, exceto Rebeca e Duda, que costumam deixar seus pertences na nossa mesa para ir dar uma volta na praia, "Uma volta na praia, sei", "Vão é babar em cima dos surfistas".

Quem fala, incrivelmente, é Bob. Confesso que não sei como ele consegue, acho que tem o dom da ubiquidade, está sempre nos lugares mais estranhos, já cheguei a pensar que é meu duplo, às vezes pergunto no ouvido de Clara "Você tá vendo esse cara sentado conosco?", e ela ri (o que me inquieta é que só ri e não responde). Quando perguntei a Renzo como Bob tinha chegado aqui, se era amigo de Rebeca, e tal, ele me respondeu, na maior seriedade, "Pensei que fosse *seu* amigo", mas no final tudo se esclarece, quem o convidou foi Caco, ficaram amigos, se é que se pode dar o nome de amizade a essa maneira que tem Bob de seguir Caco pelos cantos, é o mesmo papel de sombra de Carlito em relação a Renzo, decididamente o homem precisa de líderes, ou de exemplos, ainda que se possa questionar a idoneidade dos exemplos (e como se pode!), quantas vezes a humanidade ou parte dela se pôs a seguir líderes idiotas, não está no gibi, nem preciso falar do que acontece na terra dos tupiniquins, a idiotice se espalhou como uma doença, mas não quero pensar nisso, já basta o tanto de publicações no Facebook, o Universo parece que quer impor suas pautas, o Universo que se exploda!, é melhor rir, ao menos Bob está aqui para isso, ele bate na mesa, indignado, vendo distanciar-se Maria Eduarda no seu rebolado perfeito, é impressão minha ou ela ficou ainda mais gostosa do que já era?, finjo que não a vejo ir, mas é preciso fazer um esforço incrível para não olhar.

"Pode isso?", pergunta, batendo uma segunda vez na mesa, e eu me controlo para não rir, enquanto Clara, ingênua, pergunta do que ele está falando. Ele faz uma cara de espanto, "Como assim?", olha-me com indignação, "Como é possível uma mulher dessas?", pergunta com um espanto que não é fingido, e por não ser fingido é ainda mais engraçado, esse Bob não tem noção de nada, fala com qualquer um sobre o que quer que lhe passe pela cabeça. "Maria Eduarda?", pergunta, hesitante, Clarinha. "Maria Eduarda", ele repete, "claro que Maria Eduarda! Você já viu um troço mais infernal do que esse na face do planeta?", e enquanto ele continua me lembro da primeira noite, quando nos deparamos com Duda chegando na casa, o shortinho branco e curto, o top a espremer os seios, o jeito de Lolita, irresistível. Fez-se um silêncio que só passou quando ela foi deixar as coisas no quarto e os homens da casa puderam expressar seus "sentimentos" quanto àquela aparição. Lembro que Bob não disse nada, acho que foi a primeira vez que vi alguém de fato babar, literalmente ele babava e não conseguia dizer nada, a boca aberta, as moscas entrando, enquanto os encômios se sucediam em vozes nada discretas, "pqp!", "vai tomar no!", "ser gostosa assim no inferno!", "vamo beber!", e outros similares, mas agora Bob não consegue mais se conter, ele quer explicar alguma coisa, ele puxa os cabelos com as mãos, seu estado é de desespero.

"O mundo é muito injusto", reclama. Clara me olha com um sorriso no canto dos lábios e certa curiosidade, que tento contornar fazendo um gesto que significa "mais tarde eu te conto quem é essa figura". "Como vocês conseguem suportar isso?", "A injustiça ou Duda?", pergunto para fazê-lo falar, "É a mesma coisa!". Começa a teorizar, e sua teoria é uma coisa confusa. Bob se acha intelectual, para além de nerd (a fronteira é imprecisa, convenhamos). Ele se vangloria das coisas que conquistou, embora eu não ache que seja muito, "Pô, eu fiz faculdade, tenho pós-graduação, já ganhei prêmios" (não sei de quais prêmios está falando, deve ser em campeonatos de videogame), "tenho emprego, ganho bem, tá ligado?". Fazemos que sim com a cabeça. "Por que uma mulher dessas nem olha pra mim?"

Clara se engasga com a cerveja. Eu fico sério, mas quero rir.

"Eu sei, eu sei", continua, "parece óbvio, mas, se você pensar direitinho, não é óbvio". Peço que ele desenvolva a tese; Clara se concentra em arrancar e destruir as patas do caranguejo, mas sua seriedade é falsa, vejo que se contém, "A beleza é um valor, mas a inteligência também", "Ninguém o nega", "E se ambos os valores fossem, digamos, medidos por unidades, eu tenho mais unidades do valor inteligência do que essa garota aí tem unidades do valor beleza", diz, com uma convicção que não pode ser questionada. "Alhos e bugalhos", eu respondo. "Quê?", "Não se trata do mesmo mercado, ou melhor, a taxa de câmbio é diferente", "Desenvolva *você* a tese", replica, "A unidade de beleza dela, no nosso universo, vale três unidades de valor inteligência, ou seja, mesmo que você tenha mais unidades de valor inteligência do que ela do valor beleza, a taxa de câmbio é favorável a ela".

Clara ri com gosto, vejo lágrimas caindo dos seus olhos, "Botaram muita cebola nesse caranguejo", ela diz, e Bob não desiste, "Não concordo com essa tese. Veja só: imagine Einstein", "Albert?", "Sim. Imagine que Einstein estivesse sentado aqui conosco, com a inteligência que sabemos que ele tinha", "Certo", "Concorda que Einstein supera, até na taxa de câmbio, a beleza de uma Maria Eduarda?", "Suponho" (falo essas coisas comendo a carne de caranguejo que Clara me passa), "Pois, ainda assim, essa menina não olharia sequer para Einstein", "Não olharia", "Então?", "Então?", "Então sua tese da taxa de câmbio é incorreta, porque, mesmo superando-a até na taxa de câmbio, jamais a beleza se curva à inteligência", "Parece que você tem razão", eu confesso, e Clara se mete na conversa: "Se Einstein já fosse conhecido como era no final da vida, talvez ela o notasse", "Aí é que está!", ele se empolga, "isso não seria uma reverência à inteligência, mas à fama, ao sucesso".

Eu volto à minha ideia inicial, "Então tá, não é a taxa de câmbio, é que são mercados diferentes", "O que isso significa?", pergunta, empolgado e virando um copo de cerveja, "O mercado da inteligência não interessa ao mercado da beleza, a beleza se sente atraída pelo que ela tem em comum com seu objeto de atração, no caso, a própria beleza", "Mas acabamos de rechaçar isso quando admitimos que ela se sentiria atraída pelo sucesso de Einstein", "É tudo a mesma coisa", "Como assim?", "Sucesso, beleza, fama, tudo isso é *brilho*", "Brilho?", "É, coisas que se destacam, que chamam a atenção, coisas que atraem o olhar; a inteligência, ela, por si só, não tem valor para olhos que só veem o que brilha", "E isso não é injusto?", ele pergunta, indignado, ao que eu respondo, lambendo os dedos, "Se você tivesse nascido no outro lado da balança, não acharia injusto".

Ele bate na mesa, revoltado. "Não estou falando hipoteticamente, claro que se eu fosse um Adônis não falaria assim; provavelmente não teria nem massa cinzenta suficiente para encadear essas ideias", "Você está dizendo, por tabela, que pessoas bonitas são burras", provoca Clara, que parecia não seguir a discussão, mas que não largara o osso, "Não, não, não é isso. Você, por exemplo, é uma mulher bonita e inteligente", eu não consigo deixar de provocar: "Talvez ela seja uma exceção à regra", e Bob está constrangido, ficou acuado com a observação de Clara, não sabe como prosseguir, "Você é muito bonita, aliás, vocês formam um belo casal", nós nos entreolhamos, "Eu e ela, nós não...", "Somos amigos, acho que você", "Tudo bem", ele diz, "é só uma questão de tempo", completa sem cerimônia, e ainda com maior simplicidade, apontando para mim: "E se você não morrer antes".

Definitivamente, é o super-sincero esse rapaz.

"Mas você", continua, sem sequer atentar para as coisas que vai dizendo assim na lata, "você, apesar de bonita, não se compara com *aquela* beleza (me desculpe dizer isso). *Aquela* beleza é um atentado à decência e ao senso de justiça; *aquela* beleza é uma provocação satânica, aquilo ali não vem de Deus, ela provoca coisas indizíveis dentro de mim, e posso garantir que não é só comigo", "Ela é, de fato, bonita", concorda Clara, "Não! Você não entende, ela não é só "bonita"; ela tem nela essa coisa sem nome, essa energia insuportável, sabe, ah!, não dá pra explicar isso pra uma mulher", "Porque somos burras?", ela ri ao perguntar isso, vejo que quer espezinhá-lo, "Não! de jeito nenhum, é só porque esse tipo de desejo, essa intensidade, não sei, esquece!, acho que é uma experiência masculina", "Porque nós mulheres não sentimos desejo como os homens, somos "puras" demais", ela continua, e agora, vendo como Bob se enrola, como fica vermelho, peço com o olhar a Clara que ela não massacre o sujeito, então ela larga sua patola de caranguejo:

"Por que você, que considera a inteligência como um valor maior, não age de acordo?", "O que isso quer dizer?", "Quer dizer que você deveria colocar mulheres assim no seu devido lugar, não deveria nem olhar pra elas; deveria, se considerando superior, agir de acordo, se elas não querem saber de você, você não deveria querer saber delas", e Bob ri, parece uma criança, "Ah, mas o que você pede é impossível", "Impossível?", "Sim, fala pra ela", ele me incita a entrar na discussão, "Te vira" (é minha resposta), "É que o poder que a beleza exerce, ela exerce fora do âmbito da reflexão. Ela se impõe e pronto. Se essa menina vier aqui dizendo que perdeu um brinco nesse mar agitado, e ainda que esse mar estivesse cheio de tubarões, eu ia lá mergulhar quantas vezes fosse necessário pra achar o diacho do brinco ou pelo menos pra ela ver que eu tentei", "Isso é patético", diz Clara, com seriedade, "É sim, mas o julgamento sobre o caráter patético não importa, essa força se impõe, olha aí, lá vêm elas".

E de fato voltavam Rebeca e Duda. Chegaram na hora da cioba, Rebeca pergunta com interesse onde está Caco. Eu provoco: não é de Renzo que ela quer saber?, mas as entrelinhas não são o seu forte. O peixe chega, nós as convidamos para comer conosco, aceitam, bebem da cerveja que acabou de chegar. Nas mesas ao lado homens olham para Duda, é sempre a mesma coisa, enquanto isso Bob não diz mais nada, não consegue abrir a boca, olha para o prato vazio, sorri abestalhadamente de nossas conversas, parece alguém com um parafuso a menos, um retardado. Duda me pergunta se estou melhor, e por um instante vem-me à lembrança que há algo errado comigo, digo que sim, ela sorri, surpreendentemente fala da noite da festa em que Caco tocou piano (ela que nunca fala nada), diz que foi a melhor parte da festa, que Caco é tão bom no piano quanto na guitarra (Rebeca se incomoda na sua cadeira), e elogia meus dotes de cantor. Está risonha, leve, não parece o robô que tem um milhão de seguidores no Instagram, mas toda essa conversa é esquisita para os outros, é que é tão raro essa menina abrir a boca que tudo isso soa falso, como se ela quisesse trilhar um caminho que não é o seu, "Confesso que tenho lapsos de memória em relação àquela noite", e ela sorri aquele sorriso devastador, Bob está novamente com a boca aberta, os olhos fixos nela, se ela o olhasse agora ficaria com medo.

"Eu lembro de tudo", continua, e dá um gole lento na cerveja, olha para mim, fico aqui matutando dúvidas, não costumo esquecer das coisas que faço quando bêbado, mas já aconteceu, que absurdo, ficar imaginando que Duda e eu..., ah, esse ego terrível! Quem sou eu para essa menina me dar alguma abertura? Lembro até o momento, no entanto, em que nos barrávamos o caminho na frente do banheiro, havia malícia ali, minha, dela, de dois bêbados, mas daí a, não, eu me lembraria, eu certamente me lembraria, e depois esse assunto aqui, agora, com Clara do meu lado, me incomoda, porque estou bem com Clara, porque qualquer ideia relacionada a Duda é uma simples viagem, não faz sentido, quantas vezes essa minha alma impressionável não quis achar mistérios e romances onde não havia?

Percebo que Clara se calou, há um peso no ar, um silêncio, que é rompido pela chegada dos três mosqueteiros, Caco, Renzo e Carlito. A novidade é que Carlito vem de mãos dadas com Violeta (finalmente!), mas seus olhos continuam a adquirir aquele brilho excessivo ao encarar Maria Eduarda. Renzo e Rebeca não estão juntos. Revivem aquela fase de afastamento do seu ciclo natural. Meu amigo está puto, me puxou de lado logo cedo para criticá-la por ter levado um cara para a casa, um sujeito que ela trouxera na noite passada e que evidentemente dormiu com ela. Eu sem querer caio na risada, é impressionante a parcialidade de Renzo, que já fez isso tantas vezes e nunca foi capaz de criticar o próprio comportamento, mas, se eu lhe disser (como já lhe disse outras vezes), vai perguntar do lado de quem estou, vai dizer que com homem é diferente, e toda a ladainha que eu já conheço, então preferi dizer, de manhã, "Faz parte da dinâmica de vocês", "Não, agora já deu, depois dessa não tem mais 'vocês', "Sei", "É sério", ah, as promessas de Renzo...

Embora os dois estejam emburrados, Caco já está suficientemente ébrio para animar a mesa inteira, e Rebeca ri com exagero das suas palhaçadas, pondo a mão vez por outra sobre seu braço. O grupo está animado, ninguém rejeita as cervejas que vão chegando sem parar, as garrafas vazias se acumulando aos nossos pés. É assim que preenchemos o dia até o começo da tarde, quando bate aquele mormaço, vamos todos perambulando pela estrada de barro em direção à casa, contando piadas, Caco narrando suas aventuras de popstar, criticando abertamente a idiotice das mulheres (olha para Rebeca) que se jogam em cima dele quando há pouco tempo fugiam como se tivesse uma doença contagiosa, e Rebeca ri, ri, ri, e nós, vendo muito bem o que está se passando, rimos mais ainda, essa alegria de Rebeca, que poderia passar por pura baixeza — me dirá mais tarde Caco — ainda vai fazer com que ela esquente a cama dele, "Sabe o que é, Vid, é que agora percebo que ela é simplesmente tapada; a gente não recusa uma mulher tapada, ainda mais com as qualidades estéticas de Rebeca, se é que você me entende".

Em casa, cada um foi para um canto, peguei a rede do térreo, todos dormirão até sete horas, quando começa um novo round de bebidas, a casa vira novamente um caos, e todos se preparam para a balada da vez. Bob está jogado numas almofadas na varanda, bêbado, as meninas foram para o andar de cima, estão espalhadas pelos quartos, o silêncio só é quebrado pelo som das ondas ali perto e pelo farfalhar das palmeiras que observo da rede.

Não sei quanto tempo dormi, mas acordo com o povo agitado, o cheiro forte de perfume no ar, cheiro de sabonete também, são os homens que já tomaram banho e se preparam para sair; as mulheres, é claro, só daqui a uma hora, elas fecham as portas do andar de cima, escutamos seus cochichos e risos abafados, depois sairão de lá espetaculares, maquiadas, com roupas curtas e leves, as peles bronzeadas, o cheiro devastador, enfim, o de sempre, o charme da nossa elite tropical em marcha, pronta para a guerra. Isso tudo me veio como uma nuvem, uma sensação entre os olhos, e caí no sono de novo, até que finalmente não aguentei, tive que me levantar, no portão da casa vejo o cão vadio que, desde que nós chegamos, vem aqui em busca de comida. Fui à cozinha, botei numa vasilha de plástico um resto de almoço que haviam preparado no dia anterior e fui lá fora, o bicho fica contente ao me ver, balança o rabo, rebola, ah!, eu devia ter tido um cão, isso é que é felicidade gratuita.

Bem, nem tão gratuita assim: ele devora a comida, é magro, e há trechos do seu corpo em que os pelos caíram, estou observando-o quando sou interrompido por Duda, ela me surpreende com seu cheiro doce, com essa presença avassaladora, é quase como se eu recebesse um soco, até me sobressalto, "Desculpa, não quis te assustar", e ela ri, ri como eu nunca a havia visto rir, não para mim, pelo menos, o que anda acontecendo com ela?, eu me pergunto, "Você tá bem, Duda?", "Eu? Sim, claro", e ri mais, "Por quê?", "Não sei, você anda diferente". Ela observa o cão, porta um vestidinho leve, amarelo, a brisa que vem do mar cria essas ondas no tecido, um ritmo suave, suas pernas brilham no escuro, um efeito da lua, não sei, mas o cheiro, nossa!, o cheiro de Maria Eduarda, não sei o que dizer, sinto-me imbecil como Bob deve se sentir, controlo-me como posso, não sei o que ela quer, mas não vou continuar com isso. Olho para as outras ondas, as que estão ali na frente, que quase não se veem daqui, mas que a gente sabe que estão lá, "É verdade que você não lembra do que aconteceu naquela noite", ela pergunta de supetão.

Eu poderia dizer "Duda, não lembro. Por que você não me diz o que aconteceu?", mas há nos seus olhos uma espécie de timidez que é fascinante para mim, um recato, uma contenção que eu nunca imaginei encontrar nela e que me faz desejar que as coisas não sejam esclarecidas, "Não, não lembro". Há um ar de desapontamento no seu olhar ou eu simplesmente distorço a realidade quando lido com ela? "Lembro", continuo, "que nós nos cruzamos na saída do banheiro e que nos barramos o caminho por um momento", "Isso", "E depois?", "Depois?", "Nada... Não lembro mais de nada". Ela desvia o olhar de mim para o cão e do cão para a praia, cruzou os braços, não sabe o que dizer ou fazer, há um constrangimento ali, isso é claro, "Aconteceu alguma coisa depois, Duda?".

Ela tem um jeito de adolescente, agora percebo que muito daquele silêncio é uma incapacidade de se expressar, de se comunicar (é até, surpreendo-me, digna de pena), balança os ombros, como se não fosse importante, alguém se aproxima, é Clara, diz (parece-me que um tanto culpada) que Rebeca está procurando por ela, Duda, e esta, sem pedir obrigado, aparentemente irritada, baixa os olhos e vai em direção à casa. "Desculpa", diz Clara, baixinho, "Pelo quê?", pergunto, surpreso, "Acho que interrompi", interrompeu o quê?, eu penso, mas não digo. Clara faz meia volta, "Aonde você vai?", e ela não sabe responder, diz que vai pegar algo na cozinha. Mais tarde, quando todos saíram e só ficamos Clara e eu na casa, ela vai me perguntar se eu já fiquei com Duda, essa é boa, eu ficar com Maria Eduarda, só no mundo bizarro, "Se fosse uma ficção, talvez". Ela se chateia, "Não vá me dizer que você tem os complexos do seu amigo", "Que amigo?", "O tal do Bob", eu rio, isso tudo é muito divertido, "Não, não tenho", "Hum", "Isso não me impede de reconhecer que os nossos universos, o de Duda e o meu, se assemelham a paralelas que nunca vão se cruzar".

Ela não parece gostar da resposta: "Mas que você gostaria que se cruzassem", acrescenta. Tem toda a cara de ciúme essa colocação de Clara, e sinto uma coceira prazerosa nos braços, uma espécie de arrepio sutil que vai se espalhando pelo corpo, "Ela é uma menina muito bonita, mas não passa disso". Fico sério, lembro que tenho pouco tempo, quão irrelevante se tornam as coisas quando se tem pouco tempo, "Mas o que aconteceu entre vocês?, se não for indiscrição perguntar". Nós havíamos colocado duas cadeiras na beira-mar e olhávamos aqueles lampejos de luz que a lua provocava nas ondas. Sinto o coração leve. Conto tudo a Clara, conto que perdi a consciência na cena do banheiro e que não sei se aconteceu algo entre Duda e eu; se aconteceu "infelizmente" não lembro, "Infelizmente?", ela pergunta, com um sorriso malicioso, e eu defendo que talvez fosse bom lembrar se algo tivesse acontecido entre uma ninfeta como aquela e eu, "Você é um Don Juan", acusa.

"Eu?", caio na gargalhada, eu um Don Juan? Don Juan é o Renzo, e ela continua (vejo nisso um sutil procedimento de conquista), "Você é daqueles mais perigosos: é sonso", "Sonso?", "É... *Come quieto*", "Essa é boa". Nós dois rimos agora. "Bom, talvez seja bom não lembrar do que aconteceu", "Por quê?", e eu conto do episódio da menina do forró, conto como se falasse com o psicólogo, não escondo nada, e vou contando outras coisas, torno cômica sua ideia de que eu seria um Don Juan, falo de Débora, discorro sobre tudo o que me tem acontecido nos últimos tempos, ela pede mais, não se cansa de me escutar, quanto mais eu falo, mais ela faz perguntas, e ri, ri de tudo, está sentada de lado na sua cadeira, olhando para mim como se eu fosse o centro do Universo.

E então, entre os episódios, surgem aqueles com ela. Seu rosto fica sério.

Eu já não sei ser engraçado, falo da situação dela com o marido, falo da noite que ela passou na minha casa, da sensação de tê-la na minha cama, dormindo, de sabê-la apaixonada por outro, e esse *outro* que eu pronuncio de modo esquisito corrobora tudo o que ela já sabe, e o que nós sabemos, mas não dizemos, põe a mão em cima do meu braço, sorri com suas covinhas, alisa meu cabelo. "Vamos entrar?", pergunta, "tô com frio".

Hoje vi o Sol nascer da varanda do primeiro andar da casa. Vi-o surgir do mar naquela lenta sucessão de cores indefiníveis, sucessão mágica de brancos, rosas, amarelos e laranjas. Clara dorme espalhada na cama, o lençol cobre partes do seu corpo, está enroscada nele, um sorriso leve no rostinho de anjo. De anjo mesmo, em Clara não há (pelo menos no rosto) aquela malícia, aquela duplicidade de corpo e alma que vejo em outras, fico tentado a falar de noções que não se sustentam, afinal em todos nós vigora a mistura de tudo o que é puro e impuro, de todas as oposições, se é que essas coisas possuem algum sentido.

Talvez eu devesse falar em *harmonia*. Em Clara há uma harmonia entre o que ela é e o que todos os seus gestos expressam, penso nisso agora de costas para o mar, a minha sombra crescendo no chão aos poucos, avançando pelo quarto, em alguns minutos minha sombra estará sobre ela, vejo que abre os olhos, bem pouco, só um pouquinho, e ao ver que estou ali sorri. Sorri aquele sorriso de gata saciada, remexe-se, estira-se, seus pés se esticam e surgem na parte de baixo do lençol, vejo sua barriguinha se esticar também, ela boceja, acho que nunca vi algo tão fenomenal na minha vida, a sombra avança, e minha cabeça agora está sobre suas ancas, ela alisa o próprio corpo, como se me tocasse a distância, enquanto o que toca é a sombra, coloco-me numa outra posição com relação ao Sol, e a sombra agora cobre quase seu corpo inteiro, nós nos abraçamos assim, minha vontade sobre ela, parece que percebe meu jogo, acaricia a cabeça que está sobre ela, embora eu continue aqui, de costas para o Sol, o Sol que já não me interessa mais.

A luz vem de dentro do quarto, tão mais intensa, tão mais viva, os olhinhos agora brilham, acesos, ela se apoia no cotovelo, cai o lençol do seu tronco, seus seios surgem num susto, mas ela os recobre rapidamente, e ri enquanto mantém o lençol com a outra mão.

Fenomenal, eu penso, e ela faz um gesto com o dedo indicador. Eu abandono a luz solar, dou-lhe as costas, e fecho as portas que dão para a varanda.

19

Tenho diante de mim o celular. Acabo de falar com Saulo.

Não sei como transitei de uma coisa à outra, da ligação de Saulo a esse gesto automático de passar imagens no Instagram. Há um intervalo de tempo entre uma ação e outra que poderíamos chamar, sem medo de errar, de eternidade. O curioso é essa frase em que meus olhos se fixaram, uma frase (diz a página que é de Berlioz) "filosófica", típica das páginas que eu sigo: *O tempo é um ótimo professor. Pena que mata seus alunos.* Eu riria da coincidência, se pudesse sentir algo diferente desse vazio, desse súbito vácuo silencioso, desse espaço que se criou em mim e que nada — nem lágrimas — consegue preencher. Isso não é incomum: você pensa que sua reação será uma coisa, mas de repente as reações previsíveis não se produzem, é que o imprevisível tem esse poder de nos deixar apáticos. Eu, por exemplo, olho o mar de longe entre os prédios, sem saber o que fazer, sem saber o que pensar, imóvel, nem eu entendo esse silêncio que as palavras de Saulo provocaram.

Elas foram curtas, precisas, impiedosas, quase não senti diferença na sua voz, não sentiria nada Saulo? Teria atingido um estado tal de consciência que nada o abala, fico me perguntando qual a vantagem disso, não é transformar-se num monstro essa história de se aproximar de um estado de iluminação?, e imediatamente me lembro da mãe de Caco, o extremo oposto. Um aperto no coração me faz sentar sobre a cama, mas ainda não consigo fazer nada, parece que minha irmã me pergunta algo atrás de mim, e repete a pergunta mais alto, é um eco, eu continuo impassível, ao menos do lado de fora, "Tá surdo, Vidal?", e sua voz é áspera, irritada, mas eu não respondo. Às vezes é difícil falar, o discurso não vem, o pensamento pesa na cabeça; é preferível que fique ali, tão cansativo é ter que responder aos constantes apelos dos outros por comunicação, ela se aproxima e me empurra o ombro, "Ei!".

"Caco sofreu um acidente", dissera Saulo, e não precisou mais do que isso para que eu compreendesse que ele se fora. O resto, o carro no poste, o estado alcoólico, o resultado imediato, tudo isso eu ouvi sem ouvir. Parece que foi ali mesmo, nas proximidades onde o pai do manguebeat também... Eu olho para Flávia, que agora tem um ar assustado, "O que foi?", ela pergunta, "Caco", respondo, e é suficiente.

No jornal já é notícia, em todos os canais mostram o carro (não a lata velha; um bom carro, um carro veloz). Mostram ambulâncias e policiais ao redor, depois há repórteres na frente de um hospital, e imagens de shows dele; há retrospectivas, e numa linha que não desaparece da parte de baixo da tela, a manchete "morre em acidente de carro o guitarrista da banda" etc., etc., etc., é tudo muito repetitivo, conhecemos o enredo, a diferença é que nunca nos sentimos assim desamparados, a diferença é que é Caco... Tem uma vertigem envolvida nesse simples fato, era Caco dos cabelos revoltos e dos olhos frenéticos, Caco do talento indescritível na guitarra, Caco, o sujeito que abominava injustiças e dava a cara a tapa, arriscava a própria pele para se contrapor a elas, era Caco, o sujeito inquieto com quem eu convivera desde os onze anos, e, quando alguém é tudo isso em você, não faz sentido a ideia de que ele se vai assim, de repente, até minha condição desaparece do horizonte.

"Nós estávamos na praia com ele não faz nem uma semana", diz Flávia, atônita.

Eu, que estava conformado, agora sinto raiva, uma raiva profunda contra tudo, sinto crescer isso em mim enquanto minha irmã vai contar a minha mãe pelo telefone, e a sucessão de imagens na televisão, e as fotos e vídeos de Caco passando sem parar, e Clara que me liga e que, mal abre a boca, já chora do outro lado, e eu que não aguento aqui, e tenho vontade de quebrar alguma coisa, olho ao redor, procuro, não tem nada para quebrar e, se tivesse, de que adiantaria?, nossa revolta nasceu para ser estrangulada na origem, não há nada que possamos fazer contra essa força que nos impõe seu domínio, "Putz, Caco!", é só o que consigo dizer antes de presenciar em mim esse que solta soluços ao telefone, e que treme de indignação, e que não pode fazer nada.

"No fundo todos vêm aqui para aprender a aceitar a morte", havia dito o psicólogo na última sessão (ao contrário do que pensara a princípio, ainda o vi outras vezes). "Só que eles não sabem", "Essa é boa", respondo, "Estou falando sério". A expressão dele não dá margem a dúvidas. "Se você tem um problema e o resolve, depois vai aparecer outro, e então você continua assim ininterruptamente até perceber, talvez, que está lutando de maneira equivocada, que os problemas são repetições do mesmo processo, a necessidade de ter problemas e resolvê-los para mascarar o fato de que no final tudo se resolve", "Na morte, você quer dizer?", "Sim, por que não? Tudo é *distração da morte*, tudo é fuga da morte. Se a morte estivesse sempre em nossa lembrança, os problemas mostrariam sua verdadeira face desimportante", "Você podia ter falado essas coisas antes", rio, "Não é assim que funciona", "Sei bem disso, mas por que agora está dizendo essas coisas?", "A vida é aprendizado, suponho que você me ensinou alguma coisa nos últimos tempos", "Eu?", "Sim".

Ele reflete, "Talvez só escutá-lo — ou a qualquer outro paciente — não seja a melhor solução", "Amém", "Não estou brincando", "Vejo bem que não está, começou até a falar da morte", "E você, como se sente diante dela?", pergunta. Não é difícil responder isso: "Doutor, sinto-me, acho, igual a todo mundo, não tem diferença. Às vezes (que digo, às vezes!), esqueço que vou morrer. Na verdade, na maior parte do tempo não lembro que vou morrer, a não ser que meu corpo falhe, que ele dê um dos seus piripaques, aí lembro", "E nesses momentos em que lembra?", "É estranho... é como se eu já tivesse passado aquelas fases de vocês, sabe? Negação, revolta", "Sim, sim", "É como se eu estivesse numa fase em que o que importa é o silêncio", "O silêncio?", "Sim, o silêncio", "O que isso quer dizer?", pergunta, "Quer dizer que não adianta tentar discutir com o Cosmos, com um suposto Deus que nos observa, não adianta falar, se revoltar, sabe? A morte está aí como um dado objetivo, só que de repente, ao ver o quão objetiva ela é, você percebe que tudo o mais era objetivo também, que a vida se afirmou da mesma maneira, de modo imperioso, você não pediu por ela, e no entanto...", "Sim", "Ela é esse bloco impositivo, essa massa, esse peso, essa coisa sem nome, o curioso é isso, é como se de repente eu compreendesse que a morte e a vida têm a mesma natureza, e que não faz diferença a transição de uma pra outra", "Parece que está falando de imortalidade", "Talvez, mas não há nada de místico nisso, não penso na minha alma sobrevivendo ao corpo, só sinto que não tem diferença... E que não tem importância se eu morro", "Ou se vive", "Isso".

É fácil quando é com você, morrer é fácil, eu já estava acostumado com a ideia, mas perder alguém, isso não é fácil. A mãe de Caco chora copiosamente no seu velório, vi-a agora, depois de ser empurrado pelo meio de uma multidão na minha recém-inaugurada cadeira de rodas, Flávia e Clara se revezam nessa tarefa ingrata, o chão de terra e pequenas pedras (lembro, o chão igual ao que nós pisávamos, quando criança, para jogar futebol no meio da rua) não ajuda, as rodas emperram, é uma via-crúcis, mas elas não reclamam, as mulheres sempre foram e sempre serão mais fortes.

Chama a atenção essa desproporção entre o público do lado de fora e os gatos pingados aqui dentro, uma tristeza me bate porque constato a solidão de Caco nesse número de gente, e a solidão dele não é a de todos nós? O pensamento que me ataca é o de que poderíamos (eu poderia) ter feito mais, tê-lo acompanhado, ter conversado mais com ele, é a sensação de que de alguma maneira somos culpados, de que talvez, se tivéssemos feito alguma coisa diferente, se tivéssemos sido mais afetuosos ou compreensivos, todo o Universo teria seguido um rumo diferente, e Caco não estaria ali deitado, rígido feito uma pedra.

A mãe dele se surpreende ao me ver chegar assim, empurrado, e chora ainda mais ao me abraçar, enquanto tento ser forte e consolá-la. Meus pais nos seguem, mais afastados, e vejo nos olhos da minha mãe um terror indizível, posso ler sua mente, ela está imaginando a mesma cena com outro defunto, mais uma vez reflito que a sacanagem, o absurdo, a crueldade é deixar os mortos nas costas dos vivos, não posso nem imaginar minha mãe assim — no velório do filho —, que algo desmorona dentro de mim, é um sofrimento mil vezes maior do que o que advém da perspectiva de minha própria morte, essa dor de pais que perdem um filho, essa dor eu nunca a havia compreendido como no dia de hoje, e estamos juntos nessa, Caco e eu, como se fôssemos os representantes, as marionetes de uma experiência humana milenar.

Clara senta-se num banco ao meu lado, ela põe sua mão em cima do meu braço, mas não consigo olhar na sua direção, continuo naquele mesmo estado de apatia de quando recebi a notícia de Saulo. Por falar em Saulo, ele está ali, ao lado da mãe, os olhos serenos, ereto, tranquilo e sério, pergunto-me o que se passa dentro dele, se a morte é assim mesmo algo tão indiferente para alguém que, não sei... Estou cansado de pensar.

Ele me olha de longe, e, embora a expressão do rosto não se altere, parece que há um sorriso ali, em algum lugar nos olhos, um sorriso de compreensão.

O padre fez uma prece antes de o caixão descer, e a mãe de Caco quase desmaia no meio dela. Depois foi a vez de Saulo, que pediu para falar. Não me lembro de uma palavra sequer do seu discurso, mas me lembro muito bem da sensação que me causou, e me arriscaria a dizer que muitos ali sentiram a mesma coisa. Saulo, ao que parece, falou do irmão, lembrou de cenas de sua infância, narrou episódios engraçados, trelas de uma criança cuja energia era tão intensa que ninguém era capaz de contê-la. Ele falava com os olhos distantes, não se dirigia ao público, era como se estivesse imerso numa outra dimensão.

E, de repente, não falava mais de Caco. Como eu disse, não sei, não me lembro do que falava, mas foi como se uma brisa tivesse varrido aquele dia de sol escaldante, e de repente tivessem ligado um interruptor, nossa dor tivesse sumido. Saulo sorria, sua voz era baixa, mas escutávamos seu murmurar como se fosse um trovão, era um tom imperioso, límpido, branco, era um fenômeno; não uma pregação, mas uma força que se espalhou rapidamente, uma circunferência de luz que nos envolveu, e foi como se Caco estivesse ao seu lado, não mais naquele caixão, não mais naquela condição. Senti um arrepio de felicidade percorrer meu corpo, e nos olhares havia esperança, e luz, e paz, não suportei a energia que irrompia naquele lugar, era um solo de guitarra inaudível, era o piano acompanhando a voz de Caco, era o cabedal de todas as lembranças que, vindo à tona, me afogaram num mar de felicidade, uma felicidade que só podia se expressar nessas lágrimas que correm suaves e tranquilas.

Saulo me encara, agora sim o sorriso está ali, esse sorriso destruiu todas as barreiras, a mãe de Caco tem os olhos no chão, mas algo desapareceu nela, a sombra se desfez, quanto poder a palavra pode carregar! Mas é preciso saber *quais* palavras, é preciso ter em si essa compreensão que é a de Saulo, ele mal terminou, e sua voz ressoa como um eco, a vontade é de pedir que continue, que não pare mais de falar, mas até isso ele sabe fazer, fazer-nos compreender que é hora de partir, que agora seu irmão está em paz, que o desequilíbrio era só aparente, que o mecanismo da vida não mudou em nada, não perdeu nada, tudo flui como um rio, quase escuto o ruído das águas.

Minha mãe não consegue deixar o apartamento, está inconsolável, imagina seu futuro próximo. Está assombrada, tenho certeza, pela cena do caixão descendo na vala.

Eu desenterro fotos antigas, fotos de Caco, fotos da nossa adolescência, Flávia está nelas também. Em algumas recentes (mas nem tanto) está Clarinha, que se surpreende por eu tê-las guardado. Reúno todos na sala, falo daqueles momentos, não sei o que me deu, talvez esteja antecipando o sofrimento, peço que minha mãe pare de chorar e nos faça um café. Digo-o em voz branda, quero que ela se acalme, consigo isso depois de um tempo, "Seu filho está vivo", disse meu pai no ouvido dela, não tão baixo que eu não tenha escutado, e tive vontade de responder (mas não fiz) "se estivesse morto, era a mesma coisa".

Continuo lembrando e lembrando, e minha irmã entra na onda, acrescenta detalhes, Clara também, e assim, pouco a pouco, fazemos ressurgir aquele tempo, aquele mundo tão distante, há algo de apaziguador nisso, como se juntássemos duas pontas de existência, e assim ela, pelo menos momentaneamente, fizesse sentido. Mas, quando vou para o quarto com Clarinha, é preciso recomeçar tudo, porque ela encosta a cabeça no meu peito e chora, os seus braços me apertam como se não quisessem me deixar partir, ela soluça, e o que eu posso fazer, a não ser alisar seus cabelos, pedir para que se acalme, beijar-lhe a testa? Dali a pouco dorme, e eu também.

Sonho que estou num grande salão, lotado de gente. Há luzes vindo na minha direção, elas me cegam, pessoas se empurram, se acotovelam, se aglomeram ao meu redor. Caco está irritado, afasta alguns a socos e pontapés, uma senhora que se parece muito com a mãe de Caco me apresenta um livro. Parece que escrevi esse livro, mas Caco diz para eu assinar *seu* nome. Uma enorme gargalhada se faz ouvir ao redor, e eu assino o nome dele, e a mulher diz obrigada, põe o livro na bolsa, e agora vejo que é minha mãe, e todos ao redor me chamam, pedem atenção, mas me chamam de "Caco", "Caco, Caco, Caco".

Acordo. Tenho cuidado para me desvencilhar de Clara sem acordá-la. Vou para junto dos livros, sento na cadeira giratória e os observo, um tanto perplexo. Teriam sido eles os responsáveis por minha morte? Tanta leitura assim para quê? Talvez tenha torrado meus neurônios de modo prematuro, quem saberá, é a eterna busca por uma resposta que não vem, eu giro a cadeira, a me perguntar o que faço com esse conhecimento agora, e a sensação da inutilidade de tudo me ataca mais uma vez, só que agora a afasto como se afasta do rosto uma mosca com a mão. Lembro meu sonho, se os sonhos forem de fato a máscara do desejo, então ali está um desejo que eu não sou capaz de enunciar, talvez a vontade de ter o que ele teve antes de... Mas não tenho (de verdade não tenho) como saber, afinal o sonho é sempre essa confusão para a qual se podem criar milhares de interpretações, por isso que o diabo do livro de Freud é uma desfaçatez, quanto sacrilégio, isso que dá deixar vagar a mente, e me lembro, por essas associações que Freud (agora sim) explica, da terra esburacada, das pedrinhas, do futebol na infância, no meio da rua barrenta, das pausas para retirar a barrinha de metal quando vinha um carro, da bola nas casas do vizinhos, dos cães que era preciso distrair para entrar e tirar a bola de lá, do pé de goiaba, do muro em que subíamos para alcançar as goiabas com a mão, salvo quando se era um Caco, que subia no pé com um pé nas costas, e de todas as outras brincadeiras, da bola de gude, dos pequenos peixes que tentávamos pegar naqueles charcos de água rodeados de mato, da pipa empinada, das guerras com cerol, dos primeiros forrós, a primeira verdadeira excitação com as meninas, algo que sequer compreendíamos, não tínhamos ainda nome para as coisas, e lembro meus dribles (devia ter sido jogador) e o dia em que nos metemos numa baita confusão com um time de um bairro vizinho.

É uma avalanche de memórias, subitamente me tornei nostálgico, eu, que sempre me vangloriei de não ter passado; o futuro sempre foi meu calcanhar de Aquiles, mas agora, agora parece que o passado quer reviver, e revive, tenta se fazer importante, como se uma voz que outrora foi minha quisesse me fazer compreender algo importante, só que não sei o que é, não sei e não tem jeito, não tenho as capacidades cognitivas do pai da psicanálise.

"Você diz que o passado não existe pra você", falou o psicólogo, "mas o passado são todos os seus automatismos presentes, todos os seus gestos e reações. O passado é sorrateiro, ele se replica nos gestos e nos julgamentos da mente sem que o vejamos vir, nós não estamos de maneira alguma dissociados dele; podemos até dizer que estamos, mas isso é só uma racionalização", ah, como são atraentes esses discursos que tentam explicar a realidade, que dizia eu?, não deveria ter sido jogador; deveria ter sido psicólogo.

Esse *dever ser* hipotético, esse é *meu* carrasco, e agora, agora que já não tenho tempo... A irrupção do passado nessas memórias é nada mais do que uma tentativa de ver onde eu errei, mas teria "errado"? É possível "errar" quando toda e qualquer escolha te leva por um caminho sem volta, e quando não se possui o critério do certo e do errado, é o que eu pergunto. Essa noção mesmo de caminho errado talvez seja só uma nostalgia, a nostalgia que eu sinto por todos os caminhos que eu *não* percorri, é só no fim da vida que você começa a ver o quão importantes são as escolhas, ou pelo menos algumas.

Eu deveria ter refletido sempre com vistas a um futuro mais distante do que aquele próximo às minhas escolhas. "Eu deveria", "eu deveria", "eu deveria", sempre achei que o futuro do pretérito tinha que ser extinto da língua portuguesa. Será que deveria mesmo? Não estaria hoje na mesma condição, na de partir e, ao partir, na condição em que todos se veem um dia, essa condição que torna todas as escolhas meros fatos, meros fenômenos, como se em nenhum momento tivesse havido a possibilidade de escolha, como se o livre-arbítrio não passasse de uma quimera?

A velocidade desses pensamentos é surpreendente, meu cérebro está superexcitado, as associações se sucedem, como se uma máquina buscasse por si própria a saída, e eu (eu?) observo tudo isso, esse eu que é um eixo fixo, o observador, aquilo que se mantém quieto por trás da linguagem e dos pensamentos. Esse observador está doente, ele não tem forças para se identificar com os pensamentos, isso é curioso, como se a vontade, ou o *ser*, sabe-se lá, compreendesse a futilidade, a volatilidade, a inconsistência do pensamento, costumo sentir-me assim quando estou doente ou de ressaca, prova de que o álcool tem propriedades espirituais — até piada eu faço, sem querer.

Clarinha surge na porta como um fantasma, a cara amassada de sono, senta-se em silêncio no meu colo, olha os livros por sua vez, "Você se lembra de todos eles?", pergunta, "Não", "Não?", "Não, e isso é horrível, tem livros aí que eu li aos treze anos, e são grandes livros, pelo que dizem, mas não lembro sequer do enredo, não lembro dos personagens", "E isso é por causa da...", "Não, já vinha acontecendo antes, é como se a memória precisasse apagar informações para abrir espaço para mais informações", "Acho que é assim mesmo", "Seria triste", "Por quê?", "Ora, porque experiências inteiras seriam apagadas, seria como se não existissem, já pensou se daqui a dez anos eu não lembrasse mais de você sentada aqui no meu colo, girando, falando de livros?".

Ela riu, maliciosa (não há mais lágrimas nos seus olhos), "Essa lembrança, de fato, proíbo você de apagar", "Ao mesmo tempo, sabe aquela história de que na hora da morte lembramos tudo o que nos aconteceu na vida, absolutamente tudo nos mínimos detalhes?", "Você acredita nisso?", "Não é uma questão de acreditar, é só uma ideia que me parece interessante, as memórias não teriam sido completamente apagadas, mas algumas teriam, sei lá, sido jogadas mais para o fundo, percebe?", "Sim, há memórias de natureza diferente: antigas; recentes", "Deve ser isso", "E você gostaria de lembrar de tudo?", pergunta, e sou eu quem rio agora, "Eu queria querer lembrar de tudo", "Como assim?", seu olhar é de um espanto e de uma curiosidade infantis, "Eu queria, como defendia Nietzsche, amar a minha vida a tal ponto que, se ela fosse repetida exatamente igual por toda a eternidade, eu amasse todo e cada momento dela". Clara reflete, franze a sobrancelha, e ela sentada em cima de mim assim, inocentemente, fazendo suas caretas de desentendida, põe em marcha um processo sem volta, é impressionante o descaso da vida pela morte, "E você não consegue amá-la assim?", a pergunta dela não exige mais resposta, é só uma provocação, porque ela sente o que está se passando, sua voz é quase sussurrada, seu tom é manhoso, ela se movimenta lentamente em cima de mim, e a consciência me diz, "seu amigo acabou de morrer", mas o sangue é mais forte, *a vida não liga para a morte*, a vida se afirma como força superior, não adianta lutar, "Infelizmente não, talvez isso seja a prova de que eu falhei a vida", "E é possível isso, falhar a vida?". Seu rosto está sobre o meu, os cabelos dela caem sobre minha testa, "Agora parece que não", e nos levantamos, saímos dali arrastados pela vida.

Nos últimos dias quem vem me visitar não me chama mais para sair. A ficha caiu, finalmente. Saulo apareceu de repente, veio ver como eu estava, segundo ele. Trouxe consigo papéis que encontrou nas coisas de Caco: há textos dele, Saulo, e rascunhos do irmão, nunca imaginei que Caco tivesse tentado escrever o que quer que fosse, nem ele jamais mencionou isso, a gente acha que sabe tudo dos melhores amigos, mas não, há sempre essas pequenas coisas que são universos inteiros, universos inexplorados, "Como anda o mosteiro?", eu pergunto, meio sem saber o que digo, "Não sei, estou com minha mãe, por enquanto", "Caco ia gostar de saber disso". Ele concorda com a cabeça, ofereço-lhe uma bebida, ele aceita uma água, nos sentamos na varanda.

"Caco de fato achava que eu era um desalmado por tê-los deixado." Fico em silêncio, parece que até Saulo precisa se livrar de algumas coisas, "O ego sempre olha pra si", "O que isso quer dizer?", pergunto, "Que as decisões dos outros, nós não conseguimos dissociá-las da nossa pessoa. Caco achava que ao fazer o que fiz eu os havia ferido, mas a verdade é que ninguém pode ferir ninguém, as pessoas se deixam ou não ferir", "Parece uma canção de Cazuza", ele ri: "Os artistas estão sempre mais perto da verdade", "Do que os monges budistas?", "Do que as pessoas comuns" (teria eu sentido um tom de superioridade nisso?), e ele acrescenta, como que para se desculpar, "Do que as pessoas que não procuram nada além da matéria", "São filhos de Deus também", eu provoco, e percebo que estou assumindo as posturas de Caco, como se sua alma penada estivesse sussurrando no meu ouvido, não me desculpo, "Estou provocando você".

Saulo sorri, olhando para longe, "Gosto disso, parece meu irmão".

Nós passamos um tempo assim, sem dizer nada, isso não nos incomoda, de alguma forma algo nos une, e não é só a lembrança de Caco, é uma condição metafísica, como se estivéssemos na mesma sintonia, "É engraçado", ele continua, "eu disse que vim aqui para ver como você está, mas acho que não é bem isso. Nos últimos dias alguma coisa me chamava a você", "Talvez Caco quisesse que você me entregasse os textos", sorrio, mas ele nem pestaneja: "Não estou tentando entender a razão, a razão não é importante", "O que é importante, então?", "Que era preciso vê-lo, que esse encontro era necessário", "E você acha que se realizou o objetivo dessa vinda?", "Certamente... Sinto-me mais leve".

Se fosse para chutar a razão, mesmo que Saulo a considere irrelevante, eu diria que ele veio para se livrar da culpa de os ter abandonado, mas não quero entrar nessa discussão, digo somente "Ele gostava muito de você, sabe... Fico feliz que pelo menos no momento você esteja com sua mãe".

Ele me encara, é difícil dizer se percebe meu gesto, Saulo é indecifrável, é uma esfinge, é essa sua força.

Flavinha chegou do shopping, trouxe uma pizza e diversas sacolas de compras. Está radiante minha irmã. Ela fala pelos cotovelos, é uma explosão dessa alegria espontânea que eu nunca compreendi, deixo-a falar. Vai de um lado para o outro, guarda objetos, "Olha o que eu comprei!", me mostra um biquini, "Vou inaugurar amanhã", "Bonito", e ela continua, vai no quarto, levanta a voz para que eu continue ouvindo-a de longe, pelo barulho que faz está urinando com a porta do banheiro semiaberta, é como se me pusesse numa coleira, não quer que eu perca a atenção, "Liga pros velhos, diz que eu cheguei com a pizza", "Ok".

Vou no telefone, peço para o recepcionista me passar para o quarto, minha mãe atende, pergunta como estou, digo que estou morrendo, ela me recrimina por falar desse jeito, proíbe-me de dizer coisas assim, e eu "Tá certo, mãe; claro, mãe; não faço mais, mãe", então ela diz que vai passar o aparelho para o meu pai, mas depois muda de ideia, "Estamos indo, ele fala com você aí". Quando desligo me bate uma tontura, e, mesmo estando sentado, sinto a necessidade de apoiar a mão no braço do sofá, o arrepio que já conheço me percorre o corpo, é uma espécie de calafrio, um suor frio me invade, "Flavinha", mas ela não escuta, continua falando de alguma coisa relacionada à praia, minha vista se embaça, "Clara". "Clara?", ela grita de longe, "Tá apaixonado, hein?", eu não consigo deitar, é uma náusea tal que me mexer de qualquer forma seria uma tortura, "Mãe, por que você não passou o telefone pra ele?", é esse pensamento que me invade. "Flávia!", mas ela não escuta.

20

O quarto branco, minha segunda morada nesses últimos tempos.

Gente com bata branca e com bata verde abacate entrando e saindo. Clara aparece de vez em quando, está no seu ofício, também usa uma bata, quando entra fala comigo como se estivéssemos continuando uma conversa da qual não lembro, ela não percebe isso, continua a me dar informes sobre meu estado, diz que minha família está ali, que em breve entrará para me ver, às vezes não resiste e vem me dar um beijo furtivo, aqui ela precisa representar seu papel, não pode deixar patente seus vínculos com um paciente, embora seja perfeitamente visível que todos sabem. Tenho agulha na veia da mão, e um respirador me cobre a boca e o nariz, dele sai esse arzinho frio que no final das contas é agradável.

Quando fecho os olhos e os abro em seguida, não sei ao certo quanto tempo ficaram fechados, se dormi, se simplesmente pisquei, estou completamente largado num vácuo de tempo, é muito possível que esteja morto e nem saiba ainda, não seria novidade um morto que narra alguma coisa, que o diga Brás Cubas, mas, como abomino plágios, rejeito essa ideia de que estou morto, isso não pode ser, é tudo ainda muito real, sobretudo esse branco das paredes, esse branco fosforescente, se ao final do túnel que leva ao outro lado houver, como dizem, uma luz branca, estou a meio caminho andado, vai ver que é por isso que os hospitais são assim, as paredes brancas, para que a transição não seja tão brutal, quanta viagem! Devem ter me dopado de novo, é a mania deles, escuto como um eco vago o som que sai da televisão pregada à parede, onde pessoas brigam na rua, é uma espécie de manifestação, há policiais batendo em estudantes, quantas vezes não vi isso, o mundo é enfadonho se você pensar direitinho, é repetição, repetição, repetição: só mudam os personagens, seus nomes, mas o enredo é sempre o mesmo, não há nada que já não tenha acontecido, por exemplo, na Grécia antiga — ou há?

Da última vez que Clara entrou aqui, falou que estou esperando para ser operado, que normalmente eu já estaria na sala de cirurgia, mas parece que há alguma coisa acontecendo, uma ligeira superlotação do hospital, uma agitação estranha, ela diz que talvez seja um novo vírus, a coisa não é muito clara, há quem diga, como nossa autoridade suprema celestial, que é uma gripezinha, vamos ver, ou melhor, vocês verão, porque eu mesmo, enfim...

Pergunto a Clara (na verdade não escuto minha voz), "cirurgia?", e seu olhar é de preocupação extrema, mas ao mesmo tempo há um brilho ali por trás, se não for uma alucinação minha, tudo é possível, até mesmo o impossível, ao que parece, já que os médicos (diz Clara) falam em uma oportunidade que se apresentou, em um "curso inesperado dos eventos", e citam estatísticas, e fazem prognósticos, e falam de casos médicos semelhantes. Lá na Alemanha, por exemplo, houve um caso que, e eu não consigo entender o que ela diz, esse discurso todo não faz sentido, desconfio de que os médicos estão tentando me engabelar, talvez dar esperança a minha família, que está aí (entraram agora) e que não se conformou nem nunca se conformará com a ideia de que é preciso morrer. Então esses profissionais mentem, é claro que mentem, abrem clareiras de esperança nessa escuridão branca, será que não podiam pelo menos apagar a luz do teto, se eu já vou em direção à luz, que pelo menos me deixem tranquilo um tempo com minha escuridão, pelo menos para que possa me despedir direito.

Minha mãe se aproxima com olhos lacrimejantes, ela se segura para não desabar, disseram-lhe certamente para ser forte, então aperta minha mão, diz que estão todos ali, e que alguns amigos meus estão no corredor (estaria Caco no corredor?), é o que me pergunto, então lembro que Caco já foi em direção à luz, e quero rir mas não posso: é evidente que Caco se recusaria a ir em direção à luz. Meu pai se aproxima, diz que falou com os médicos, repete essa história de Clara, de possibilidade, de chance, de porcentagens, do caso na Alemanha, é tudo muito confuso, é incoerente, só pode ser uma mentira, era o que me faltava, ficar me apegando à vida, eu estou tão próximo de, será que nunca terei paz?

Enquanto eles falam, não consigo manter o foco, minha mente é uma névoa de sensações estranhas e de recordações díspares. Não sei se as imagens são de agora ou de dez anos atrás, mas me lembro de um programa de televisão (vi-o aqui, nessa tevê?) sobre o Universo, sobre o espaço, sobre a criação disso tudo, me lembro vagamente de uma câmera fictícia que se afasta de uma cidade americana em direção ao céu, tudo vai ficando pequeno até o momento em que a própria Terra fica minúscula, e a câmera prossegue, sai do Sistema Solar, da Via Láctea, e vai tudo ficando insignificante, e nossa galáxia é tão insignificante quanto as bactérias que estão no nosso corpo, o grande e o pequeno são a mesma coisa, os mistérios insondáveis de Pascal, a irrelevância desse apego mesquinho à vida, é vergonhoso dar importância ao que quer que seja, mas, quando se está imerso nessa imagem sideral, a sensação é de assombro, penso que esse programa deveria ser nosso alimento matinal, é preciso ver essas distâncias, mergulhar nessa imensidão todos os dias, quem sabe não consigamos destruir em nós esse sentimento de importância, quão ridículo ele é, tenho vontade de rir mais uma vez, certamente me doparam, eu estou com um pé no outro lado, ninguém percebe, só eu. Já sou etéreo e ninguém vê, que irrelevância essa partida quando a Galáxia (a nossa) é só um pontinho quase invisível para quem está a anos-luz dela, e se tudo for uma questão de distância, nada, absolutamente nada é importante, me lembro subitamente de um texto de Saulo, *O paradoxo da insignificância*, ele fala da sensação de desprendimento que o ataca quando está vendo a cidade da janela de um avião. Estaria ele aí, Saulo? É difícil, não somos amigos assim.

É um paradoxo sim, porque ao mesmo tempo tudo é importante para o espírito, vejam meus pais, veja o ar de preocupação de minha irmã, veja Clarinha, que vestiu a fantasia de médica, que fala sem tremer, que nos dá força e esperança, e depois saem todos, dizem que nos veremos em breve, nem sabem eles como têm razão, eu me sinto convicto de uma verdade sem nome, não tem problema, o tempo não existe, mãe, é tudo uma ilusão, quero pronunciar isso em voz alta para que compreendam, para que arranquem dos rostos essas máscaras tristes, mas não consigo falar.

Até no percurso em direção à morte há altos e baixos, quem diz isso é uma parte de mim que percebe o retorno de outras sensações, menos agradáveis, é como se houvesse uma eterna luta em mim mesmo, quão antiga, quão primitiva não é essa luta, entre essa sensação bruta de esperança, esse enlevo para regiões sem nuvens, acima das tempestades, e essa voz que me fala de ações pequenas, de projetos, de coisas que eu deveria ter feito, de obrigações que eu não reconheço, que eu nego, mas ao negá-las me sinto culpado, sou insincero, talvez.

De onde me vem isso, qual a origem dessa necessidade de agir, ninguém se apresentou a mim para dizer-me o que eu deveria fazer, nenhum deus sussurrou ao meu ouvido "é *este* o seu caminho", como posso ser culpado de não ter feito o que quer que seja quando fui abandonado (é esse discurso que se desenrola agora em mim), quando fomos todos abandonados aqui sem guia, sem mapa, sem profetas (ou *com* profetas, mas por que crer no que disseram?). Que direito tem essa voz de exigir de mim uma ação, qualquer que ela seja? Meus dentes rangem de revolta, eu que há pouco era, ao que me parece, luz, será que essa tensão nunca vai se desfazer, será que até nesse momento é preciso desmatar a floresta densa onde se ocultam nossos caminhos, que coisa!, e eu já falo como se houvesse caminhos, e portanto como se só bastasse encontrá-los, não, isso não é possível, mas mesmo assim, por que a voz insiste, por que quer que eu concorde com ela; e ela, finalmente, quem é, porque não é propriamente uma voz, não é fisicamente audível: é um pensamento, um pensamento muito peculiar, que já adquiriu a feição de persona, que se dissocia de mim, mas que sou eu, quem é esse a quem me refiro, a voz também não seria eu, *eu* não seria esse conjunto caótico de vozes, ou há em mim algo para além delas, aquela energia que sobrevoava o planeta.

Estou à beira da morte e não consigo parar de pensar, o pensamento foi a minha via-crúcis nessa vida, não sou como são os pequenos, os simples de coração que entrarão no céu cristão, fui aqui um excluído, fui excluído de mim, e ainda assim não tenho espaço lá, ou se tiver é porque todas as minhas noções de bem e de mal eram equivocadas.

O que eu deveria ter feito, é o que me pergunto. E logo depois: *deveria ter feito algo*? Nem agora ouço respostas, o abandono da criação pelo criador me provoca sempre esse espanto surreal, abre-se um vazio ao meu redor, e volta a voz que diz, sutilmente, que a verdade está no silêncio, ora mais, eu não consigo calar-me! E portanto a verdade, para mim, é inatingível. Não consigo me calar, mas foi o que eu fiz ao longo da vida, penso. Fui massacrado pelo pensamento, imergi no seu confuso emaranhado, percorri labirintos de argumentação, e disso tudo sobraram apenas... O quê?... Peças jurídicas.

Eu poderia contra-argumentar, como se estivesse diante de um tribunal divino, que ao menos eu ajudei a salvar vidas, ou a eliminar conflitos, quero dizer, como advogado cumpri um papel relevante, mas essa ideia não convence, é uma mentira descarada, é a maneira que encontro de me justificar quando não há justificativa, a verdade é que me vendi, é que tive medo, é que em vez de dar voz ao pensamento, de o pôr no papel, me afoguei no pensamento, até agora, nesse instante, o que me acontece é a água que entra pela boca, pelo nariz, sufoco, não consigo respirar, um bip acelerado soa aos meus ouvidos, Clara e outras pessoas invadem o quarto, eles se movimentam, dão ordens, injetam uma substância no tubo, sinto um formigar intenso na mão, que azar, eu que sempre me aterrorizei diante da ideia de morrer afogado, e agora é isso, um sujeito que se debate, agonizando, num mar de pensamentos, uma descarga elétrica faz o meu corpo pular e pular da cama, sinto cada pequena célula do organismo se sobressaltar com a corrente elétrica, "mais uma vez", de novo a explosão, é Caco que me observa do canto da sala?, "de novo!", de novo a explosão de energia, milhares de alfinetadas por todos os poros da pele, e depois... O silêncio, onde ouvi que tudo é silêncio, algum livro que eu li, a literatura, ela, não me abandona, "está estável".

O que eu deveria ter feito? Eu deveria ter feito *algo*?

Agora escuto as vozes como ecos. Não consigo abrir os olhos. É isto o fim? Se for, não é tão mau. A morte seria só essa sucessão de sonhos e de lembranças, uma escuridão à espera de luz, por que não? Tudo é possível, inclusive o impossível. Parece que me tiram da cama, me colocam em algo movente, sinto uma brisa que é resultado do movimento, tento abrir os olhos, Clara me sorri. O amor, dirão, era o amor que me faltava, ora mais, é fácil falar, mas o amor a gente não compra na farmácia, está aí algo sobre o qual não temos controle, ele acontece ou não, então é absurdo viver uma vida em busca do amor, é dessas coisas que, quanto mais você procura, menos acha; e quando não procura mais, pou!, aparece do nada, você fica se perguntando como aquilo aconteceu, a vida é assim, sorrateira, e Deus, se Ele existe, é um brincalhão (Caco diria um *moleque*), veremos, em breve mato essa charada, seja como for, parece que ter objetivos, ter um ideal de vida, tudo isso é inútil, tudo isso vira pó numa maca de hospital quando estão te levando "pra faca".

Nesse instante crítico, a vontade é de começar de novo, mas dessa vez sem ideais, sem projeções de felicidade, sem esses sonhos que não passam de uma criação, de uma ficção para escapar do presente, nossa mente é essa máquina irracional de criação do futuro, um futuro que é pura fuga, uma imagem do futuro, uma mentira, o que eu quero é renascer para jogar na lata do lixo essa mania, um automatismo criador contrário à vida, contrário ao "tutano da vida" de Thoreau, mas como, como era isso possível se a morte não se apresentava a mim com essa face tão límpida? E se eu tivesse a chance de voltar, teria internalizado esse sopro de verdade, deixaria meu emprego, me poria a escrever livro após livro, será que o faria, é tão fácil responder *sim* quando todas as esperanças foram aniquiladas, mas foram de fato?

Não é esse agonizar e essa reflexão sobre o que poderia ter sido feito um apelo que faço ao Cosmos, uma maneira de pedir (a quem, não sei) uma nova chance?

E se não é o amor, o que pode ser? O que poderia dirigir minha vida, o que poderia motivá-la, justificá-la? Eu escuto suas vozes num eco distante, sei que estão ao meu lado, ouço passos e o ruído de rodas, além do bip ininterrupto. Estou confortável aqui, acho que nem medo sinto, quando seu cérebro já não funciona bem, o medo é impossível, a sensação é de aceitação desse abandono, um deixar-se levar que se assemelha àquela submissão ao sono, quando o pensamento se desloca e executamos mergulhos no inconsciente, cada vez que abro os olhos e vejo tudo embaçado, é como se tivesse saído de um universo paralelo, em que pensei, imaginei e sonhei milhares de coisas, e todas essas coisas fazem sentido, não que me lembre delas (não me lembro de nada), mas a sensação, em bloco, é a de uma coerência que não encontro em lugar algum, e as lembranças vêm em ondas, episódios da minha infância, mas também fatos recentes, me lembro da minha primeira queda de bicicleta, a bicicleta que tinha um freio dianteiro tão poderoso que me jogou no canteiro de flores do prédio, cortei o lábio, recusei-me a levar pontos, e dessa memória passo, sem qualquer poder de decisão, a Clara deitada de bruços na praia, tomando sol; Clara e seu biquíni branco e rosa; Clara e o sorriso voltado para mim, que observo suas curvas, alucinado, querendo voltar para casa; Clara e as covinhas risonhas, então me lembro de Caco fazendo um dos seus solos fenomenais, num dos seus shows mais marcantes, e me lembro de minha irmã me puxando os cabelos quando tínhamos cerca de cinco anos, tudo para retomar o brinquedo que eu lhe havia surrupiado, e a voz de trovão que meu pai tinha, acompanhada de súplicas de minha mãe para que não batesse em mim, "e como ele vai aprender, hein?". Um clarão de consciência me diz que talvez eu esteja passando pelo processo de lembrar-me de tudo, o que significa que a morte está próxima, mas seria a hora?

Não quero esse sofrimento para minha mãe, basta imaginá-lo e toda paz vira fumaça, debato-me, alguém segura meus braços, balbucio alguma coisa que eu mesmo não compreendo, vejo seus olhos inchados que me acompanham, quero lhe dizer que não tem problema, que a dor dela não fará sentido, que nada faz sentido, eu partir antes ou eu partir depois, dá no mesmo, e me lembro daquele gato que vi, sabe-se lá quando, com a pata quebrada, miando e me pedindo comida, diabo de vida! como se pode acreditar em algo de bom nesse mundo quando você se depara com um bicho inocente com uma pata quebrada, é o que me pergunto, vem-me toda essa revolta contra o mecanismo do mundo, uma força cruel e indiferente que enuncia a cada segundo "o gato que se vire", "que se vire a criança", "vire-se o fraco", "vire-se o excluído", e tento afastar de mim a ideia que se insinua na minha mente, a de que eu deveria ter levado o diabo do gato ao veterinário, mas que culpa tive eu quanto àquela pata quebrada, Deus que cuide de sua criação, não tenho nada a ver com Ele, e por acaso não somos iguais nesse sentido, por acaso ele não abandonou até seu filho querido, ah, a grande ilusão de Cristo, a ilusão desfeita no topo da cruz ("por que me abandonaste?"), o momento mais importante de toda a história, quando até o homem mais elevado descobre que está só, como acreditar em Deus depois disso?, e quem sou eu para pedir-lhe o que quer que seja quando até do próprio filho Ele não afastou esse cálice de miséria e dor, é o que sempre me perguntei e me pergunto ainda agora, em meio a essa agonia.

Percebo, entre essas brumas que tolhem meu entendimento, que tento perpetuar a existência pensando, aliás, foi o que sempre fiz, é que, se eu parar de pensar, talvez pare de existir, Descartes que o diga, ou não: segundo Saulo, se eu parar de pensar, *passo a existir*, o que me leva a concluir que nunca existi de fato, porque tudo o que fiz nessa vida foi viver pelo e para o pensamento, de fato isso não é vida, a imagem de Clara me atinge como uma dor no peito, como uma acusação, só que é muito fácil declamar o *carpe diem*; difícil é saber o que isso significa de concreto, um apelo para a destruição do corpo? É assim que são os meus amigos, é esse o seu *curta o momento*, e o que se faz quando essa maneira de ser já foi esgotada, de tanto que a repetimos sem cessar, até o enjoo, isso eles não saberão responder, só eu poderia responder, mas não consegui, falhei nisso também.

Quando consigo manter meus olhos abertos por um momento, o que vejo são luzes, ou melhor, focos de luz que se sucedem, luz, teto, luz, teto, luz, teto, levam-me em alta velocidade, tenho vontade de dizer, calma lá que no fim do túnel, não sei se vocês sabem, é a solução inevitável, eu mesmo não tenho pressa, mas eles têm, e eles têm porque falam de probabilidades, falam de uma "oportunidade única", "quem sabe, há um caso na Alemanha".

Não acredito neles, mas essa ínfima esperança que eles criaram, para meus pais essa esperança é tudo, ninguém quer acreditar que a hora de ir chegou, ninguém deseja a morte do protagonista, a menos que não tenham me acompanhado até aqui, sinto que muitos ficaram pelo caminho, mas o que é preciso é justamente aceitar a existência da linha de chegada, é aceitar que não temos controle sobre esse momento crucial, não é necessário chegar tão longe, hospital, maca, cirurgia, eu deveria ter aceitado isso muito antes, mas como?, se renascesse não saberia de novo como, é a piada cósmica, ninguém escapa, vive-se na ilusão de eternidade, a menos que, não, não posso aceitar sequer a ideia de renascer, para quê, ao diabo o eterno retorno, ao diabo Nietzsche, quem é que desejaria, em sã consciência, a volta de tudo, trinta anos de sofrimento, vá lá que não foram trinta, há aquela idade onde tudo é energia esperançosa, sequer nos passa pela cabeça que existe a morte, é como se tivéssemos acabado de nascer, mas depois, bem, depois vem a paulatina percepção de que a energia escorreu pelo ralo ("por que mesmo estamos aqui?"), e a ausência de resposta se transforma numa pedra, que não está no meio do caminho mas dentro do sapato mesmo, e nunca mais ela sai dali, que inferno existir, eu concluo, e no entanto o pensamento dá voltas, anda em círculo, porque imediatamente estou convicto de que ainda assim não quero morrer, bate-me um frio polar, talvez tenha entrado na sala de cirurgia (não, não entrei, minha maca ainda se movimenta), "preciso ficar", penso, "tenho coisas a dizer", e uma voz familiar me pergunta, incrédula, "O que você tem a dizer?". É uma armadilha, eu sei, tanto que me calo, tremo de frio, mas me angustia não ter resposta a uma pergunta tão simples, talvez de fato eu não tenha *nada* a dizer.

"Eu poderia escrever um livro", "Livros se escrevem aos milhares todos os dias", parece-me que responde a voz, ah! quanta inutilidade, o que seria essa pretensão de justificar a existência criando obras, isso não passa de uma tentativa desesperada da mente de ludibriar o Cosmos, "Dê-me mais tempo", "Para quê?", e a voz tem razão em perguntar, eu sou culpado, culpado pela inércia de uma vida, "Mas eu não sabia", "E agora sabe?", não sei não, não quero ser hipócrita na hora da morte e mentir (vai que existe o inferno) dizendo que sei o que não sei, ainda que tivesse tempo, não saberia, a proximidade do fim não me torna sábio, decididamente não tem saída, se eu não sei aonde ir, diria o gato de Alice, qualquer caminho é válido, de modo que a própria morte é válida como caminho, mas não: recuso essa ideia, agonizo recusando-me a aceitá-la porque os caminhos, bem, os caminhos só se dão *na* vida, e não fora dela, "Como você sabe?", eu não sei, não sei, já disse que não sei, "Então para que ficar, para que *querer* ficar?", quem sabe, suponho que seja o instinto ("a anestesia está fazendo efeito"), o animal que não quer morrer, mas nem sabe por quê, é que a vida tem essa importância intrínseca, que não precisa de razões e justificativas, quão tolos somos nós por menosprezar essa voz tão simples.

"Você não tem resposta?", "Não, não tenho".

Clara sorri, mas ela está ao meu lado ou não passa a sua imagem de uma alucinação?, vou dizer, é como se o Cosmos, ou Deus, ou o Diabo, qualquer desses entes fictícios, estivesse me testando, como se eu pudesse, desde que respondesse corretamente, recomeçar tudo, e então acordaria, estaria na boate onde Renzo dança, com os pés solidamente cravados no chão, no alto dos seus um metro e oitenta, é como se tudo fosse possível, recomeçar, desde que, bem, desde que pudesse responder de modo correto a uma simples questão ("por que quer continuar?"), é Camus quem tem razão, a principal questão da filosofia é o suicídio, mas por que teria eu que responder isso se os animais, por exemplo, não precisam?, por que essa resposta me é exigida, não poderia simplesmente dizer "porque sim", e recomeçar a comédia?

Teto, luz, teto, luz, teto, luz, cai a velocidade, acho que paramos, não sei mais muita coisa ("é a anestesia, agora vai"), deveria mesmo ter escrito, ter me dedicado à escrita, ter escrito histórias e ensaios e poemas (eu, poeta?, devo estar muito dopado mesmo), e já não me questiono mais sobre a origem desse *dever ser*, passei a vida fazendo isso, talvez o caminho fosse (talvez *seja*, quem sabe, "há um caso na Alemanha...") ter sufocado essa voz compulsiva que pergunta "por quê?", quem sabe não é esse *dever ser* a própria essência, nunca engoli essa história de que a existência tem precedência, como assim?, então não há em mim esse troço incontornável, essa inclinação para as palavras, de onde veio tudo isso, hein, Jean-Paul, você vai dizer que eu nasci uma folha em branco, ah, vá se foder!, não, não, decididamente não, era necessário gastar tinta, mas só gastei tempo, me deixei levar, fui arrastado pelos outros (os amigos, é preciso...), a tinta e o tempo, a cama no corredor (parada a cama, imóvel o corredor), a imagem do rosto de Clara sobre mim ("nos encontramos daqui a pouco"), se eu pudesse ao menos escrever mais uma linha, aquela linha definitiva, a que ecoasse a frase mais bem trabalhada, se houvesse mais tinta, só isso importa (só isso importa?), ah, droga! queria tanto saber o que importa de verdade, mas me falta tempo, o tempo corre, tinha até há pouco a velocidade de quatro rodas de uma cama de hospital, e tem cor, branco, amarelo, branco, amarelo, sinais luminosos, sem luz no fim do túnel porque não se vê, nem o túnel, muito menos a luz, e tudo o que eu sempre quis foi encontrar a resposta a uma pergunta que não consigo expressar com palavras, falta-me talento, falta vontade.

Será que, se eu voltar por esse corredor (branco, amarelo, branco, amarelo), terei a coragem de viver e de vomitar esse embrulho no estômago, esse caldo malsão que nos enfiaram pela goela, no conta-gotas, durante trinta anos? Será que haverá verbo? E vontade de expressá-lo, ainda que desse jeito torto, cheio de suspensões, porque da verdade não sei nada, porque minha língua é a poesia (é? É).

E em algum recanto de mim faço essa promessa, meu último apelo para permanecer vivo, eu que nunca soube viver e que só agora percebo que talvez *tenha* que viver, mesmo sendo tarde, e que sem vida não há nada, nem essa angústia incomensurável, nem a mínima dose de alegria, e que ambas se equivalem, angústia, alegria, porque nascem aqui, em mim, mas onde, quem sou eu, para onde vou, as perguntas não cessam, nem mesmo quando cessa a vida.

Aperto uma mão (seria Clara?), não quero soltá-la, mas é preciso, não tenho controle, nunca tive, e agora sim, agora é o frio do polo norte, agora se apagam as luzes (todas, exceto uma), e me sinto mergulhar na escuridão.

Bruno Mendonça

é um escritor recifense, autor das coletâneas de contos *Trôpegos visionários* e *O cárcere de Newton*, bem como do romance *Liberdade*. Tem textos publicados em meios literários diversos, como as revistas Gueto, Philos, Lavoura, Desenredos, Enfermaria 6, Subversa, Plástico Bolha e o Jornal O Relevo. Foi um dos vencedores do Prêmio SFX de Literatura, edição 2016; 3° colocado no Prêmio José Cândido de Carvalho, edição 2016; e 4° colocado no Prêmio Anna Maria Martins, edição 2021, promovido pela União Brasileira de Escritores — UBE. É Doutor em Línguas Modernas: culturas, literaturas e tradução, pela Universidade de Coimbra.

este livro foi editado

no verão

de 2024